张炜新作系列

01

思维的锋刃

张炜 著

GUANGXI NORMAL UNIVERSITY PRESS
广西师范大学出版社
·桂林·

思维的锋刃
SIWEI DE FENGREN

出 品 人：刘景琳
责任编辑：凌金良
责任技编：秦雪虹
装帧设计：蔡立国

图书在版编目（CIP）数据

思维的锋刃 / 张炜著. —桂林：广西师范大学出版社，2020.4
ISBN 978-7-5598-2743-2

Ⅰ. ①思… Ⅱ. ①张… Ⅲ. ①演讲－中国－当代－选集 Ⅳ. ①I267

中国版本图书馆 CIP 数据核字（2020）第 053019 号

广西师范大学出版社出版发行
（广西桂林市五里店路 9 号 邮政编码：541004
网址：http://www.bbtpress.com）
出版人：黄轩庄
全国新华书店经销
北京盛通印刷股份有限公司印刷
（北京经济技术开发区经海三路 18 号 邮政编码：100176）
开本：889 mm × 1 240 mm 1/32
印张：10.5 字数：200 千字
2020 年 4 月第 1 版 2020 年 4 月第 1 次印刷
印数：0 001~8 000 册 定价：39.80 元

目 录

一 辑

二 辑

三　辑

一　辑

一个人的特殊岁月

一

今天讲一个朋友的故事，不，是一个人的故事。因为他不愿用“朋友”这个词来界定我们的关系。我们一度往来很多，有时又许久不见。他是一个非常热爱文学的人，做事比一般人专注，有时却长时间荒疏写作。他的许多言行令人无法赞同，但又不能轻易反对。他常常让人觉得有陌生感，有异趣。在这儿讲讲他，看看他与我们有什么不同。

这个人也是五十年代生人，很早开始写作，读了很多书。起步时社会上的文学气氛还不够浓，大约在初中的时候由老师带领，开始阅读和写作。到了二十世纪八十年代初，文学在整个社会上相当热烈了，他也未能免俗，很快把自己烧得灼烫。他在机关里工作，没有专门的时间写作。

他这个人做任何事情都很认真，遇到问题一定要探个究竟。无论是对翻译作品还是对国内比较活跃的作家，对文本的分析都很细致。当时对文本进行技术研究的人还很少，他是我所见到的一个比较早的在技术上产生自觉意识的人。我对他非常重视，也觉得好奇。

那个时候中国作家苏俄文学读得多，欧美的东西很少接触。欧洲或拉美作家大约在八十年代中期慢慢热起来，像米兰·昆德拉之类才得到翻译。当年记得人民文学出版社出了一本舒克申的短篇集，热得不得了，是苏联文学。都是社会主义国家，那里竟然产生了这样的作家，跟我们大不一样，气象清新。舒克申继承了俄罗斯文学的强大余脉，所以尽管是同一种社会制度、社会内容，如集体主义和人民公社等，他笔下的感觉却和我们完全不一样。类似的一些作家，如柯切托夫等，是写工业题材的，影响也很大。我们现在的眼睛更多是看欧洲，看拉美。当年由苏联文学再上溯到俄罗斯文学，我们找到了最伟大的作家托尔斯泰他们。

那个时期人们很愿意讨论文学。我们常常找到那样一个地方，很时髦，类似于咖啡馆之类的，聚谈文学。这一座城市里自以为优秀的人物都在这些场合出没，在这里打转，很有意思。现在情况变了，可能一个城市里最优秀的一拨人物是另一种了，去另一些地方了。

我们就在那个环境里认识，也在那个环境里有了一份友谊。同样是在那里，他找到了自己的爱人。他长得比我高，稍黑，头发浓密，就像《艾约堡秘史》里的主人公一样，牙齿内扣。我写作时不自觉地想到了这个人的形貌，特别写到了他的牙齿。我观察过，长这种牙齿的人往往都精力充沛，几乎无一例外。

我们在那儿讨论文学，喝一点啤酒、咖啡和茶，很时髦，像是流行的一种小仪式。通常那里灯光偏暗，直到今天，这样的场所灯光也不是贼亮，它要稍微阴暗一点。日本一个有名的作家称之为“荫翳之美”。我们今天在瓦亮的灯光下面久了，对蜡烛和油灯就不习惯。我们小时候如果点一支蜡烛就觉得屋子里真亮。日本那个作家发现一个问题，来到电灯时代以后就没有荫翳的地方了。他发现荫翳连接着自己的昨天，还有许多消逝的美。人在这种光色下有一些特殊的想法。就是在那种“荫翳之美”下面，一拨人经常聚会，而这个人往往是聚会的中心。

就在这个荫翳的环境中一个更荫翳的角落里，总是坐着一个姑娘，所以谁都不太注意她。许多天之后她才从阴影里走出来，让他一下就喜欢上了，原来是一个微黑的美人。他俩就结婚了，一起爱着文学。

结婚后他才发现，她并不写什么，但总能提出一些生僻的文学问题。他告诉我，她脸上那种特异的神采打动了他。我见过，这姑娘的确与众不同，心气很高。

随着时间的推移，聚会越来越少了。我是极少数与那个人保持联系的人。他讨论文学的热情降低了，但仍旧阅读和写作。有一天他说正在思考两个问题，想明白了才能好好做。第一个问题是这一百多年来文学到底发生了什么，第二个问题是为什么要写作。

我也觉得这两个问题真的非常重要。第一个大概主要关乎技术方面，第二个则影响到我们写作的理由和动力。这放到谁身上都要考虑的。但问题是我们没有集中地想过，只有这个非常认真的家伙在那里琢磨。

生活当中可以用不同的标准分开很多人。有一个东西可以把人分成两拨，即认真的和不认真的。做文学的也是这样，有人非常认真，有人总是游戏；有人内心里认真，外表却做出一副满不在乎的样子，有点演。我说的这个人是真正的认真，而且跟所有不认真的人都不愿交往，认为凡不认真的人无外乎两种：一是没有内容，没有思维力；再一种就是志大才疏，骄傲却无本事。他眼中的这两种人都不诚实，没有交往的价值。

大概就是这一段时间，他跟人来往极少，活动半径大大地缩小了，似乎跟我也不愿见面，整个人变得内向，独来独往。过去我们都熟悉的那个聚会的热闹场景一去不复返，时代变化，他也在变化，好像经过一段时间的思考和沉淀，走向了毫不做作的孤独。我是这样看他的。

更有趣的事情发生在后来：有一天他的爱人找到我，让我帮帮他，适当的时候再规劝一下，因为他已经有点危险了。我问什么事情，她告诉我：在离他们家那条街不远的一个十字路口有一家不大的饭店，里面有一个管发票的女子，他和她有点暧昧。我觉得很有意思：他生性孤傲，还会有这种事？他与爱人非常好。

我找到他，问了一个傻问题：为什么爱现在的妻子？他说因为她懂文学而不从事文学，提出的所有问题跟文学的关系既疏离又根本，很值得讨论。这个理由太理性了，肯定不仅如此。世界上没有什么比爱情的发生更复杂了，如一种特别的神气，特别的气质，包括心灵和形体，都会滋生不可分离的爱情。我找时间去了那家饭店，碰巧遇到了他，他正送给那个女的一张俱乐部的门票。他看到我，瞥一眼就走开了。

这个女子我以前见过，但没注意，现在才发现她个子很高，脸很白，鼻梁挺挺，眼睛很大，眼窝深凹，有点像外国人；头发披散，气度不凡，给人以深刻的印象。我那时觉得他喜欢这个女子自有原因，但后来怎么发展的，没有留意。

又过了三四年的样子，他的爱人又找到我，说有一件事情得注意一下了：部队文工团一个跳舞的女子，他又与她好上了。这个女子与原来那个完全不一样，非常娇小，穿了牛仔连衣裙，真是可爱。我似乎无法调解这件事情，他的妻子说这个不解决不行，瞧他整个人都有些恍惚，写作谈不上，读书还马马虎虎。她说："我们住在一间平房里，中间那儿有一个小北窗，从那里能望到星星。他半夜起来就看着小北窗，发出低沉吓人的声音。"我马上觉得问题严重了，半夜里发出豺狼般的吼叫，不好了。

我终于下决心找到他："你对妻子造成了多大的痛苦，这到底是怎么回事？"他直截了当说："我和她们没有什么更深刻的事情。非常想念，想起来半夜睡不着。"我问他准备怎么做，他说："还没想好。""准备和妻子分开？""这不可能。"他认为以后还可能喜欢上别人，如果遇到一个就要与原来的分开，人会疯掉。"我离不开妻子。"在这种真实的痛苦和矛盾当中，他们一起生活着。

再后来他要离开这座城市了。那时有一股辞职风，他随着这阵风气找到了很远的一个乡下，承包一大片山地养鸡栽树。出城时两人高高兴兴，因为妻子特别希望离开这个是非之地。

二

两年之后，我去看了他们的新家。见面仍然要谈文学，这才知道，他还在思考那两个老问题，就是这么认真和执着。他说第一个问题似乎懂了一点，第二个还没有头绪。为了弄清一百多年来文学到底发生了什么，他做了诸多准备，比如自学了英语和法语。他的英语会话一般，阅读能力比一般翻译家都好，还动手译出了三本英文小说。以这个人的倔劲，只要给他时间和健康，什么都能做得深入和完美。他一直研究古典，古汉语功底扎实。这些条件使他能够广泛地阅读，进一步打开文化特别是文学视野。他始终认为，在文学方面，不了解一百多年来发生了什么，就不知道今天该做什么。

他说经历了一百多年，从十九世纪到二十世纪，文学发生了很多大事，但根本的大事要说也非常简单。我急不可待地问："发生了什么？""就是写作者们挨得太近了，太拥挤。"我笑了。我那会儿还在想现代主义、先锋派，从无意识写作、结构主义、意识流，再到表现主义、后现代。他语气淡淡的："其他都不重要，只有这一件事是最大的。"

他的意思是作家们失去了必要的空间，于是一切都搞糟了，很难挽回了。因此我们将很难产生托尔斯泰、雨果，更不要说但丁这一类大师了，就连屠格涅夫的《猎人笔记》、莱蒙托夫的那种诗意作品都不再可能。太过拥挤，无法腾挪。心灵、脑力、精神，与物质的创造一样，需要起码的场地去施展手脚。

我还在思考。精神方面的拥挤需要分析。他说十九世纪二十世纪至今，由广播到电视再到网络，传播技术的发展非常致命，后果严重：看起来一个人居于千里万里之外，其实近在咫尺。作家们彼此想了什么，如何表达，很快熟知并相互感染。交流迅捷而且过于频繁，简直是“耳鬓厮磨”，以至于眼前没有任何新的东西。从此一个人要做出新的表达，就只有形式上的大胆探索了，这就有了所谓的“现代主义”。“实在没有办法，绝望之下的精神突围既有效又无奈，仍然不能从根本上解决问题。大师不再，实际上是永无可能。也出现了一些个案，像令人惊艳的索尔·贝娄和马尔克斯这些超绝的匠人，已经是奢望了。不过他们怎么可以跟托尔斯泰、陀思妥耶夫斯基、歌德这一类人相比？”

我在想“太拥挤”几个字。好像真的没有足够的精神空间，任何人都无法独处。传播工具无限发达而且越来越发达，连风中都是它们的喧嚣。现代人不可能有闲暇，脑子要不停地跟周边的讯息发生关系，丝丝接通，回答和对应。“我们无数次地强调了交流的意义，但很少去考虑它的负面。一个人一天到晚不停地回应，无论愿意还是不愿意，每天都被大量花花色色的信息包围，是不是够倒霉？”他沮丧无比。我没有回答。我知道人处在这样的境况之下十分被动，一切都无法拒绝，又不可能无动于衷；是的，回应，或深或浅，心灵再无闲暇。我在心里叹息。

他由自己的劳动举例：挖一个水坑慢慢渗水，得给它时间，这才能积起一些水以供使用。但是刚刚渗进一点就舀出去了，不停地舀，水坑里永远都是一点点泥汤。精神和思想的积累也是如此。“我们耗得太重了，相互耗损，毫不留情。”他说。

我端量他的新居。这个地方很偏僻，他们显然也很孤独：随身带了一点书，都是老书，家里没有什么现代电器设备。大概他想尽可能地隔离自己，只跟遥远的文学和思想发生联系，让自己寂寞。

他妻子说：“现在好多了。”这使我想起城里的事情，私下对他开玩笑，说总算离开了她们。他沉默了一会儿，说：“我爱她们，那些日子茶饭不思。我知道大麻烦会来的，还是离开吧。”他说自己是个热情好奇的人，一度不能自拔。他接着告诉我，幸亏在山里认识了一个人，这人学历不高，是比较孤僻的人，他们成了朋友。这个朋友一辈子只做两件事：自学中医，再就是研究“籀”字。朋友得知他的痛苦后，看了他的舌苔，还号了脉，说这严格讲是一种病。“爱情是一种病？”我大惊失色。他并不回应，语气平淡地说下去：“大概吃了两个月的药，安静多了。我的病基本好了。”

我忍住好奇听下去。他说：“那天晚上一起吃饭，有一本黄色小说，朋友只看几页就判定这书的作者有病，然后顺手开出了几味中药，有煅龙骨等。”“这有点玩笑了。”“这不是玩笑，这是在说进入事物的不同途径：从中医，从诗学，从写作学，从心理学，从不同的途径进入，方法是不一样的。从中医这个角度进入，就会觉得是一种病，而且还能医治。”

我顺着他的思路说：“作家之间的拥挤也会带来一种病，一种现代病。”他没有吱声。我明白，这种拥挤当然不是指居住的距离，而是信息传播的后果。每天接触海量信息，人人疲惫不堪。结果是惊天大灾不再为奇，正常的人类情感已经丧失。在文学表现上，为了能让人看一眼，只有追求技法和内容的千奇百怪：颠三倒四或无比下流。这个趋势只能愈演愈烈。

如果这稍稍算是一种现实，那么作为一个写作者也只好尽可能地躲闪。可是风里吹拂着一切，现代人已经无法拒绝。这使我想起了八十年代初期的一次经历。那是年纪比我稍大的一个文学朋友，他从北京出差回来，脸色阴沉且有些慌乱。我问他怎么了，他沉默了一会儿说："到了信息时代了！"那时"信息"这个词很少有人提到，他当时的脸色、造成的气氛，让我觉得非常可怕的大事就要降临。不过我冷静了一下，觉得即便真到了那样的时代也不必吓到脸色蜡黄，那又能怎样？那是我忘不了的一个场面、一个记忆。我当年在心里嘲笑他被一个"信息时代"吓成这样，有点浅薄。今天看不是朋友浅薄，而是自己太过大意了。我们终于见证了信息时代令人恐惧的一面。

就为了躲开无可躲避的时代，这个人住在山里，没有手机也没有电脑电视。他在倾力筑起篱笆，与世隔绝。他每天干活，业余时间写一点东西，发表时署上附近一座水库的名字，后来又改成旁边一条河的名字。

那次见面几年后再次相聚，我发现这个人更加冷淡。但一谈起文学还算好一些，话也多了。我忍不住问他一直思考的第二个问题怎样了，他点点头。我以为他免不了要谈一个写作者对于生活的责任、人的责任，谈到审美的功用和力量。这其实是不可回避的，我们多年来也为这种积极的美学主张所陶醉。结果却完全不是如此，甚至相去甚远。他竟然从动物开始说起：世界上有很多动物，狼和狐狸，还有非常聪明的狗和猫。

他的大意是：人与其他生命根本的不同，就是拥有复杂的语言系统和表述方式。其他动物也有自己的语言，但要简单得多。人是一种语言动物，以此跟所有生命拉开了距离，拥有了尊严。所有的生命自发生到鼎盛到死亡，是一个非常具有悲剧性的过程。人这种语言动物稍有不同，他们可以运用语言进行诗意的表述，能够自嘲和幻想，深刻描述自己的生存状况，在那个必将来临的结局面前赢得了一点尊严。既然如此，那只能把语言发挥到极致，同时也把智慧和思想发挥到极致。这是人的自尊，是与其他生命的区别，是活着的意义。文学是各种语言方式当中最别致、最深入、最高级和最不可思议的一种表述，所以这事关绝望中的幽默、诗意以及风度。只有文学能够做到这一切，能够改变渺小的生存。

我在思索。我说："也许是的。作者写下这些文字的时候，总会想到施惠于社会和他人。"他摇头："不，只有专注于刚才的意义，才会施惠于社会和他人。"他如此爱惜自己的语言，专注于语言，从中寻找最高的意义，并且上升到非常严苛的伦理内容：不专注、不忠实于这种表述，简直就是一种不道德。从这里推导下去，所有粗疏的写作，粗枝大叶和庸俗的文字、语言的垃圾，都是有损于尊严的，是与人类生存的最大利益背道而驰的。

这是他的发现。我经常去想这两个问题，却不愿完全苟同。我或者觉得一切都更加复杂一些，结论或应放缓。不过我愿意将其当成最严肃的思考、最好的参照。我暂时也不想采纳他的生活方式，我在城里有许多事情要处理。但是闲下来时，一想起与他相处的日子，就觉得比周围的庸庸碌碌宝贵多了。我觉得从某种程度上讲他抓住了根本，思考的是一些很大的问题。他没有现代主义的复杂说辞，只以极其朴实和诚恳的方式启发我：拥有独处的能力，摆脱信息的包围，然后去尝试创造。

三

他们夫妇对那个搞“籀”字研究的朋友有些依赖，特别是脸色微黑的妻子，一谈到那个人就喜上眉梢：“那是个高手，常言说得真对，高手在民间。”我知道她感激这个人给予的最大帮助，即让她的丈夫安静下来。其实我心中疑惑这主要还不是治疗的问题，而是年纪的问题，他这样的年纪应该不再顽皮了。他们对眼下的生活似乎也非常满意：鸡鸭繁殖很快，山坡下的速生杨一片浓绿，收入稳定可观。“现在更读得进书了，不再走神。”她说。

这里的生活状态对一个城市人、一个知识人来说，尽管少见却也似曾相识。这是另一种概念化的生活：脱离大都市，重返耕读岁月，与大自然亲密无间。好像仍旧是梭罗那一套。好在这幢小房子的主人善于思考并得出一些结论，把自己最关心的当下文学问题化繁为简，有了与众不同的收获。他的妻子也“不再走神”，无论如何这都是重要的收益。

我知道要做到这一切既困难又极有意义。因为人的耳朵里、眼睛里，甚至鼻子里所嗅到的气味都似曾相识，很难有什么创见。就阅读来说，随便打开一本杂志就是相似的语调，写作者差不多都用同一种口气说话。可以说，一个人不可能与这个时期的流行之物有什么区别。山下小屋的主人起码摆脱了一种流行语调，这是他解决的第一个问题，这在我看来真了不起。

城里一个作家曾对我开玩笑，说：时下要写一部很差的作品，比写一部很好的作品难多了。他在自嘲和自警，害怕跌入惯性写作的泥淖。当写作者把一支笔用到娴熟的时候，笔下流淌的东西大概不会差到哪里去，但这种“好”的结果，一定是对自己的最大毁坏。文学故事也就那么多，生老病死，爱恨情仇，加点黄色和绿色，谁把谁杀掉，成功与失败。情节随便组合，故事容易堆积。这对于职业写作者太容易了，但没有多少意义。对自己没意义，又要浪费他人的纸张和时间。惯性写作是非常可怕的庸俗之事。

要破坏这个惯性，首先就要废除惯性的生活。正因为这样，这个人才走到了山下小屋之中。他在种树，许多的树。他谈到语言的严苛口气，令人为之动容。他考察语言与工具：古人写在龟板上，写在竹简上，或者写在树叶上，工具何等简陋。再到后来由毛笔到自来水笔直至电脑，文字就开始泛滥，人也轻率轻浮起来。“顺着这个速度繁衍下去，最后的结果只能是人类自己将最宝贵的东西，也就是语言，完全毁掉。”我似乎能同意他的判断：人作为语言动物，正开始不可逆转地通过毁坏语言，进而毁掉自己。

我想起古人的一个说法：文章不读秦代之后。这是极而言之。不过先秦的文学力量大极了，那时候一个字等于后来多少字。它内在的那种含蓄多义，包容和重量，有一种不可企及的高度和美。秦代以后的文字是逐步草率和繁殖的过程。就留下的痕迹而言，自来水笔和毛笔不一样，电脑则更为不同。可见形式一定会影响内容。写作工具的演变，带来了信息的泛滥，改变了人和自然的关系。

现在只要打开视频系统，多么残酷与华丽的场景都在淋漓上演，而且日夜不息。过去战争的死亡是与敌人的近身搏杀，是倒在血泊里，而今有可能只按下一个发射钮，千里之外的几十人上百人就没了，像玩电子游戏一样。冷兵器时代的确过去了，情感的接受与记忆也的确不同了。这种改变将打败靠灵魂支撑的那种表达方式，让一切在无察中就完结了。

这个在小屋中生活的人正努力扭转着什么，比如重新建立跟万物交流中的命名能力。他耕种，抚摸，一棵树长得很快，他用尺子围一下，隔一个月再去围一下，在本子上记录生长和喜悦。所有的绿植除了拉丁文转译的名字，还有当地土名，这要一一对应。他养了一匹马，跟马朝夕相处，有一天它很深情地看过来一眼，让他心里一动。他觉得它的眼神像人一样。它为什么要这样看我？包含了什么意思？一直琢磨。这就是一个命名的过程。

从此使用文字的方式会有所不同：极力寻找个人的贴切和真实，所用的字词一定是不可取代的。他举例说，一部分作品离开了写作者的语言，再去复述人物与故事并无妨碍，损失是很少的；而另一部分作品除非使用作者自己的语言，不然就无法转述。我想了一下真是这样。原来真正意义上的文学，比如说诗与思的创作，语言是没法跟故事和人物剥离的。

他的思索抗拒着这个商业与物质主义时代的宽容与混浊，为自己建立了一个苛刻的标准。他回忆自己译出的西方作品：那些语言与故事剥离的写作，译起来是非常容易的，因为质地粗疏，把故事和意思转述明白也就可以了，不需要进入语言艺术的层面。“有一部分作家是名副其实的，他们与自己的文字结成了一体；有的则不然，他们留下的文本并没有相应的品质和内容。”他说。

我不再说什么。我觉得他说得挺好。但这只是山里的讨论，是在两三个人之间进行的。他说的，我就做不到。他让我看到了从事文学的不同方法、不同的文学观与世界观。他谦和的语气中充满了自尊与轻藐，这样讲了一会儿，就起身去喂鸡。

那个夜晚起风了。我独自一人躺在那儿想着我们认识以来的交谈、重逢和分手。还是那座闹市，他走开了，我留下了。我写了四十多年，有辛苦有收获，也染上了很多毛病。我明白，今后安静下来的时候，自己还会思考他这个人和他说的话。我珍惜这种面对面的交流，知道说真话有时候是危险的。但事过之后又会觉得舒服。说假话保险一点，但事后会觉得空虚。没有什么比朴素的真话更能安慰人的了。所有的人都不喜欢欺骗。我马上就要回去了，回到这个人为之痛心疾首的那个拥挤的世界里去。

走前我留下了自己最新的两部长篇：《艾约堡秘史》和《独药师》，算是交上的两份作业。写它们的时候，我经常想到这位住在山里的人。

（2018 年 4 月 10 日，于鲁迅文学院）

思维的锋刃

勤奋和懒惰

有人常常谈到一个作家怎样才能持续写作的问题。写下去很容易，只要勤奋就会保持一定的创作量。但是有时候这对作家不是什么好事。有一次作家被提问，说到同一位作家既主张“作家写作不能太勤奋”，却又写了很多，是否矛盾？这里面大概有两个误解。

一是他以为的“勤奋者”，实际上并不一定，说不定作家经常为个人的懒惰而自责。当然，也可能有人更懒惰一些。有比较才能有鉴别，和中外一些重要作家比较起来，当代作家其实是比较懒惰的。

现在我们受过去的“一本书主义”影响较深：写了一本书以后就不怎么写作了，或者是去参加火热的斗争生活，或者是其他，总之创作的文字很少了，一辈子主要以这一本书为主，或者围绕这一本书再有点别的文字，算是附加的。这就是我们概念中的一个好作家的状态。实际上不光不必如此，还多少有点不正常。仅仅个别人这样也未尝不可，因为文字生涯是各种各样的，很难讲写得多就是好，写得少就是不好，情况比较复杂。有人讲曹雪芹写了半部《红楼梦》就是一个不朽的伟大作家，有的人写了几千万字也未必留下一部，也许是。不过曹雪芹这个人存在与否还有争论，更不知道他究竟写了多少、他能写多少，这都不好谈了。

当代作家的主要问题，一般来讲还是不够勤奋，是写作不够努力。这种不努力一定会伴随整个文学生活的贫瘠，阅读少也是个问题，在投入生活的认真态度方面，也有问题。

第二个误解，一个作家不要太勤奋，是指日常生活中不要总是围绕着“文学”两个字打转，这样就会压迫自己的思维，难以产生新的艺术冲动。不能每天脑子里总是焦灼于自己的那些文字。在文学方面不要太勤奋，不要死盯着那两个字，否则整个的文学思维反而活泼不起来，很难处于一种被激活的状态。“创作”既是创造性的劳动，也就非常惧怕惯性操作，这个时候很少会有出乎意料的、令人惊奇的艺术发挥。要保护思维的锋刃，以便有一场漂亮的收割。

一棵树让人感动

有人走在路上看到一棵树，就不动了，站在那个地方。这让他想起小时候的一幕。是的，人这一辈子围绕树会有多少记忆，应该写一本树的回忆录才好。一棵一棵树，都在记忆里留下很重的痕迹，把它们记下来就是丰厚的一本大书。树跟人的关系、给人的感动，都很难忘记。

这对一个写作人来讲也是重要的指标。树能让人感动，人怀念那些树，有时候就像对待一些朋友那样，总想回到它们身边。到了那个地方发现它们不在了，就像一个个老朋友离开了，令人伤感痛苦。

关于动物的记忆，那种感动和怀念很容易理解，因为动物能够跟人交流，会用眼睛看人。衡量一个写作者能不能走远，要看他同其他生命交流的能力。跟动物交流不难，跟植物交流而且产生一种情感，比较难。如果不能，很可能就是某种能力丧失了。也许我们应该害怕它的丧失。

一部作品有着强烈的道德感，看了之后在心里引起一阵又一阵义愤，这当然重要；但也要从中看到绿色，看到河流、树木和动物。书中没有这些，没有绿色，总感觉缺少氧气。有人讲现在的城市树木很少，作者可能没有在林子里生活，所以很难跟大自然融为一体。可是有人从窗外看到一棵树就能感动。看来每个生命是不一样的，有人就是对绿植、对其他的生命特别敏感。

还记得在胶东半岛，某一天下午去了林子里，马上闻到了一股浓烈的气味。当时正是春天，沙滩上的绿色灌木枝条往外拱动，太阳一晒，形成了特殊的海边原野的气息。脑子似乎还没有想什么，嗅觉已经把人俘获，毫不犹豫地拉到了少年和童年时代。洁白的沙子上露出了一簇簇紫红的柳芽，有十几厘米高，生旺生旺，从地表冒出。最熟悉的画面和气息就这样把人攫住，让人陷入长时间的感动。

这种感动会支持一个人。它将化为一种莫名的力量。这种力量，人在长大以后会丧失，会遗忘在路上。

写作即便看起来在着力表述眼前，实际上还是一场回忆，仔细看一下，它的整个情感重心仍然在过去，是一场时断时续的回忆。

文学总是从当前出发，回到过去。

一切刚刚开始

人的生活、学习、创造，看起来由不懂到懂，一路往前，实际上前进就是倒退，获得就是遗失。人的创造力来自对这个世界的好奇和新鲜，丧失了它们，那种能力也就丧失了。因为到了网络时代，各种信息和知识交织，任何事物都引不起新鲜感了。看得多了，所谓见怪不怪，很多东西早就习以为常了。现在有电脑和手机，各种各样的视频，各种恶性事件和娱乐，惊喜，最美和最丑，最匪夷所思的事件，正从网络上日夜不停地拥来。

在这样一种状态下，人的好奇心给磨平了。人们已经知道的太多，看到的太多。我们平常讲太阳底下无新事，现在的网络时代真的没有新事，任何故事都似曾相识。有时候我们去听一个演讲，认为这次会有一场精神大餐，结果只一会儿就发现，演讲人整个的语言系统跟我们平常听到的差不太多，甚至还不如我们听到的更热闹更新异，没有什么新东西。在这样的状态下，一个人能有创造性的思维和发现就很难了。如果是一个孩子，不识字，不会看电脑，不会看网络，是一张白纸，那么他眼里的东西将是新的，都有新鲜感，就会产生感动。

有时候我们也很矛盾，不知道读书多好还是读书少好；不知道不停地阅读好，还是把自己封闭起来好。怎样解决这个矛盾？有时候会想一个问题：有人也在不停地学习，不断地阅读，但是对任何事情仍然好奇，好像他的好奇心比我们大一万倍，永远不能枯竭似的，不停地把他的感动和发现写出来，而且生气饱满，没有疲惫和重复。这里边肯定有一些奥妙。

这一类人让人有一种绝望感：为自己不可改变的拖沓、懒惰和疲惫而绝望，为自己不够敏感、不够好奇、不能保持对整个世界无穷尽的新奇感而绝望。

有时候看到一个孩子二十多岁，他说话、思考问题特别老旧。有时候看到一个人八十多岁了，还像个孩子一样，目光清澈，新鲜有趣，好奇地问这问那。原来生命的新旧还不仅是个年龄问题。怎样把我们身上沾裹的尘埃不停地洗涤、抖落，让自己一次次变得"新"起来，这可能是最重要、最难的一件事。

有一个说法让人喜欢：太阳每天都是新的。把每一天都当成生命的开始，这非常难。苏联有一个作家说他的身体很不好，忙了一天，到了晚上就觉得疲惫至极，脑子不转，整个人死气沉沉，觉得生命将尽；但第二天，一早起来看看太阳，又觉得一切刚刚开始，再次朝气蓬勃了。这是他个人真实的生理和精神的感受，容易理解。我们不一定每天都经历那个状态，但也差不多：生命老旧，两腿都迈不动了，再也不想往前走了；有时候眼睛里突然又充满希望，看一切的眼光都那么新鲜，一切也就重新开始了。

主题思想

几十年前有关部门要创作一部大型歌剧《徐福》。当时觉得徐福这个人物很难表现，跑掉了，却又是了不起的中华传奇人物。后来只讲他强烈的开拓精神，重点放在这里，问题总算解决了。特别有意思的是从远处请来一个大师，专门搞歌剧的，让主创人员跟他学习。有关方面发现，只要是大师沾手的项目都得了大奖。大师很瘦，很高的个子，年纪很大，牙齿不多，天热，穿了一件黑色的香云纱。他提出要到徐福生活过的地方看一看，以便提炼出一个主题思想。

传说徐福就在龙口一带出生，那里也是出航地之一。半岛人发明了缫丝技术，徐福出航前就在桑岛上领人养蚕。编创人员跟大师到岛上住了大半个月。后来年轻的编创人员找到我，说这一段累坏了，基本上不能好好睡觉，就躺在海边沙滩上。那里有一球球的蚊虫，大师要睡觉，他就在一边驱赶蚊虫。老人觉很少，醒了就躺着看天，找主题思想。“找到了吗？”“还好，总算找到了。”年轻人从兜里掏出一张字条来，这是大师交给他的。展开一看，只有一句话：“朦胧啊朦胧，找到的还是一个朦胧。”大家对视良久，都有些犹豫。政府拿出这么多钱来做一个项目，“朦胧”能当主题思想？

后来大师走了，大家还得继续找主题思想。这件事非常困难，但任务总要完成。

后来费了许多周折，总算勉强找到了一个主题思想，记得当时由编创人员写在了一张字条上，也是一句话：“世上哪有不老的仙药，人间只有不灭的希望。”这是浅显易懂的。后来《徐福》这部剧本完成了，排练的时候又把大师请来，大师一直闭着眼睛倾听。这个剧参加了会演，果真得了最高奖。

有些事情很怪，拜师是必须的。有人不止一次拜师，尽管大多没有学到什么，可还是因此而进步。有时想，也许仪式本身比什么都重要。

向后取得的动力

我觉得如果没有胶东半岛的生活，什么也写不出来。虽然后来写了许多事件，发生的场景远远离开了半岛这个地理范畴，但内在的气息，特别是那种情感动力，仍然来自那里。

常常要写到很多植物，特别是《你在高原》，写了上百种的植物。每一个植物名都来自拉丁文转译。它们都是小时候见过的，必须用准确的学术称谓去一一对应。写的时候会牢牢记住小时候的那一株草、一棵树，让那时的感动和印象保持在脑子里。它们的名称改变了，感受却是过去的，这个不能改变。一部作品可以写到外国，写一个广阔的世界，但其中的情感动力会连接在十岁左右。所以写作严格讲就是一次次回返，一个个追忆的过程。

回忆有时候是以向前的形态表现出来的，但用到的动力却是向后才取得的。离开了过去，一个作家不可能成立，扔掉了过去，一个作家可能会自毁路径。的确，作家的衰落、失败，创作力的萎缩，都是回忆的能力减弱了。我们强调一个作家要深入生活，跟时代同步，这是对的，因为越是深入生活，越是跟时代同步，就越是具有怀念和追忆的能力。记忆是补偿，也是激励。这种回返的过程会产生一个推力、一种动力，使人向前。有时候我们觉得文字这样疲沓，只不过把一个故事讲一遍，缺少往前推进的一种力量。我们可能不知道，这力量要依靠回返才能取得，就像火箭轰轰往上，要靠强大的反作用力。

好奇心重的孩子

网络时代也好，过去的时代也好，总有人会脱颖而出，这是肯定的。要从中总结出一些规律性的东西。网络时代的孩子接触大量网络、数字化，但也不是所有的孩子都这样，总有一些不同的个案。整天迷于纸质阅读的孩子更有利于创造性的发展，还是埋头数字网络阅读的孩子？没有做过这种对比，这是非常复杂的社会调查。就个人简单的观察，似乎纸质书读得多的孩子、对大自然好奇心重的孩子，相对来说还是发展得好一点。一些孩子读了好多书，连麦尔维尔的《白鲸》都看过。有一些孩子成立了登山队，有的还去搞社会调查。是这一拨孩子发展得好。

行走和不行走有什么区别？行走的时候会看到很多以前没见过的事物，就要问，就要去了解，整个过程要自己做判断，自己处理。如果总是从书上，特别是从网络上获取答案，那都是别人已经解决了的问题，个人判断（命名）的权利就被剥夺了。孩子也好、大人也好，要尽可能保留个人的权利，把最初的基础判断、把这种处理的过程留给自己，而不是拱手交给他人。我们不停地接受别人的结果，最终省了脑力，也慢慢不再有个人的见解了。

生命差异很大，有人对语言特别敏感，有人长于逻辑记忆。生命的特质有一大部分是先天造就的，后天会改变，但要彻底改掉也很难。

对学习的警惕

学习是一把双刃剑，一方面它使自己懂得多了、变得博学，另一方面也使自己变得陈旧或平庸。学习不一定全是正面的。有的孩子上大学之前对文学作品很敏锐，一下就能抓住书的神采，能获得一种本质的感动，接受了高等教育以后反而变得迟钝了。家长花钱培养孩子，费力找到好的学校好的老师，结果却不理想。但这并不是拒绝学习的理由。可以设想，如果继续学习，突破一种知识的局限，跟原来就有的先天能力对接起来，是不是会变得更强大，成为一个了不起的创造者和发现者？极有可能。一个孩子读书少，表述的时候写不成句，读多了之后套话却多了，真是两难。有的孩子套话用得很熟练，就是没有见解；但有的孩子有见解，又不会表述。孩子送到大学里去了，让他学会表述，也学来了套话。学术会有一个框架，教他怎样把作品放到框架里。

文学作品的目的，就是要保持一种鲜活的生命，在阅读者那里它是扑扑跳动的，这个时候体温不能少也不能多，要在三十六摄氏度左右。文学的欣赏实在是太复杂的一个问题。有一次到一个大城市去开会，听到一些人的发言，真是好极了，就像一段一段背出那般流畅。有一个边远地区来的老人口音很重，词语重复，表达很不流畅，但是慢慢听来，会觉得他最懂。他懂作品好之为好，坏之为坏，把最深刻的阅读体味抓住了。可见文学理解，主要还不是词语的组织能力，而是心灵的感动和感悟力。一个心灵对另一个心灵越来越近，那种能力光靠学习是求不来的。

生命一开始就具有的感悟力，后来在阅读、在所谓的学术训练当中会丧失。如果能把原来那种鲜活的不可思议的感悟力，与学来的表达方式连接起来，可能就是一个杰出的评论家了。看了无数的名著，掌握许多技术，将生命原初的那种鲜活和对世界的好奇敏感结合起来，大概最重要了。警惕这种丧失，不停地回返，这或许是保持强大生命力的方法。

有些东西是学习来的，有些不是；有些也可能被学习所破坏。

中国古代有一个学问叫“紫微斗数”，是很复杂的星相术，用来看一个人的命运。它研究人在出生那一刻不同星体的位置，用以推算人的性格、创造力等。这太深奥太复杂了，少不得掺杂许多芜杂，甚至是骗术。这是唯心，不，也许是极端的唯物。一个生命是可分析的，是受客观存在的制约和作用的，是逻辑的而非荒诞的。这是回到一个极其唯物主义的思想体系里考察生命的各种可能性。这跟西方的星象学是一致的，但用的术语不一样。如果很粗疏地说天蝎座如何白羊座如何，未免太简单了。一个生命形成的瞬间，受整个天体状况的影响当然是不同的。在生命形成的那一刻，客观物质对它具有强大的规定力。后天学习的重要，在于它会产生一个对接的过程：把先天的优势与后天的学习对接起来，这是良性的学习。如果反过来，学习把先天所具有的良知良能扼杀了、改变了、扭曲了，那么这种学习就不是良性的。

我们追求的是良性的学习，是通过学习发现昨天、悟想昨天、对接昨天、扩大昨天、释放昨天。学习是为了释放，而不是进一步地包裹。上大学包一层铁皮，研究生又包一层铜皮，博士生则包了一层不锈钢皮，这样一来，先天的能力怎么会得到释放？只会憋闷，最后什么都做不了。

很多书呆子并不是先天没有能力，而是被后天的拙劣学习封闭了。不是所有的求学都会解放创造力的，它也可以成为封闭的过程；追求文明之路也可能正在走向愚昧，它是一个悖论。可以说，我们要抱着一种对学习的警惕心态，去努力学习。

苹果和果脯

许多事情看起来是矛盾的，实际上就要在这矛盾中追求真理。专业精神固然好，但我们会发现文学严格讲并不是一个专业：一方面它很专业，很深奥，比如说一个写作者没有四五百万以上的文字量，笔触很难变得灵动。可见训练多么烦琐，阅读量要大得不得了，这需要专业训练。而专业训练又充满了危险，因为这是心灵之业，最害怕把它当成一个专门的学科去对待，变为刻板之物。它既是很自然的心灵冲动，又需要非常强的专业能力，这是不是有点矛盾？经过漫长艰苦的专业训练，有可能把一个人改造成彻头彻尾的专业动物，而这种专业性越强，创造力也就越弱。

文学创造者就像一个非常鲜活的刚刚摘下的“苹果”，可是我们学习文学技能的过程中，会不自觉地把自己做成果脯。果脯有果子的味道，可以放很长时间，但毕竟不是鲜活的苹果了。这真是一个悖论：一方面要努力写作，广泛学习，具备专业的高度和能力；另一方面又怕丧失了生命的鲜活，丧失了正常人的喜怒哀乐。如果遇到一切事情都用文学的眼光去看，那将很成问题。文学人更要保持一个正常的、健康的、挑剔的、好奇的、敏感的眼光去看问题。

但事实上并非这样，有人一看到什么事情立刻用上诗的角度，结果很快激动起来了。这不是什么专业能力，而是不正常。说文学不是一个专业，是指一个理想化的社会里的人都应该有教养、有文学情怀和表达的欲望，但不一定从事写作。一个人成为专业作家了，到了八点就开始冲动，怎么可能。

其他事物也许可以专业化，唯有需要专业程度最高的工作，比如文学，不能够专业化。如果谁碰巧成了一个专业作家，也许要警惕这个身份，警惕被它所异化。一个人有再多的时间来创作，也不要把自己当成专业作家，而要让自己作为一个正常的社会人运转起来。几乎无一例外，一个人一旦需要维持工作的惯性，这个人的文字就再也没有了激情，没有了温度，灵魂会躲开他。有时候觉得一位作家真是了不起，很快写出一本很厚的书，这么大的年纪创造力还很旺盛；但极有可能是惯性写作的延续，是专业和职业带来的习惯动作。

谁能超过李白

当代作家跟读者处于同一个时空，所以有时候很多触点很准确、很新鲜，这是好的方面；缺点是当代写作没有经过时间的检验。如果经过了一百年的筛选，今天判断起来就容易得多。从更长的时间和更大的范围里选择作品，尺幅比较大，更有可能找到最好的作品。文学作品的鉴别讲究一个时空。我们有时候会觉得现在好作品太少，平庸作品太多，换个角度想想都是很自然的。对于文学艺术的判断太复杂了，谁也没有能力从眼前判定一切，因为这需要时间。当年荷兰的凡·高，都说他画得太笨拙太丑陋，经过一段时间才知道原来是那么伟大的艺术家。当年几乎没有人认为凡·高是一个伟大的画家。但是也有看准了的时候，比如对毕加索就是这样。毕加索当时就被认为很了不起。

无论是年轻人还是有了一把年纪的人，还是要多读经典。读经典就是节省时间，就是走近路，就是数学好。在有限的生命中去大海捞针，太浪费。经典里有一部分不适合我们，但总是更容易找到我们喜欢的。现在这么匆忙，大家都舍不得花时间去阅读，觉得这么宝贵的时间不能整天看书。实际上最值得做的一件事就是阅读，这样才可以把一辈子过成两三辈子。人的一生经历的喜怒哀乐才有多少，如果跟大师一块儿去经历、去感受，相伴第一流的人物，这一辈子会多么丰富。

比如读索尔·贝娄。这些年使人着迷的还有一个马尔克斯。索尔·贝娄未必有很多人读过。去读一下，会感到惊异：人和人的差异真是太大了。索尔·贝娄的幽默、机智、理性、对生活的洞悉、内心的丰富，令人有点不可企及。这种人仿佛不可以学习、不可以靠近、不可以模仿，不可以有一丝侥幸的心理，向他看齐。这是一个了不起的作家，虽然并不伟大。“伟大”是一个古典标准，现代作家可以超绝，却很难“伟大”。

阅读这一类人物，会觉得我们个人的生活见识太浅薄、太狭窄。我们太无趣，我们应该经历一些更有意思的事情，一天又一天不精彩，不值得，有点亏。读索尔·贝娄的时候，跟这样一个人对话，觉得太值了。类似的感觉在一辈子里多起来，堆积起来，多么重要。阅读就是寻找这种感觉。我们读鲁迅，从二十世纪中期看到现在，一直在看。看什么？看他的小说和杂文，什么都看。真的读进去才会发现，这是一个多么古怪有趣的老头，那么倔强、那么较真、那么爱开玩笑，真是一个奇人。看他的杂文，谈的都是现代文学那时候遇到的很多现象，社会、文化、文人争执，鸡零狗碎，读了之后会觉得人性是如此接近。现在到了网络时代，但鲁迅当年经历的许多矛盾、痛苦、哀伤、不幸，今天一点都没变。所以鲁迅不会陈旧。再看古代李白的痛苦、杜甫的痛苦，多少年过去了，今天还是照旧。有人讲现在一日千里，科技好像不得了，飞船要到火星上去了，实际上人性并没有多少进步，发生的变化非常小。几千年前的大师，跟今天的心灵一定是相通的，不会有多少隔膜。

我们能够取得进步的，都是较容易积累的部分，把自行车换成摩托车，把固定电话换成智能手机，登月，还要星际旅行。最难的是文学，因为它不是一个专业，而是生命之力、心灵之业，最难了。所以它要进步，求得一点点的积累和进步，都很难。比如，现在的诗人一定能超过李白？两千多年过去，没有发生这样的事，但短短几年中手机不知换了多少次。原来那些让我们欢呼的巨大进步，比较起来都不是最难的。赚钱、盖摩天大楼、上火星，都不是最难的，最难的是让诗篇超越李白他们。它们属于灵魂，而我们总是强调物质和科技，后者不难。

三十年前有个作者激动地写了篇稿子，标题是《待到小康时》。今天看小康可能待到，好诗却不一定。原来最难的是生命中的诗性追求力和创造力，是对它的表达以及向外投射的能力，这是人类社会里最难的部分。文学超越了专业、超越了行当，是一切生命中所固有的一种伟大力量。

（2018年5月14日下午，于山东师范大学）

语言落下的同时

迂 回

要写作也就只好面对复杂的人生问题和社会问题，它们总是纠缠在一起。这可能不是选择与否，而是必须的和必然的。写作的过程显然就是对这些问题的回答和回应，不过要使用艺术的（诗性的）表述方式。如果几十年里都不曾停下，也就变成了日常生活。既然如此，一个写作者也只能习惯于这种生活，安定而认真地对待它。具体到一部新作品的创作，虽然还是慢慢地写下去，但是在局部，在写作中，常常会处于深深的沉浸或激越的状态。作者只能欣然接受这一切，这也是很难得的。

人生只能往前走，写作和回忆不过是一种迂回。时光在延续，停滞是不可能的，生命的不同状态会逐一表现出来，一章一章地展开。

语言落下

如果一部书构思酝酿的时间很长，一旦成稿，改动也就不会太大了。但句子总要多次润色和删减，越是年纪大了就越有这个问题，因为人的反应能力会随着年龄减弱，出现很多不周之处。写作的真实情形是，找到一个贴切的字词不是那么容易，这得慢慢来，多想一想。语言与内容是不能剥离的，语言落下的同时，一切也就尽含其中了，所以要极其慎重。这是最难的事。如果将语言和故事分开了，那大致是通俗读物的写法。一直用笔写，不用电脑，顺利时一天能写两千五百字。

所有的书都要确定名字才能开始写。名字好比书中世界的太阳，它要照亮这个世界，要具备全部文字围绕它旋转的强大引力。

留下口实

人在许多时候会想个明白，只是想明白了也无法去做。人生的许多辛苦就来自这里。能够将新的觉悟贯彻到现实生活中去的人是了不起的，但也可能面临许多危险。因为生活与现实不完全是遵循理性的，它可能自有一套逻辑。人不得不经常迁就和妥协，结果又坏了大事、误了大事。人生之难就表现在这些方面。理性才是最重要的，缺乏理性的民族一定要遭遇最多的磨难，作为一个人也同样如此。

对笔下人物做出过多的道德审判，往往会令人生厌。实际上也不可能完成，因为事情不会那么简单。作家做不了的事情硬要去做，这就留下了口实，也会造成其他后果。人生的行为以及结果太复杂了，仅仅以道德来结论还远远不够，所以作家在这方面需要慎之又慎，这本身也是一种道德要求。

处于守势

一个人在事业上成功时，常常会给自己或他人一个假象，即此刻的力量很大。真实的情形并不是这样。这只有在反省力很强的人那里才会知道，如果他自己直到最后都不知道，那就太愚钝了。真实的情形是可能并不强大，而是经过了相当长的奋斗之后，作为一个人的全部可能和局限都如数展示出来了。这会儿再往前就更加困难了，人生开始处于守势。也许新的动作还在继续，好像不太费力就可以完成得很好，实际上并没有什么拓进意义：只是轻车熟路的重复，或者在重复中埋下了大错。

人的虚伪

一个人面对截然不同的评价是正常的。爱者找到了理由，所以才爱。恨者也同样如此，所以才恨。客观的评价标准只能放在时间里，但时间又会让人遗忘，忽略许多细节，而细节对评价一个人是十分重要的。由此看来人的自省力和自我批判、忏悔和罪感，这才是最最重要的。这对所有人都一样。道德楷模对于他人可能是存在的，对于自己一定是虚妄的。

人的虚伪是经常发生的，这往往是由于心和身的不一致，身体先自软弱下来。心灵比肉体要强大一些，但心灵最后总是向身体妥协。现实的诱惑会强于完美人格的追求，这就是人类的不幸。一个人能在内心里对自己有个清醒的评价，这已经是非常难能可贵的了。

主观虚构

人这一生最终想要走向哪里，有时连自己也说不清。有些一闪而过的念头可能会变成恒定的目标，但也可能很快就忘掉了。在现实行进的隆隆车轮声里，人没有那么多的时间等待和观望，所以选择的机会和余地总是少而又少的。爱情比较起来还是神圣和崇高的，所以许多人愿意相信它，为它忍受和迁就。现实是残酷的，这将给爱的双方造成巨大的伤害。

爱情引领灵魂的飞升，这没有问题。但爱情的全部组合中，总有一些元素是主观虚构出来的，它们迟早会被舍弃。爱情有许多是来自他者的新异和新奇，这些将在时光里变旧，一点点褪去光泽。这时候总不能说一定是爱情变质了，而是所有事物都要经历的阶段，要变旧。

柔弱的属性

人的堕落常常是从不再相信爱情开始的，颓废也从这里开始。爱情是生命的强大依赖，没有它当然不会有什么好结果，会变得更糟。对爱情最具腐蚀力的是权力和金钱这一类东西，可见它们不是什么"正能量"。一个人会以为拥有了物质支配力就可以妄行、可以在情感上为所欲为，这就露出了浅薄相。反过来，能为爱情舍弃世俗的巨大拥有，比如盖世的财富和权力，倒有可能是最值得尊敬的。爱情也不等于简单的好奇和倾慕，虽然它可以从这里起步。如果越来越多的人对爱情不再信任，纷纷丢弃它，那就一定是进入了一个道德低下的时代。

一个人给予另一个人难得的慰藉，又是发生在异性之间，就会被当成爱情。但爱情不光是彼此慰藉，还有更多。异性之间相互都有强烈的需要，这只有对方才能给予，所以他们就再也分不开了。如果出现了比慰藉更重要的东西，它们难以名状，彼此都在感受，爱情的深意就进一步被领略了。爱情发生和递进的层次，只有杰出的文学作品才能呈现出来，这也是写作的要务。当然，生活中的爱情会变质、流失和陈旧，它不会是一块永久不变的金刚石。有人试图培植出新的爱情，让其产生出更崇高的东西，因此就出现了爱情的理想主义。

在爱情的两人空间中，一方比另一方更清醒和更超脱，这一方就是冷静的人、不简单的人。如果她（他）压根就没有陷进去，发生在对方身上的就是所谓的单相思。文学作品中写到的单相思者，都是一些可怜的人。不过这一类人在许多时候又会是十分强悍的，而被爱者的优越地位常常只是一种假象，只不过在这次双边关系中偶然占了上风：之所以被苦苦地追求，可能是因为自身某种柔弱的属性。

问题的症结

人在私下里的道德追问、反省和自谴，有时也是自我宽恕的一种方式：这样一来就可以与未知的什么达成谅解。他的疑问和费解基本上是不成立的，因为他完全清楚自己做了什么、抵达了怎样的罪境，知道悔之已晚。恶的积累不是一朝一夕完成的，所以自我追究总是显得做作。对他来说，问题的症结不是寻求一个正确的答案，而是有没有决心重做新人，真的改弦易辙。

潜隐不彰

阅读对人的成长、对心灵之力的养成是至为重要的。事实上，没有深入而广泛的阅读，就没有深沉有力的人生。但光有阅读可能还嫌简单了一些，追溯起来，一个人的总和还包括了血脉和禀赋、现实经历对人的磨砺，等等。自然环境也是不可忽视的一个条件。人们对一个人心灵力量的判断，有时过于看重这个人当下的世俗地位了，所以总是屡屡犯错。心灵的力量许多时候是潜隐不彰的，它只在特殊的时刻才会暴露出来。这种力量的确在极大程度上依靠阅读才能生成，这是后天修养的至大条件。卓异不凡的思想与艺术将短促的人生扩展为无数倍，所以没有什么其他功课可以与之相比。人的倔强也不应该是单纯的性格倾向，而是理性的坚持。

心酸的感觉

作家对作品中人物的命运其实是没有更多办法的，因为这些人物一点点长成了目前这个样子，受着诸多条件的限制。作者很难为他们创造出额外的优越条件，让他们变得更好或更坏，比如心灵，比如物质生存条件，比如爱情生活，等等。人生总是不圆满的，缺憾常常无法克服。这不是写作者的能力问题。作为书中的一个人物，也只能是目前的样子了，这是无可奈何的事情。作者不会满意自己笔下的人物，总希望他们活得更好，这类似于父母对孩子那样的心情。最后，人物随着一部作品的出版而离开作者，从此开始了独自流浪，再也没人照料他们。作者有时远远地打量着走远了的一个个背影，常常有一种心酸的感觉。

先镇定下来

对于一个人来说，现在这个世界上的一切都在加速，做任何事情都要抓紧时间，不然就来不及了。心灵问题、尴尬处境、生存的两难，这一切在人类历史上一直存在着，现在不过是换个面目重新出现，但也的确是变得更紧迫了。时间不再等人，这就是数字时代。有些问题在过去可以缓缓处理，现在则不然，要快速反应快速决定，因为生活没有留给人们那么多时间。这个变化让所有人都有点始料不及，好像形势格外严峻，出错的概率大大增加了。其实人活着，面对的基本问题还是那么多，不同的是做出决定的空间和时间被大大压缩了。现在的人需要更加敏捷。新时代当然也会产生新问题，但不是想象中那么多。由于时间被压缩了，问题才显得更强烈、更大和更多。其实当我们面对一些基本问题时，不妨先镇定下来，先不要慌。

意犹未尽

现代作品讲述故事的时候，偶尔也会犹豫起来：不再肯定它一定发生过。还有一种情形，就是故事的主线讲完了，它的局部、更细致的部分还需要重新讲一遍。补充进来的故事不同于正文，也不同于第一次讲述，它或许起着重新加固或探究的作用，把人的思绪引向更深处。这里还有结构的问题：如果放到正文里讲述，或者就失去了艺术的均衡性。作品的附录有许多功能，但无论怎样，还是起着辅助正文的作用。一部好的作品读完了，一定是意犹未尽，读者会觉得怅然若失，想寻找与之有关的文字。那么作者如果自信，就会设法满足他们。读者不读附录也完全可以，不过读了，一定会觉得非常值得。

现实身份

读者通常非常重视作品中人物的现实身份，由此做出种种分析，这都是可以理解的。但这里有必要提醒，不能因此而忽略最主要的东西：生命的本来质地。虽然不同的社会身份会影响它们，影响其表现方式，但二者仍然有个主次问题。身份的不同会制造出许多表相，将内在的核心给遮住。一个人处于权高位重的位置，或处于财富的顶端，并不能改变深刻或肤浅的生命品质，因为这些品质属于先天铸成，外加后天经历的全部综合，当下只是一个小小的部分。透过表相看本质，是我们一直被告诫并使用的方法，既然如此，也就需要从人物的全部行为中去分析他的心智和天资，如灵魂的性质、思维力、道德状况，等等。所有这一切会最终起到决定作用。他的现实身份具有很大的偶然性，这要引起我们的注意。

宝　贵

时代一日千里，这是人们常说的话。尽管如此，有些古老的价值和意义并没有随之改变。人们在生活中容易迁就一时的风气，习惯以新为美，乐于否定过去，认为是思维的进步。其实守住一些古老而恒定的常理和常识更为重要，也更需要勇气。在生活中，那些相对谨慎的人比起动辄激动不已、冲动求新的人更可信赖。经验是从无数次的尝试中、从漫漫时光中获取的，一代代为此付出过沉重的代价。商业主义和物质主义者对精神的恪守是不屑一顾的，由此造成的巨大灾难却有目共睹。在许多人笑贫不笑娼的时刻，仍然要允许一部分人说出笑娼的理由。诚实、勤恳、清洁、勇敢、正直，这些老词所包含的内容，仍旧值得坚持和追求。

爱情和大自然一样宝贵，也一样容易遭到玷污和破坏。一些道德观念方面的挑战者会对传统的爱情大加挞伐，一些物质主义者对大自然的破坏也从不手软和怜惜。这两种人都是毁坏者，也常常被冠以“勇士”或“开拓者”。这是最荒唐不过的事情。

写作者维持正常的感知力和是非观并不容易，很难做到，这真的是一件极困难的事。比如有的地方，为了一点点钱把自然环境搞得一片狼藉、把人与人之间的信义如数摧毁，反而因此受到了一些人的作文歌颂。

化为一体

文学作品常被喻为“诗与思”：“诗”好理解，“思”却不应该是裸露的理念，它即便隐藏起来也好不到哪里去。真正的文学之思是难以从故事和人物，更难以从意境中剥离出来的。如果将文学作品当成论文去读，一定是缺乏审美力的表现。作家在写作时，会在沉浸和激越中与语言化为一体，而语言又与书中的故事及人物化为了一体。

（2018 年 5 月 5 日，有关《艾约堡秘史》的采访——答王雪瑛）

等待一个“窗口”

童 话

童话在文学作品里是比较纯粹的一种文体，它往往与纯文学的理想十分接近。一个人随着年纪的增长，会更加喜欢孩子，如果写作，就会不自觉地多写一些关于儿童的文字。童话不光是给孩子看的，各个年龄段的人都比较喜欢。真正意义上的“儿童文学”，应该是成年人手里经常捧读的，他们会对这些文字着迷，像儿童一样恋恋不舍。吸引不住成人的“儿童文学”不可能是真正的文学。当然孩子们取得一些“量身定制”的文字，也许阅读障碍更少，更有亲近感。

随着网络数字时代的信息复杂化，泥沙俱下的声像制成品对视听的扰乱，写作者经常进入单纯明了的少年情怀，是一种难得的生存滋养。清纯的想象和思维是一道屏障，一种喘息，一次缓冲，一个绿岛。

窗口期

写作是一种劳作和生活方式。劳动总是有魅力的，可持续的，任何工作都有辛苦有快乐，但有足够的充实感和兴趣，才能保证几十年做下来。写作是一种劳动，更是一种极富创造意义的劳动。亲手创造出一个世界、一个人、一些生活，这当然会兴致勃勃。付出心力的创造令人疲劳，那就需要休息。一般来说，业余心态的创作会少一些疲劳，因为说到底写作属于心灵的支出，不能总是按部就班地去交付它们，而常常要等待一个“窗口”期。有人说创作需要激情，需要冲动，这其实是在说“窗口”。任何劳动的坚持都需要兴味，需要热情，但仅仅依靠这些还不行，这还不是“窗口”的意思。每个人对待事物的热情是不同的，持续的时间也是不一样的。持久的热情，一定有较大的热爱在内部支撑，这种热爱既源于某种偏好，也源于对一种意义的理解和追寻。写作者应该是极有理想和责任心的人。

一只小鸟

出生于五十年代，也不会总是写五十年代以来的故事。写作需要想象力，而想象力是没有边界的。《独药师》写了一八一九年至一九二一年的事情，那肯定不是作者的亲历。这样的创作需要想象力，要借助于许多历史资料的消化。但这些都要与个人的生活经验、关于人性的知识结合起来。一个人完全可以写一只鸟的生活，比如童话的创作就是这样。作者凭什么去描述这只鸟？凭知识？知识那么重要？有没有比知识更重要的东西在帮助他？肯定有。这种东西不是别的，仍然是关于人性和生命的经验。作者不是一只兔子，也不是一只猫，却能够细致而逼真地理解它们，再现它们的生活。这的确依赖于一个人对人性深度的理解，依赖其丰富的人生经验。这好像有点奇怪，但一切真的是这样。作为一只鸟或一只猫，人与这二者的生命性质差距多么巨大。这些差异我们都很容易明白，比如鸟吃虫兔吃草之类。不过生命之间的共同性、某些相通的质地，要搞明白就不那么容易了。生命中更深处的一些差别要弄懂实在不易。研究生命之间的微妙差别和相似性，必然是很深的一门学问，是最有魅力的探索。我们可以问一下，人和一只小鸟在哪些方面是一样的？哪些方面又极不一样？我们和它们的高兴有什么不同？其原因是什么？食物有差别，但吃到愿意吃的东西都会高兴。都畏惧伤害，都有痛感，都有敌人，都有快乐和惧怕。生命与生命的情感模型在多大程度上是一致的，这需要写作者去用心揣摩。

没有经历过复杂事物的年轻人，要写出深刻的作品也不是没有可能，因为深刻是表现在许多方面的。生命在每一种状态每一个时段中，都有其深刻的一面。人的想象力是奇妙的，这是一种天生的能力，但要随着后天的经验而生长。先天和后天是生命的两大空间，这两个空间的连接方式就是生命本身。人活着，空间就在加大和延展。所以说一个经历了无数事物的阅历深广的人，想象力应该是强大的。从这个意义上讲，如果脑子没有发生退化的话，老年人应该是更有想象力的。而想象力，我们知道，是写作中最可信赖的好东西。

心　田

写一部长长的作品，首先是身体要好，不能是病蔫蔫的，要中气充盈。还要做资料方面的准备，比如说熟悉生活场景，做好功课，都是必不可少的。一部长篇不能一阵冲动就去写，不能认为已经想得很多了，然后贸然动笔。如果一个创作的构想在心中不放上十年或更长一点，写出来厚度就不够。不过这只是通常的情况，总有些特别的情形。有人较快地有了冲动并很快写出了不错的长篇，这种情况也有。但将一个构想放在心里积累较长的一段时间，比较起来还是更可靠的做法。这段时间应该不少于十年。《独药师》准备了三十多年，这三十多年不断丰富着，将它放在心里浸泡。人的思考力是有限的，而且思考的速度也有一个极限。有一些元素，思想的艺术的元素，不可能在短时间内积蓄完成。人的精神内容要在一个漫长的时段里才能充填起来，其中涉及的各种物事才能熟悉起来。在这个基础上再进行热情的兴致勃勃的叙述，这才有可能。饱满的情绪总是在充分准备之后的某个局部出现，这个局部恰恰要十分依赖日常思忖，包括潜意识活动这个基础。许多人好像不太重视这个基础，更相信集中精力的即时运筹。事实上要让小说的结构和人物在心里活起来，就得像一枚种子植在一个地方，这个地方叫“心田”。缺水缺温度，总是不发芽，那就制造一些条件。收集材料，思虑和想象，就相当于阳光和水。三十多年不可能只等这一颗种子发芽，心田里会有好多种子，它们将会在自己的机缘里挑选一个时间发芽。

长生药方

有志于改造社会的人士，总有自己的关于社会的“药方”。而《独药师》中的长生药方是世代传下来的，它在一个地区和一部分人当中是深信不疑的。当年的革命党人并不过分看重它，他们只会强调革命的力量以及这种力量的不可替代性。从历史关节上看，也算各有道理。中国的传统养生术在半岛东部是一种实际存在，源远流长，几千年了，不是后来人喜欢与否的问题。写出这个存在是困难的，可能进入有关的领域也就绕不过去了。在中国十九世纪初，半岛地区的革命党人与这些“独药师”有着千丝万缕的联系，里面的故事也就复杂和有趣了。这是真实的历史，而不是虚构的需要。

世俗的恶意

好的写作者不会是一个随波逐流的人，起码在主观上是这样警醒自己的。任何一个写作者都应该有自己的立场、自己的思考，希望自己写出的文字是对这个时代的一种提醒或补充，是有益的而不是有害的。他要对这个时代表现出巨大的善意，而不是一般的善意。在这个基础和前提下，要做的事情很多。表达巨大善意的方式有时候不是直接的，但最终要对这个时代表现出一个人的责任心。写作者需要非同一般的心情，这就是苛刻与宽容、追究与憎恨，还有许多的爱。人的心情与周边世界的关系总要在文字里呈现，无论多么曲折，最终都是一种呈现。有人着迷于现代主义的偏僻说辞，天真地认为凡这种呈现一定是肤浅的，而信口胡扯甚至充满了恶意才是永恒和真实，才能摆脱所谓的“二元对立”。这其实正是一种绝望无知的简单化和粗蛮化，根本无法进入复杂的人性与真实，是怯懦的畏惧和逃避。不论以何种隐晦的方式沉沦或媾和，与善和美对立，都可以滑入“二元”的窠臼。艺术家对于清洁的追求和自律，说到底是一种斥拒浊流的勇气，这种勇气通常总是首先贯彻到复杂的诗学实践当中。这一切也好理解，因为除了相应的天资与敏锐之外，还需要不断地超越平俗和庸常，处于世俗的恶意难以抵达的高度。

文化血脉

在这几十年的潮流中，一般来说，一个写作者年轻时阅读国外的文字会比较多，随着年龄的增长，必将对中国古典越来越重视，并自感时间的紧迫。在我们的大陆，几十年来的传统文化教育是一个弱项，时至今日，可以说个体努力已经有些晚了。对文化传统我们先是了解，再是深入，这大概是一生不敢荒废的事业。对于五六十年代生人来说，大概可以说外国皮毛已得，传统宝藏却早已远离。问题非常严重，这已经是网络数字时代里很难解决的一个文化难题。

随着年龄的增长，人会更加靠近自己的文化血脉。比如，人们常常开玩笑说，一个人如果老了，就越来越爱看京剧了。这其实是有道理的，符合叶落归根的说法，揭示了生命与文化的奥秘。一个人老了，就会越来越靠近自己的母体文化，而土地只是承载文化的代表，是包含一切的。一个人自出生的那片土地起步，一直往前，最后还是要回到原来的那片土地上来。我们民族文化的结晶，文化的“土地”，主要是一些经典。我以前出版的《楚辞笔记》，近年的《也说李白与杜甫》《陶渊明的遗产》，都是个人学习古典的记录和一些印迹。传统经典很多，就文学来说我们先是找一些代表人物来读，比如屈原李白杜甫苏轼陶渊明这几个诗人。他们是符号性和标志性的，是不朽的。

感 慨

写了四十多年，或许够长了，但有时又觉得一切才刚刚开始，一切都很新鲜也很初步。有大量新作品等待写出来，一时没有精力或没有准备好而已。一个人从事写作这种极复杂的工作，往往需要几十年甚至更长时间才搞得明白，这里是指一些技术层面的东西；就是说，到了六十岁左右才刚刚有一点成熟感，可惜身体远不如过去了。有人身体到了五十多一点就大不如从前了，再进行巨量的创作是不可能了。可见这是多么矛盾的一件事，但没有什么好的办法。从中国到外国，许多写作者都感慨过这个。心里想做许多事情，而身体只能做很少的事情，就是平常说的“心有余而力不足”。也有人是“力有余而心不足”，这样会更糟。更糟的事情尽量避免，这已经是很好了。

灿亮的星空

如果作家成长的自然环境比较特殊，会是一笔财富。那是海边的一片很大的林子，人烟稀少，是一眼望不到边的莽野。古代这里是大片的沼泽，直到二十世纪初还有一片片沼泽，是野鸟之类的天堂。再往前追溯，就是古人所说的“人民不胜禽兽虫蛇”了。这样的环境令人向往。奇怪的是荒野消逝的速度竟如此之快，差不多只是一眨眼，高楼林立了，汽车穿梭了，一部分浅薄的人欢欣鼓舞了。“现代化”来了。环境污染到了目不忍睹的地步，其他还有什么可谈的？以前，即小时候跟大自然唇齿相依的那种关系完全没有了，一切不再复返。人从小与植物动物亲密无间，会培养出不同的情怀，而且将决定和影响他一生的审美特质。如果说童话是文学的纯洁无瑕的结晶，那么林野生活本身就是一部大童话。睁开眼就是灿亮的星空，是树林和动物，是畅流的河水，这才是诱人的生活。

流 浪

东方，如我们这里是农耕传统，不是西方的骑马民族。大草原上的流徙生活是他们的常态。所以在西方，流浪汉小说是一种源远流长的大传统。中国近年来有了流浪汉小说，其实并非对西方的模仿，而是现实生活的写照和反映。中国的城市化进程加快，有了乡民打工者的大规模往返，移居的人变得空前之多。生活的急遽变化也增强了不安定性，人们的生存方式与生存状况极大地改变了。《你在高原》中的流浪汉很多，他们一直“在路上”。各种各样的流浪者构成了一种社会图景，这是许多人都熟悉的。《独药师》中就缺少对这种流民的描述，因为那时尽管是一个战乱之期，东方农耕民族的生存气质却还没有得到有力的改造。但那时已经是一个开端了，是“现代”的开端。要了解现代化的步履，写作者的笔触就伸进了《独药师》的领地。许多读者只神往于它那片奇特的爱的风景，这是可以理解的。但是这里面关于现代化的关照不能忽略。东方人的“流浪”就从那一天开始，大踏步地前进了。

踏上旅途

流浪汉小说，说到底是现实生活的再现。这不能看成是作品的风格，而是客观世界在创作者心镜上的映像。定居是一种安怡，但总的来说还是暂时的。人的心灵是处于周游状态的，每个人最终也会离开。人生只是一次或多次的长旅，所以写到生命的流浪，其实正有着根本的深刻在。我们的文学总是歌颂安居之福，这是人们对美好生活的向往，是一种诗意的寄托。流浪是辛苦的，但有没有诗意？当然有。真实，还有寻找，总是有着巨大而永恒的诗意。有一个朋友，他家中的显著位置总是放了一个旅行箱，好像随时都要出差一样。这是可以理解的，他的生活虽然也算安定，但踏上旅途的概率还是很高的。大概是一种生活习惯之类，使他把生命的冲动、心底的潜意，就这么赤裸裸地、象征性地搁在了家中。

面对自身

文学写作也许可以让人比较冷静地面对生活，面对自身。对一个人来说，网络数字时代的客观世界变化剧烈，已经远远不同于以往几个历史阶段的生存经验。人在这个时期需要处理的主客观问题太多了，不免陷入手忙脚乱的尴尬境地。正因为如此，最基本的一些大问题有时也会忽略。面对自己的文字和他人的文字，可以进入深沉一些的思考，大多数时候，文字可以让人变得比较安静。这个过程是十分难得的。就文学写作来说，那也是各种各样的，我从事的是偏重于思与诗的所谓“雅文学”的写作。

感受力

文学当然不会因为载体的繁多而消失标准或改变标准。文学是语言艺术，首先要有精湛的语言表达，有言说的深刻个性和魅力。就小说来说，还有人物思想故事诸方面的表达。文学是各种各样的，千姿百态的，不是简单就能概括的。作品所包含的巨大的善意，是所有好作品都要拥有的。当然，对于文学作品的感受力，每个人是不同的，这既有先天的差异，又有后天的修养之别。不过审美力的缺失，知识也难以弥补。所以我们有时会看到一个读了许多书、拥有高学位的人，反而缺乏基本的文学阅读能力，这种情况真的是经常发生的。

宝　库

徐福是一位奇特的历史人物，见于正史，并化为广泛而悠久的民间传说，形成了一个民族的心史。这个人连带了一段独特的中国历史、民间隐秘，具有形而上之思，是进入某些领域的一把钥匙。这个人仅仅作为新大陆的探险家，比起一直令欧洲人骄傲的哥伦布要早了一千多年。他出海之因、之意义，还有其他，都值得我们当今去好好研究。这是一个拥有多方面贮藏的、挖掘不尽的宝库。

运用得当

现在写得当然很少了，这是很自然的。可能以后不太会进行更大体量的创作，有人说这是考虑到了现代读者的接受力，有一点；但更主要的还是其他，是其他原因，比如体力与激情，比如材料的积累，比如表达的目标和需要之类。写作者不能过多地考虑读者的需要，他要有强大的自主性和独立性，这才是他的力量之所在。一个人年纪增长了，知道的原理和规律多了一点，那就得运用得当，写得会少，会慎重和结实，会更有力。当然，这时候的激情表达是更可贵的，但方式会有变化。

决定力

写作者始终与大自然保持紧密联系，不一定就能变成一个质朴天然的作家，但起码有助于他的成长。所谓的“作家心中有大事”，在很大程度上即由此决定的。一个人总是专注于一些人事争执和社会层面，虽然十分重要，却不能脱离生命活动的大背景，这个大背景就是自然天籁。社会力量再强大，在大自然面前仍旧是十分渺小和脆弱的。我们对大自然闭上眼睛，它的决定力也仍旧存在。

手无寸铁

猫和狗当然是无比可爱的，是所谓的“经典动物”。它们离人最近，帮助人和安慰人。它们手无寸铁，可是人在许多时候也是无助和孤独的。所以人和动物要好好相处，一起度过属于自己的时光。

动物的问题是人类不可回避的大问题，对许多人来说，它们是极为重要的存在。它们提醒我们以不同的视角和眼光去打量这个世界，从而对日常生活有个准确的判断。动物的眼睛所蕴藏的隐秘是我们一生诠释不尽的。对动物冷漠或残酷的人，需要时刻与之保持距离并警惕着，因为这些人一定会摧残我们的生活。

那部分人

我说过，那几部长篇（《外省书》《刺猬歌》《丑行或浪漫》）是“生命能量发挥最好的创作”，仅仅指自己近二十年来的写作，并不包括更年轻时写出的文字。《古船》《九月寓言》是我比较早的作品，大致是三十岁时的创作。当年它们因为经历了较长时间的阅读接受，同时又是最早的两部长篇小说，大学中文系也常常讲到它们，所以通常被认为是我的“代表作”。它们对我也的确很重要。《你在高原》的体量很大，写得很久，耗费精力极大，内容也非常复杂。我今后大概再也不会写这么长的作品了。再过一段时间，更多的读者可能与作者自己在评价上趋向一致，也可能仍然有较大差异，这都是很正常的事。对文学作品的意见，主要还是要听对语言艺术极敏感的那部分人。说到底，文学作品最终还是要交给有文学阅读能力的人。这本来是极简单的道理，不过写作者真要弄懂也不容易。

一颗种子

一个创作构思放到心里，等于是植下一颗种子。让种子放的时间更长一些，也是为了等待一些种子死亡、另一些种子萌生。这是作家的一种选择方法，等于自然淘汰法。最后，并不是所有种子都会茁壮生长的。有的种子，再厚的土层也压不住，它的尖芽会顶得人心头发疼发痒，那就是一个非要长大不可的生命了。

好的作家，无论用什么方式发表作品，都需要苛刻严谨地对待每一个字。所以只要写得很长都会很累。文学写作的难度，稍有写作经历的人都会知道。写作中谁都会被卡住，那就只好放一段时间，多想想或者一点都不想。到了时候，问题总会解决的。

尊　称

通俗文学的主要功用是日常娱乐，这种娱乐生活中是需要的，只要健康就好。“纯文学”这个概念也许有问题，但我们大致知道它指的是一种诗与思、一种语言艺术，这与一般意义上的娱乐文字毕竟是不同的。就像相声虽然不同于哲学著作，但相声也不能被哲学著作取代一样。各有所需，功用和价值不同，它们肯定是共存的，将被不同的人接受或推崇。

出于礼节性的尊敬，作为尊称，怎样叫都可以。但显而易见，“作家”“思想家”“军事家”“哲学家”“诗人”之类，不可能是一种职业称谓。现在写作的人很多，发表的园地也很多。过去写作的人也同样多或更多，只不过发表的园地不多。但无论多与少，并不会影响真正意义上的作家的数量，他们在每个历史时期大致也就那么多，不会太多。真正意义上的作家总是很少的，正像一个时期思想家哲学家不会太多一样。

写作是人的一种欲望和本能。谈论写作和发表，有许多时候并不是在谈论文学。有时候从市场接受上看起来已经很“文学”了，甚至逞一时之盛，但极可能与文学的关系并不大。文学接受是极复杂的审美过程，不是热热闹闹的商业促销之类。

成吨的汗水

我觉得《寻找鱼王》《独药师》《艾约堡秘史》这三部近作，是我花了四十多年的时间才抵达的一种目标，也是我多年来的文学期待。今后特别想写的文字当然有，那只有放在较从容的时间里去完成它们了。我会写得比较少，因为可能去写更有难度的作品了。

一个写了许多年的作家，对自己伤害最大的，可能就是不自觉中进行的“惯性写作”了，即沿用过去的生活积累和笔调，以及顺手的结构方式，轻车熟路地完成一部“还不算太坏的作品”。这对作家来说是糟糕的事情，没有什么意义。文字的堆积是最无聊的事情。创作是心灵的一次欣悦和感动，需要新的爆发。没有崭新的感触和经验就不必动笔。一般来说作家的表达，在总体风格上是不会改变的，但具体到每一部新作都应该有新的元素加入进来，这些元素越多越好。特别是“笔调”，它需要去重新寻找和确定。

要超越从前的作品就得花费更多的时间，花双倍的力气。经验多了，经历多了，技法层面长进了，应该是作者手中的法宝，但要用好它们也不容易。文学表达是极有难度的一种工作，没有多少工作比这个更难了，所以写作者哪怕有一点点长进，往往都要付出成吨的汗水。

伤 害

写作的欲望不会是平均的，平时最好把满脑子的“文学”排空，以便让新的灵感进来。想“文学”太多会很累。作家干体力活最好，读书也好。平常想尽可能地远离“创作状态”，这样就不至于伤害“文学”了。文学思维在日常生活中会被磨得老旧，而它应该是新锐新奇的，所以不应该被平均化地撒在日常生活中。这一点对写作的人大概很重要。

智能手机让我们接收信息变得太便利了，所以脑子总是给填满，这是太可怕的一件事。一直沉湎在电子阅读中，往往会丧失文学阅读的基本能力，最后连明显的语言优劣都看不出来了。不过从网络中看看新闻大概还行。

（2017 年 12 月至 2018 年 4 月，访谈辑录）

黄牛不入画

文艺青年

一九八八年春天我遇到了一位老板。他是我十几岁时遇到的一个文艺青年，那时我们曾彻夜交谈文学。他当时有二十五六岁，已经写了许多作品，一个字都没有发表。我现在仍能想起几十年前的初遇、那时的兴奋和惊讶。他是我从过去到现在所看到的最能写的一个人，是所谓藏在民间的“大写家”，一位不知疲倦的写作者。我当年确信他就是未来的大作家，整个人身上有一股不可遏止的生命力量。记得那是一个下午，我到了他家，他从柜子里、炕头上搬出了一沓沓稿子，它们都是写在粗纸上的，几乎没有一页方格稿纸。那个年代纸张缺少，他为了节省，所有的字都写得很小，密密麻麻。这是我们的初次相识：整夜谈文学，读稿子，主要是听他读。我记得他的作品中有很多方言，这构成了阅读障碍，可他对此引以为傲。

二十多年后的再次相逢，他竟然成了一位大老板，时代为我们变出了一个戏法。可我总觉得他还是文学中人，问他以前写过的那些作品怎样了？以后还写不写？他回答得豪气：“当然要写。我还要把所有写下的东西用小牛皮烫金的装帧，印成一大排。”他伸长两臂比画。那种壮志和心气令人难忘。这是个有才华有魅力的人，深深地吸引了我。这个人超出了一般意义上的“老板”，值得探究。

我写下了当年游荡中与之相遇的一些场景，留下了笔记片段。但这离一部长篇的完成还差得远，只算一个萌芽。

今天的暴富阶层写起来很难。要写一位“巨富”，就要做多方面的准备，比如阅读他们的传记、中外一些所谓大实业家的资料，了解他们的内心世界、生活及爱情，等等。这是很复杂的工作，仅有阅读还不够用，要有实际的接触交流。这是个漫长的过程。其实“巨富”与否并不重要，重要的是某一类人，他们身上迷人的魅力和人性的隐秘。

这个人心智丰富，很不一般，绝顶聪明，是很浪漫很有内容的一个人。他活得不庸俗，不概念化，很自我。我只把他当成这样的人，“巨富”这个身份对他来说只是一种巧合而已。他不过是一个引发点，引发我们对人性本身去做深刻探讨。对写作来讲，巨富的身份不重要，不过对于社会层面和一般读者，可能就不同了。因为巨富更能够改变一些人的生活、干涉一些人的生活、影响一个地方的发展路径，显得很重要。

现在，我交出的是一九八八年开始谋划的、有些冒险却也充满了写作快感、深深沉浸于其中的一部作品。

屈辱的纪念碑

宝册这个人受了很多苦，内心很倔强，很刚，从不向黑暗的东西低头认输，不求饶。但我们似乎能感受到他内心里的呻吟，“哎哟”之声很大。他一路上九死一生，只是把求饶声隐藏下来了。他心里的哀求只有自己知道，现在，敏感的读者也会知道。

他心里“哎哟”不断，所以才建起一座居所，并且那样命名，以纪念和提醒自己。有人说实际上淳于宝册是为自己建造了一座“屈辱的纪念碑”，很有道理。

宝册九死一生，经历了那么多苦难，几次活不下去，到了花甲之年却遇到最大的考验、最大的坎。原来他苦斗一生拼尽所有，今天也仍然没法超越：爱情问题、形而上问题、生老病死以及被财富异化。活到现在，对世界的见识太多了，隐秘也洞悉了，却像进入了一座迷宫，再也转不出来。最大的告饶和哀求，原来不在昨天，不在流浪之路，而是到了所谓的人生辉煌期。他听到了午夜里灵魂发出的哀求：“饶过我吧！”就是这绝望的声音在回荡。

我们了解的很多巨富和所谓的成功人士，他们的生活和爱，已成概念。一方面被写成了概念化，另一方面这一类人本身就活得很概念化。这次要写这样一个人，面临的难题很多。

忍耐和爱

宝册不会与一般的异性密切到那种程度，所以蛹儿并不简单。她不是一般的依附者，实际上一直在顽强地斗争，使用自己最大的武器：忍耐和爱。她用心灵去爱，迁就、服从，都是因为太爱了。到了她这个年龄，有了那些经历，已经别无选择。她知道这很冒险，不能犯错。

她感受了对方的丰富性。这个人的财富吸引了她，未能免俗，有虚荣心；但最终构成致命吸引的，还是一个男人心灵的丰富和杰出。淳于宝册比一般的人多了一份自由，他像猫一样自我。他不是因为有了钱才这样，而是心智发达。他内心里贮备的苦难、知识，更有文学方面的非凡才情，让他变得非同一般。他做了很多成功者干过的坏事，但一般的成功者对人生的洞悉、在生活中抵达的精神高度，根本没法与他相比。他具备了“伟大”的素质，表现出强大的生命力。作为这样一个人物，他对我们才是重要的。

荒凉病

他是一个极其复杂的人，既虚荣又虚伪，但有时又非常真挚，极其善良或残忍。所谓的“伟大人物”也难免如此。比如，他的“君子远庖厨”，就是中国传统文化中对仁和善的定义与要求，这对他深有影响。说他虚伪也好，一种恪守也好，有时就那么单纯和复杂。他公开愚弄别人，像孩子一样作假和撒谎。把这样的一个人写到真处，每一个角落都加以挖掘，是有难度的。比如，怎样把巨大的虚伪和超人的真挚，还有下流，一起呈现？淫秽却又纯洁，不顾一切的热烈追求，都在同一个人身上了。

“荒凉病”是现代医院看不出来的一种病，所以一位老中医只能这样命名了。有一点点寓意：一个人活到花甲之年，人生却如此荒凉。精神的状态、心灵的状态是这样，走到了一个不毛之地，这种荒凉什么药都治不了。这是一个浅显的比喻，没有多少意思。

均衡性

为什么要有一个附录？因为需要技术处理，比如结构的均衡性。把附录的三部分从正文拿掉，并不影响故事的完整性，结构也完整。在完整的故事框架之外可以缀加，如果读了正文意犹未尽，再读附录。它与正文有一种间离效果，好像所记不是确指与实在，不是必然，而是或然，这就对文本有了另一种呼应。

这有一点现代主义的成分：看起来不经意的、随意的、率性的，使用了三段过去的经历。但是这些经历很明显地表现出一个人内在的仁善和柔软，还有苦难。我们将进一步同情主人公：这个人活得太难了。正因为如此，他今天应该好好活着，这有两个层面：一是世俗层面（他活得很好，身体大致可以，有钱有权力）；二是精神层面（活得有良知，有正义）。受了这么多苦，今天可要好好活着。

远离自己

谈到作品中的人物与作者的关系，可以说很多作者努力在做的一件事情，就是要让笔下的人物远离自己，越远越好、越安全。这个安全是指他人理解作品时，不能简单地和作者画等号，这会影响对文本的理解。表达的一切远比个人经历要复杂得多，但无论怎样，最后会发现写了一千万字、两千万字，或者像歌德那样写了三四千万字，最终却只塑造了一个主人公，那就是作者自己。他没法掩藏。

但这不是就一部作品对号入座，比如说淳于宝册在学校的一些感受、流浪的一些感受，经历者都有体会。但这只用来进一步探索笔下人物，而不是去局限和界定他们。不要说写一个人，就是写一只猫，也要借助作者的生活经验。原来个人的生命经验不仅对于理解他人有用，即便用来写一只小鸟也非常重要。所有生命既复杂又相通。一个人生活经验浅薄，写猫也写不好。个人的生存经验、生命体验，对于理解其他生命是最重要的条件。

薄薄的边缘

想写出好诗，做挺大的诗人才好。年轻时写诗，后来还是不停地写。读唐诗宋词、《诗经》《楚辞》、中外自由诗，受了很大影响。自我期许很高。已出版的诗集皆不满意。文学的核心是诗，慢慢地像摊饼一样摊开，从散文摊到小说，已经是它薄薄的边缘了。

雅文学很难继承中国的小说传统，而只能是诗和戏曲、诸子散文等。《红楼梦》只是个案，它继承了中国的诗词与戏曲。雅文学的传统中基本上没有小说，这给后来现代小说的发展带来了困窘。《红楼梦》继承了中国的诗文传统，所以气质不同。关于继承，要讲会很复杂。

在午夜

吴沙原这个人在书里不是个主要人物，可能排第三、第四的样子，但是很重要。有时候我们会想，主人公淳于宝册是一个所谓的成功者，但他心里的某个时候一定渴望拥有吴沙原的灵魂。吴沙原是他的对手，但在某个时候他渴望成为那样的一个人。

有人讲，《艾约堡秘史》看完了以后，觉得里面并没有惊人的“秘史”。他们主要想从社会层面寻找隐秘，它当然有，从字里行间看得细一点，会发现。真正意义上的“秘密”不能大吵大嚷，它要以自己的方式存在。这书命名为“秘史”，主要还指人性。要上升到这个层面。一般读者重视社会层面，像财富和权力对社会的作用之类。

但写作者最终还是写人：人的魅力、人的奥秘，要写出一个有魅力的、复杂的人。一部长篇中至少有三两个这样的人物，这是最值得重视的。如果作者面对淳于宝册这样一个重量级人物，能够面对他人性里的所有隐秘，也一定会揭示许多社会的秘史。这个时期所有的难题，主人公遇到很多，而且作为一个敏感的人，他比我们痛苦，并且不会因为自己的成功和辉煌而减轻痛苦。

这样的一个人在九死一生的过去经常发出哀求，现在成功了，哀求之声却变得更大，那大半是在午夜。这就是隐秘。

大家注意到他是一个巨富，其实这个身份并不重要。他的价值不在于是一个巨富，而在于他的极其丰富性和复杂性。他怎样对待昨天、荣誉、爱情、权力，如果把这一切呈现出来，所有期待回答的社会问题、道德伦理问题，其他各种问题，都包含其中了。这个阅读过程，是一次人与人之间的深度对话，是关于人性隐秘的共同探索。

巨人很难写

淳于宝册是第一流的人物，所以无论做什么都会做得很好。现在阴错阳差成了一个巨富。假如他是一个社会管理者、一个著作家、一个情种、一个银行家，以其心智的丰富性，都会达到很高的量级，注定了是一个不凡的人。

他今天的位置是一种偶然，他自己也理解这种生命的偶然性；实际上他完全可以做很多事情，最大的痛苦是没有时间了。面对生老病死、爱恨情仇，许多大事都等待他去完成和尝试。有部电视连续剧里说到一位帝王的奢望：还想再活五百年。他们不甘心来到人间短促地走过这一趟，因为他们是巨人。巨人很难写，很难满足，也很难表达。

很多人常问一个问题：作品为谁而写？回答只能是为那些具有文学阅读能力的人。因为对方没有这个能力，书是白写的。要具备这种能力不一定需要拥有很高的学历之类。文学阅读是一个复杂的审美过程，审美能力的缺失，如对语言不够敏感，对文字没有还原力，再多的知识也难以弥补。有时一个人刚能够磕磕巴巴地读书，但那种感悟性敏感性是原来就有的，对细节、幽默、场景、意境与词语，很能心领神会。所以有时候听一个孩子谈文学，他虽然不会使用时髦的术语，但一听就知道他深深地领会了感知了。可见这是生命中天生拥有的一种能力。

所以一个对于美、对于文字、对于诗性迟钝的人，读再多的书也没有用。审美力每个人都有，怎样保持它的鲜活，使之生长，不致枯萎，却是都要面临的一个大问题。写了许多东西，读了许多书，会有很多经验。经验固然好，可是也会变为成见。所以有时候将一本书交给那些有了成见的人，反而是不可期待的。如果心里装了许多教条和术语，怎么会自由自在地感受？文本是自由的，它是活生生的鲜活的生命。

文学阅读要从语言开始，因为它是语言艺术。所以一定要贴着语言走，一个词语、一个标点都不要忽略。有人以为大体一翻就可以了，对不起，那不是文学阅读。如果不喜欢扔掉就可以了，真正意义上的好书可不是那样读的。

真正意义上的文学阅读太有魅力了。多大的魅力？让人几个月之后，脑子里仍然回荡着一本书所描述的旋律和意境。有时阅读中最怕的事情，是这本书快要读完。好书越厚越好，可惜这种书太少了。不能说《艾约堡秘史》就是这样的书，但可以说作者近二十年写作最沉浸的有两本书：一本《独药师》，一本《艾约堡秘史》。它们准备与那些具有文学阅读能力的人，进行一次饱满的对话。

品质不一样

写作的人都有一个问题，即怎样继承自己的民族传统，完全学外国是走不远的，因为毕竟是这个土地上成长起来的。问题是民族传统中有很多支流，比如小说，大致是一些通俗小说。雅文学怎么继承？以长篇而论，只有一部《红楼梦》是雅文学，还有三部民间文学——《西游记》《三国演义》《水浒传》。民间文学不等于通俗文学，那是在民间口耳相传很久，由文人整理出来的。民间文学跟通俗文学貌似，都有传奇色彩，烟火气很重，但它们的品质是不一样的。通俗文学是由一个或几个人创作的，而民间文学产生在无限的时间和空间里，是不可预测的巨大创造力的结晶。

中国现代小说，雅文学，几乎没有自己的传统可以继承。西方的小说主要继承了戏剧和史诗。一个通俗作家继承小说传统是没有问题的，雅文学作家会有问题。但也未尝不可：吸收它的某一部分营养。我没有这样做。

开放的结尾

每一个作者都要借助个人的生活经验和生命体验去理解其他。淳于宝册这个人很特别，写起来肯定困难。但是刚才讲了，我们写动物，写猫，觉得写得太真实、太可爱了，一定是一个生活经历很丰富的人。如果不太懂事，猫也写不好。猫跟人是完全不同的生命，却仍然要借助于人的深刻体验去表达和呈现。

《艾约堡秘史》里边有四五个重要的人物，其中最重要的是淳于宝册，他做的事情特别多，想法复杂得不得了。这样的一个人，只能借助于个人的生存经验、生命经验，用想象去抵达那些隐秘的、狭窄的、一般人走不到的心灵角落。讲到一个人的文学才能，就是看其想象力思维力能否抵达那些非常偏僻的地方，越是偏僻，也就越有难度。

他经历了那么多苦难，才有了今天的不安和觉悟。说他是了不起的、“伟大”的人物也可以，这其中包括了常人不能拥有的奇特经历：苦难几乎达到了顶点，从死亡的锋刃上踏过来。这样的人无论遇到多么大的幸与不幸，都能够制胜。他不会轻易满足今天的生存状态，会拥有一个永远不能满足的未来，这种遗憾和痛苦才构成了他的生活。读者会有很多联想，联想淳于宝册未来如何，矶滩角未来如何，欧驼兰未来如何。书是开放的结尾，因为没法不开放：他们自己都不能确定自己的命运，作者又怎么能？

享受语言

有人问写作中遇到的最大困难在哪里？刚才讲的巨大的不安和愤怒、忧虑，这些社会层面的问题，对作者构成了很大挑战，当然需要把握。任何一位好作家心里的愤怒和爱都会是饱满的，这些道德元素甚至是写作的前提，是创作的基础。但作家有时面临的不是热情不够、责任心不够，而是其他，比如技法层面。有人讲写了四十年或更久，文字在手上想怎样就怎样，怎么会有技法问题？这可不一定。作家的每一部书都会在技法层面遇到难题，因为不能完全沿用业已形成的那些经验和技术。依赖几十年的经验构造一部长篇很容易，如果每天写五六千字，很快就可以完成一部大致不错的长篇，但这一定是失败的开始。量的积累没有意义。每一部长篇之间尽可能加强距离感，这才有张力，所以要拥有新的笔调和语言。

《独药师》和《艾约堡秘史》的语言、叙事方式、结构和意境方面应有极大的不同。所以寻找一种技术支持，完成一次长跑，对写作者来说会是最大的难题。羞于谈技巧，愿意谈责任，这并不是好事。在技术层面勇于突破自己，这才是可持续的写作。

雅文学的写作就是诗与思，是语言艺术，执着于每个标点、每个符号、每个词语。真正意义上的文学阅读就是从享受语言开始的。说了太多作家的苦，幸福却不为人知，沉浸到语言艺术中几个月，这几个月一定幸福极了，享受极了。这段时间应该是过得最愉快的时候。能够享受自己的语言，这是多么好的事情。如果不能在自己的语言里陶醉，肯定不会有好的写作。

摆脱概念

《古船》是我的第一部长篇,《艾约堡秘史》是第二十一部。第一部长篇在技术上遇到的难题更多，表达也更生涩。第二十一部却要摆脱过多成熟的经验。就文学价值而言，当然有技法不能代替的东西。生命的不同阶段，处理日常生活的方式不一样了，处理文学问题肯定也不会一样。

一个民族有一个民族的特征，一个历史阶段有一个历史阶段的特征。一个民族走到今天，有一部分人已经生活得相当概念化了。对一些人来说原罪是存在的，这是没法避免的，也是一个群体概念化生活的一部分。所以说要把这一类人写好，既要认识概念，又要摆脱概念。“概念车”“概念电脑”，可见都是有概念的。

玫瑰花

现在不停地有人担忧，说文学没有人读了，都读电脑手机了。实际上这个担心一点必要都没有，因为这种担心不是网络时代才有的。如果去看雨果这个十九世纪的大作家，其中有一篇叫《论莎士比亚》，里面说现在有人担心没有人读文学了，都看其他热闹去了，文学就要死亡了。他回答说：文学不会死亡的，文学是生命里固有的需要；如果不爱文学了，男人就不爱女人了，玫瑰花也不会开放了。还有一位大作家也是法国的，叫左拉，他说的就更绝了：我憎恨说这种话的人，自己缺乏能力和教养，就以为大家都和自己一样。他们两人的话过去了一百多年，现在文学还活着，只是担心依旧。可见人类对文学的爱是永远不会消失的，它一定跟我们人类的历史一样漫长。任何热闹都不能取代语言艺术的魅力，它的魅力之大，可能远超想象。

黄牛不入画

回头看我写过的较长篇幅的作品，好像没有一部少于十五年的酝酿期。它们需要在心田里培植，不停地生发。这样的文字完成之后，当有更多积淀的厚度，具备与自身篇幅相对应的诠释空间。用一两年、两三年甚至四五年的时间积累它们，可能还是单薄了一些。如果要处理离得很近的现实生活内容，即平常说的“写当下”，那将是十分困难的。打开一本现实题材的作品，很容易暴露出刺眼的瑕疵，令人遗憾。因为我们把大家正在经历的眼前生活变成很高级的艺术品，还往往缺少足够的技艺，那需要非同一般的职业技能，而非仅仅具备良好的用心和雄心。

在当下有几个表述是很危险的，其中之一是“企业家”。说到这一类，大家心里都会出现影视和小说中的形象，那些气息和情节我们太熟悉了，已经形成了相当固定的概念。这些人物类型不能写，爱情似乎也不能写：各门各类的艺术表达中，爱多得不得了，真正是泛滥成灾。可见围绕“企业家”和“爱情”早就有了现成的一套模式，要冲破它很难，最好的办法还是绕开。对心气很高的那部分作家来讲，要爱惜羽毛，这两类最好是不要碰，就像雅文学作家不碰武侠一样。如果再冒险一点，将“爱情”和“企业家”放在一块儿，对不起，那简直太傻了，差不多是一种自戕行为。对于一部分作家来说，真的是如此。

有一次我看到一位画家朋友在画牛，问他：“你是北方画家，怎么不画黄牛，总是画水牛？咱这儿没有水牛。”他并未停下画笔，只随口答道：“黄牛不入画。”他的话让我想了很久。记得古人有一幅“五牛图”，那可算是经典。但想了想，现代文人画都是画水牛的。水牛大肚子大角，易于写意发挥。北方的黄牛就像作家眼里的现实生活一样，最切近最熟悉，却很难入画。让黄牛入画，也许需要更高的技艺。目前“企业家”与“爱情”离我们太近且见得实在太多，于是对我们来说就成了北方的两头“黄牛”。

谁能进入真正的个人表述，将概念化的词语全部粉碎，谁就能让黄牛入画。就带着这样的恐惧，谨慎地寻找自己的语言，依赖真正意义上的个人和自己。这个任务太沉重了。首先要回到个人的语汇，从字词开始。这种表达效果是如履薄冰的放松。我从一九八八年开始，一直在寻觅。现在是寻觅的结果。

从这里开始

就一个阶段来讲，写作者需要在一个封闭的文学世界里进出。多次往返、进出，这叫写作。封闭日久之后，出来会眩晕。每一部长长的作品写完，可以长时间离开那个封闭的世界，这时将感到极度的疲惫。每次写作之后都会有这样的感觉，需要慢慢地缓解，犹如苏醒，让自己慢慢地进入下一个生命流程，重新变得生气勃勃。

《艾约堡秘史》当然是诞生在一个封闭的世界里，那里是阴郁的，尽可能地隔离了世俗的强光。在世界外边展读，人们从中能读到自己：每一个人物身上都能找到作者或读者本人。那个世界里活动着非同一般的人物，他不是一般意义上的“企业家”，他不过是碰巧做了实业的某种顶级人物。我们现在看到的不是一般的巨富，也不是一般的爱情，而是在看高级人物的精神历险，是关于精神的叙事，而主要不是物质的叙事。

前年在一所学校讨论陶渊明，讲了这么几个感受：一是大家都在讲魏晋“风度”，何为“风度”？二是都在讲“尊严”，何为“尊严”？正是这两个词语将陶渊明纠缠了一辈子。岂止是他，每个人要活得好，就要有一点尊严，然后才多多少少谈得上一点“风度”。这方面我们在现实中真的很难能做到。书中的主人公最多地在为这两个词语痛苦地呻吟，那才是真正的苦。生活中，凡是最高级的人物，都会被这两个词语缠上一生。所以说只有写了精神方面的敏感的东西，才是最有意义的。

人有了钱有了权，有了地位以后，有些东西就不再相信了。这真是悲哀至极。想什么办法把人心底的敏感撩拨、激活，让他重新相信爱情，相信道德，让他觉得正义可以有，尊严可以讲？这在有些人那里，在物质主义时代，真的是最难最难的一件事。这部书想做的，就是这样的难事。

这样一部书在社会层面当然会很冒险，但最大的风险对写作者来说却是语言，是技术层面。不从这里开始，一切都不能抵达，都谈不上。

典　型

我们通常说一个人物很“典型”，实际上，只要觉得一个人物“典型”了，他很可能就是一个概念化的东西了。我们平常讲“典型环境中的典型人物”，好像是文学理论中的初级问题，却仍然没有多少人真正理解，只是望文生义而已。那是指从人物活动的环境到人物本身，都不会重复的真正意义上的心灵创造，是崭新的个人艺术。这个创造出来的文学世界，在人们的普遍经验中重复率越高，就越不是什么“典型”，而是一种概念化，是写作的失败。真正意义上的杰出的作品，必须是读者个人经验的扩大和延伸。如果读了作品以后，只觉得符合自己的经验，这仅是第二流的作品。有时，一些概念化的表述也不乏生动，但它们只能满足于我们的个人经验，这是远远不够的。真正的杰作会将读者的个人经验加以扩大和延伸，也就是强力突破了他们原有的经验范畴。

这部书的冲突重心不在于物质层面，而是精神层面。

无法讲述

现在读者更多地谈论它的“爱情”，其实只是一个进入的角度。爱情的篇幅不是特别大。凡小说都有两个节奏：外节奏和内节奏。外节奏是我们通常说的“情节”，即故事脉络；内节奏则是细节，甚至是缩到词语那么小的单位。通俗作品外节奏一般来说是快的，内节奏却很慢。而纯文学或者说雅文学，外节奏是慢的，但内节奏很快。对于那些能够阅读纯文学的读者，通俗文学让他们不耐烦的原因，就是内节奏太慢了，慢得不可忍受。

真正杰出的作品，讲的是内节奏的速度。如果只有外节奏的加速，内节奏近乎停滞，也就没有了语言的个人性。所以说通俗文学的故事和语言是可以分离的，而雅文学则不能有丝毫剥离：一旦将这二者剥离，也就没法讲述这个故事了。我们发现许多文学作品，虽然极其吸引人，其故事却几乎无法讲述，因为要进入它独有的语言艺术的层面才行。如果用大众的语言去复述这个故事，这个故事也不会衰减其吸引力，那么这部作品一定是通俗的。雅文学的故事讲述一定是和语言紧紧结合成一体的：离开了独有的语言系统，就无法讲述下去。

从外节奏上看是爱情故事的脉络，而从内节奏上看，这个故事已经被拆解了。它在讲更重要的故事：像生命一样宝贵地活着的尊严。

恐　惧

"艾约堡"是一个巨富给自己修建的一处宏大的居所。"递哎哟"是胶东半岛人的说法，不光是半岛，北方有几个地方也会这样说。当一个人没有任何自尊、生存遇到了最大的危难、不得不带着极大的屈辱去乞求的时候，就会被这样形容。"哎哟"两字去掉了"口"字，那只是表面的，他的内心里从来没有去掉。主人公时时刻刻用这两个字提醒他的昨天、命名他的昨天、概括他的昨天，令人怦然心动。他不忍回眸，却永远无法忘掉那些屈辱的记忆。他这样给自己的居所命名，当然是为了警示自己：仍然活在恐惧之中。剩下的问题就是怎样对待这恐惧了，他知道，仅仅惧怕是远远不够的。

发生了什么

我们提倡“写现实”，从文学和专业的角度去谈，又是另一个层面的东西。一般讲生活跟文学的关系，说生活是源泉是基础，没什么可质疑的。从写作学和诗学的角度去理解，将稍稍复杂一点。谈到现实与创作的关系，好像是文学初步，实际上并不简单。许多人会认为作品就是将现实生活剪裁组合一番，做得巧妙，就是成功的文学作品了。这是一种误解。

从现实生活到文学作品，它们中间一定发生了什么，到底发生了什么，怎样发生的，需要认真研究。这就是写作学的问题、诗学的问题了。经过深入考察会发现，这个过程中发生了“化学变化”，而不是“物理变化”，所以不仅仅是什么“剪裁组合”之类的工作，也不是什么“归纳和选择”的工作。现实生活是粮食，作家就是一个酿酒器。现实生活进入作家这个酿酒器之后，经过复杂的酿造而发生化学变化，再倒出来就是酒。酿造的技术与技能不同，酒的成色也就不同，于是有了杰作与劣作的区别。一切没有经过作家这个酿酒器，没有发生化学转化的现实生活，无论如何都不会成为文学。

从非专业的视角去看，也许会觉得时下的“文学”不过是优劣之别，即有的好一些有的差一些而已。实际上其中占相当大的比重的，并不属于文学，还没有进入文学创作的门槛。文学写作需要经历复杂的酿造过程，这个过程常常因为无以言表的烦琐甚至神秘，所以最好留待个人思悟。

《艾约堡秘史》不是什么“主题创作”，文学作品不是论文，它没有“主题”，只有人物和心灵。

一个奢望

作品需要时间去检验。时间是一个很神秘的东西，无论一个人多么睿智、思维多么透彻，都不能省却时间和替代时间。就现在来讲，这部作品的表达是酣畅淋漓的、尽兴的，是个人满意的。有人认为是作者最好的作品之一，超越了其他或有多少差距，都是即兴的感受。对艺术的判断是极复杂的事情。上一部作品《独药师》也面临这样的判断，也需要时间的鉴别。

一部作品和一个作家的尘埃落定，也许真的需要一百年的时间。少于一百年，判断失误的概率是很大的。一百年是个基本标准。

一般说作家也会在意时下的反应，因为它是“百年”之间的一个积累。当代反响是一个显著的指标，但不是唯一的指标。比如说一部书交稿之后，出版方会提出意见；出版后，读者会有自己的意见。任何看法都是指标，都要等待检验，并纳于时间的积累。前几天看了一则“画闻”：古时一条街上住着很多画家，有一个画家二十步之内住着走红的邻居，那里车水马龙，而他的门前却非常清冷。夫人说瞧瞧人家瞧瞧你。画家说：“二十年后不复耳！”二十年后，这位邻居果然一点影响都没有，大家把他忘掉了，而当时那位寂寞的画家却被公认为绘画史上的大家。凡·高的情形更是如此。所以说世界上没有比诗艺更难判断的东西了。这里给出的时间界限远不是二十年，而是一百年。假如《艾约堡秘史》这本书在一百年后还能够存在，还有类似当代读者的欢迎和评价，那将是一个奢望。

封闭自己

创作者在一定的时间内要封闭自己，尽可能关在自己的世界里。我们讲创作，讲得最多的就是辛苦，大家毫不怀疑。可是谈到作家的愉快他们就不理解了。这里有一个词叫陶醉。文学创作最大的特点之一，就是写作者不为人知的大陶醉大快乐。作家在创造一个世界，他在这个空间里无所不能，拥有至上的权力。

在这样的时刻，他愿意被别人打断吗？

创造是获得大快乐的一种方式。很少有写作者说自己怎么快乐怎么陶醉，大概担心嫉妒。忘记外部的世界，创造和经营自己的世界，这时候真的很陶醉很幸福。辛苦，极辛苦，这也好理解。

生命时光

作为写作者，创作的热度还没有降下来，脑子还是热的。如果冷静下来再谈《艾约堡秘史》，可能会比今天谈得好。这本书自一九八八年开始酝酿，出版却晚至现在。因为除了积累一些想法、材料之类，还想用最好的一些生命时段来做这个工作：只有在最适合的时候才动手。这三十年来的一些工作片段集合起来，就成为最好的生命状态和精神状态的叠加。要保证这本书从第一个字读到最后一个字，始终贯穿饱满的状态。有时候读一本书会觉得前面好，中间也可以，但后边一定松弛下来，那是因为一个人的生命能量是有限的，不可能贯彻到最后。如果只为了快速出书，追赶时间，是完全没有必要的。享受写作，享受缓慢，享受经营，这是很好的生命时光。

大喧哗

外人看来写作者能耐得住寂寞，因为他一直在伏案工作。不是寂寞。不全是寂寞。创作的过程中，有时会处于一种巅峰状态，会是大喧哗而不是大寂寞。寂寞是从外面获得的观感和印象，而创造者自身经历的要复杂许多。写作是一种生活方式，如果经历了四十年，还不能适应这种生活，那就太过分了。写作者要在现实和创造这两个世界里频频往返，要习惯。我最早的一篇作品写于一九七三年，收在作家出版社的文集里。一九七三年到现在是四十五年了。这么漫长的职业训练，应该是适应和习惯了许多，能够找到现实生活和个人创作的切入口和对接点了，比如内心激烈与无动于衷，比如一定保留的浪漫、冲动和敏感。创作者的随和不等于油滑，习惯不等于无原则。写作者对爱、伦理、道德、公平，这些在网络时代被磨钝的东西，始终会保持一个敏锐的状态。谁保持这种状态的时间长，谁的创作生命就长。谁始终保持这种状态，谁就始终是一个创作力不竭的人。

这个要求当然很高。这对于每一个人，从事各行各业的人来说都是很难的。这里在说专业上所需要的纯粹度，在说人的质地。我们经常讲要爱自己的专业，不因为聪明而耍滑头和投机取巧。小聪明总是伤害事业，伤害人的纯粹度，最终损害个人的快乐。一个人一生最大的快乐就是爱着自己的劳动。谁把这种劳动伤害了，谁就是最大的伤害者；自己伤害了劳动，当然是最愚蠢的。我们尽可能不做最愚蠢的事。刚才讲的凡·高，以及大科学家爱因斯坦，他们一定是在自己的劳动里获得了快乐。他们用生命的能量来支撑这种快乐，这快乐也补充了生命的能量。就是这样的一种循环状态。

（2018 年 1 月 12 日，于北京《艾约堡秘史》新书发布会）

文学的一个开关

“创作”和“著作”

对书中的文字，不能因为短小而轻视，它也许很重要。我曾用到这样的概念：虚构的文字是“创作”，而言说和思考是“著作”。“著作”显然是更庄重的字眼，将一些思虑记下来，这或许更有意义。说真话，有意义的话，朴实的话，从心里想说的话，才会有深入的交流。

我用很多精力写小说，特别是写长篇，也用很多时间写散文和诗。散文很自由，可以完全敞开自己。许多年过去，散文的写作量变得比虚构作品还要大。文集里超过半数的是散文。这里的散文不一定是平时说的“艺术散文”，它的边界要开阔一点。这种文体的界定不宜太窄，比如历史上有些实用的文字反而成了名篇。一个人要以不同的形式书写，有时还要看重文字的使用，这种实用性或许更靠近散文的本质。讲理是实用，抒情也是实用。

这本书（《海边兔子有所思》）实质上在讨论一个问题：好作家是什么样子？作家应对文字特别重视，即便如此，回头看多年积累的文字，有的还嫌粗疏。当时的写作却是倾注全力的，可见时间更有智慧，它的标准也更苛刻。出于对时间的敬畏，写作者不敢放松对文字的要求。一个作家无论写得多一点还是少一点，首先要有一份对文字的敬畏。

诗最难

我写过剧本和报告文学。有人认为一个写作者可以写小说和其他，什么都写更好。因为有时要表达自己，需要找到好的题材和体裁：题材可以四处挪换，体裁也可以。写戏剧或许不成功，对文字表述却是重要的训练和尝试。一开始写诗，想成为一个诗人，完成心愿，把许多热情交给了诗。有人认为长篇小说更重要，作者却有可能将大量时间交给了短篇。随着年龄的增长，写短篇变得更困难了，每个短篇都要花费很多精力：短篇是一个构思，长篇也是一个构思。我写了一百三十多个短篇，二十多个中篇，满意的却不多。这里有一个问题：什么文体最难？我认为长篇容易一点，短篇较难，中篇次之，诗最难。所以对写诗的人总是高看一眼。

谁能把诗写好，散文和小说应该都能写好。对我来讲，小说和散文就是将诗摊开、延伸的那个部分。

好像有台阶

第一本书《芦清河告诉我》是一九八三年出版的作品集。有一位老作家非常有名，对青年作家很爱护，总劝他们停下笔去深入生活，不然创作就会枯竭。对方毫无私心，经验丰富，说得肯定很对；

但自己觉得刚刚开始就停下来还是有点惋惜，就忍不住写了《秋天的愤怒》等中篇小说。开始写《古船》是一九八四年，到一九八六年才出版。

写作好像有台阶：从诗歌散文、短篇中篇到长篇，一点点实现心中的追求或梦想。写到四十多年之后，还有没有梦寐以求的文字要写？当然有，心里有许多激动要写出来。但时间不够用，匆忙中的一点时间又不足以养成创作的心情，只好等待。

身体是另一个限制，人会渐渐变得有心无力。西方一位作家说过："作家特别尴尬，他活到五十多岁才弄明白写作的一点诀窍，上帝却把他的身体搞坏了。知道怎么做，但没有那么大的力气了。"作家写到某个时段，有一天觉得有点成熟了，同时也发现自己的力气变小了，不足以完成心中最渴望的那份大工作了。

数量和速度

创作的情形非常复杂，不能一概而论，比如数量和速度问题。写得少一点或慢一点会更好，但奇怪的是有人写得很快也成就了杰作。我出版的第一篇小说是一九七三年的《木头车》，距今已四十五年；如果除去工作中形成的实用文字，我的创作产量是不高的。

托尔斯泰的文集一百卷，他一生专门用来写作的时间却不多，要当兵，办教育，管理庄园等。歌德全集近三千万字，他却有很长时间在宫廷做官，比如在魏玛的十年几乎没有时间写作。鲁迅用毛笔写作，许多年做公务员或教书，但算下来，很少有一个当代作家在单位时间内比他写得更多了。一般来说我们该嫌自己写得太少，而不是太多。

我希望写作不要太勤奋，是讲使用时间的方法。应该把主要时间用在日常生活上，不能时刻想着写作。看海明威的传记，觉得他一辈子太能折腾了，上前线，打猎，有一次逃生竟然用头把飞机玻璃撞碎。他花在写作上的时间好像不够多：既要写出自己满意的作品，还要折腾。可能他写得太累了，想不停地用各种各样的生活方式，把一整块文学板块打碎，防止惯性写作，不然会是很糟的。

如果一支笔变得非常熟练，一味迷恋文学，也会造成损害：不自觉地凭惯性写下去。有人开玩笑说，现在要写一部很差的作品，比写一部很好的作品要难多了。意思是一个有几十年写作经历的人，要编相似的故事，用相同的笔调写下去，这并不难，但意义不大。作家就是要用不同的、生气勃勃的生活冲碎板结的文学，如果不这样，就会让惯性写作毁掉自己。

写作的根柢

关于半岛地区长生术的思想和实践，曾发生过一些有趣的讨论。一位朋友很认真地对我说，一定要把身体搞好，修辞立其诚，不然这本专门讲长生术的书（《独药师》）就会有问题：作者身体特别好才有说服力。他讲得认真，作者却做不到，因为作者并非实践者，而只能尽力理解这门学问，做出文学的表达。

没有实践并不妨碍去苦研一种专门的知识。写作者要为一部作品投入所有兴趣和精力去研究相关的学问，这是必要的功课，但也因为目的性太强，用完也就忘掉了。《魔山》是托马斯·曼写肺结核疗养院的一部杰作，许多医疗专家读过后，认为这个作家肯定是第一流的专家，托马斯·曼听了笑了，因为他是“以最快的速度进入，以最快的速度摆脱”。脑子的储存量总是有限的，所以要赶紧把一些东西忘掉。人脑不能格式化，就得练成一种快速摆脱的能力。

《艾约堡秘史》写的是古齐国腹地，那里姓“淳于”的很多。“宝册”这名字以前也用过一次，来自生活中的实有。依靠生活中的真实才会有底气。《独药师》这部长篇，有人看了觉得人名地名有些生僻和怪异，其实也都是来自实有。反过来一开始就虚构，很可能让遥远之地的读者没有了那种陌生感。写作尽可能地靠近现实，然后再生发自己的想象，这样就有根柢。

《远河远山》是我篇幅最短的两部长篇之一，十五万字左右。另一部是《外省书》，十八万字。是用第一人称写作的，读者容易想到作者，而且主人公也是从海边离开，跟作者的经历有点相似。作者尽可能不写自己，除非写自传，一般他们会远远地绕开自己，避免很多麻烦。但无论如何，绕来绕去还是围着自己打转。我们读完一个作家所有的虚构文字，会觉得真正的主人公只有一个：作者自己。

《远河远山》主人公的行动路线大致与作者相同，但书里的社会关系却是虚构的。路上遇到的许多事情也是比较真实的。有人曾问：是不是写的是作者的经历？可以说那些人物在整个半岛上行走遇到的事情，很多可以跟作者的人生岁月重叠，只是要根据情节和叙述的需要经过改造才可以。虚构可能需要一个根柢，以便长得茂盛。虚构就是幻想和梦想，它长得越茂盛越丰满越好。“根柢”是一棵树的底桩，没有它就没有茂长。

老齐国

关于山东半岛，海边和内陆在文化气质上显然不同。内陆可能接受了更多的儒家文化，那里原属鲁国，不是齐国。鲁文化是排斥商业主义的，比较保守，讲究等级，崇尚精神，对物质排斥一些，也不言“怪力乱神”。齐文化是海洋文化，是开放和冒险的，爱谈“怪力乱神”，爱幻想，比如推崇神仙文化、寻找长生不老药这一类事情。商业主义物质主义这一套，多来自齐文化。

齐国有名的一个宰相被誉为“千古良相”，就是管仲。今天谁否定管仲大概要站不住脚，因为正处于极力追求物质的时期。管仲有好的方面，如发展经济开放搞活；不太好的方面可能是追求物质利益不择手段，甚至放纵声色犬马。最后齐国正是毁在这些方面。他把齐国搞得很繁华，首都临淄成为天下最华丽、最富裕、最浪漫的一座都城。

作者身为一个老齐国的后人，身上也有很重的儒家文化因子，这两种文化在血液里是对立的。这或许会产生一种张力，它有时可能并不自觉，但它一定存在。

首先让自己满意

一个写作者要有社会道德伦理层面的责任感，这自不待言，好作家都会有。但这些仍然不能如数摆在第一层面，不能让写作的目的性太强，比如要教育谁，让谁从作品中得到益处等。它毕竟是复杂的审美活动。要完成这个最有效、最持久的过程，莫过于忠于自己的语言和趣味，使自尊心得到满足，因为只有尊重自己才能尊重别人。一切要从文字开始。这种审美的工作跟个人的生命体验、心灵的愉悦、一种极端化的对完美的追求结合起来，才会产生更好的效果，同时也一定是利他的，会具备相应的道德伦理意义。如果创作中总是想着作品一定要影响他人，教育他人，可能会有问题。用自己的作品教化社会，这样的认识很朴素，也非常好，是题中应有之义，只是在实际工作中一切还没有这么简单，它可能更复杂一点。

如果读者读了作品没有变好，作品失去了某种眼前的功用，作家也仍然需要好好经营自己的作品。看来写作首先还是要让自己满意，这是很重要的。

文学的一个开关

儿童文学和整个文学事业的关系可以用一个比喻：我刚开始觉得儿童文学是整个文学道路的一个入口，从这儿进去能够走得很远；再后来提高了认识，发现儿童文学不光是一个入口，还是一个开关，把这个开关一按，整个的文学建筑就会变得灯火通明。为什么是这样？因为我们如果自觉不自觉地养成一个习惯，就会从童话的、儿童的视角去看社会和人生，看千变万化的历史。儿童的眼睛最新鲜，最质朴，许多小孩子关注的东西大人却要忽略，因为他们的眼睛被磨钝了。如果以儿童的目光去打量社会和人生，会变得特别敏感锋利：有一种新鲜感，黑暗的更黑暗，热烈的更热烈。即便是复杂的长篇，也可能使用童话的结构和视角，用孩子的眼光去审视。

命名的能力

行走中会遇到一些陌生的现象，需要我们去面对。人的经验不能全部或大部分被二手信息取代：别人告诉的，记者告诉的，文学作品和网上的，这些信息都被其他生命至少过滤了一遍。行走是保留个人空间的一种方式，自己亲眼去看异地、异人、异街、异巷，看到生僻的地方，就会不自觉地研究起来。

拥挤的信息，大致是带着别人的判断和观念传递过来。时间长了它们会影响我们，使我们自己失去判断和鉴定（命名）的能力。有时我们不需要别人告诉事物是怎样的，也不必通过电视和手机、通过别人的文字去认识，而是要靠个人的眼睛、双脚、耳朵去接触，让主体和客体之间建立起一种直接的关系。这个过程就是发现和创造。如果说行走有多种意义的话，那么它最了不起的意义，就是保留自己命名的权利。

以胶东半岛举例，一旦走下去，会发现那里不像地图上看到的小小“犄角”，令人惊讶之地很多，一条河，一道溪，有许多不认识的动物或植物。它是内在而广大的一个世界。用自己的身体去感受，获得一个拥挤的具体的世界。世上所有的事物好像都被命名过了，但我们也仍有可能找到个人的一点机会，有新的结识。好的作家是极力争取这种权利的人。只做一个随遇而安的顺从者，那会非常可惜。

伟大和华丽

对戏剧的理解，包括对它的结构形式的理解，会有助于驾驭其他文学体裁。反过来如果是一个诗人，或者一个小说家或散文家，也可以创作戏剧。歌德仔细看了莎士比亚的戏剧，认为太了不起：他的剧本基本上不是供演出的，因为文学性太强，更适合阅读而不是演出。这其中只有一两部是适合演的。要导演莎士比亚的戏剧，一定要有一个高明的人，将它改造成适合舞台的形式。歌德的话有助于我们理解其他文学形式和戏剧之间的关系。

他认为莎士比亚之所以伟大，正因为其超越了戏剧，进入了诗性的文学。歌德还发现了莎士比亚另一个了不起的方面，就是心中的世界太大了，大到无论如何也不能够浓缩为简单的舞台艺术。“舞台对于莎士比亚来说太小了，而莎士比亚胸中的舞台太大了，这样的一个巨大反差使他的戏剧很难在现实的舞台上表演。”歌德的话让我想了很久。

一个小说、诗歌创作者对戏剧应有所了解。一九八七年在汉堡看了一场《流浪艺术家》，那种浪漫和崇高感再也忘不掉。在曼哈顿看过《西贡小姐》。后来又在其他地方看过《蝴蝶夫人》和《阿根廷，别为我哭泣》。它们都激动人心，很难忘掉。有时想，小说的片段或整体如有这些歌剧的浪漫和崇高、这种摆脱了烟火气的强烈诗性，该有多好。多么伟大和华丽，这二者撞到一起就让人受不了。伟大有时候可以稍微躲开，华丽却难以割舍。我们是否有机会创造出这样的作品，可能就是一个梦想了。

写作进行时

创作之复杂，难以定于一尊。条条道路都有价值，它们在取向上甚至是矛盾的。艺术很难统一论之，很难将其标准化模式化，因为存在各种可能性。审美和审丑，艺术和反艺术，理性与感性，浪漫与现实，各个倾向都产生过杰作。

现代主义走过了上百年，这条道路已经很漫长了，抵达了无所不用其极的时代。古典主义显得有点过时，甚至和整个时代流向格格不入。表达人性有好多向度、深度和幽暗部分，但无论如何，诚恳和质朴仍然要处于艺术的核心。先锋的内质也是这样。文学流派里存在各种可能性、各种变数，但有些基本的东西并未改变。先锋这把刀，其刀尖和锋刃仍然是恳切和淳朴，这才可能在文学世界里庖丁解牛。这就离开了古典和现代的命题，而深入生命和文学的本质、审美的本质。

从这个意义上去强调诚恳和朴实，会发现它们仍旧支持了现代主义作家。我们甚至可以从一种颓废的艺术中发现动人的诚恳，它应该是骨子里的。

我们在进行写作时，常常要将技术层面的问题当成最大的障碍去克服。许多人会谈到作家的灵魂，谈到社会责任感，谈到情感对作品的决定力；但是当心中的愤怒和热爱十分强劲的时候，它作为一个前提差不多就隐在了自然而然的状态中，这时艺术家面临的最大问题，往往是怎样运用技艺，以便有效地呈现和抵达。事实上我们真的经常处于这种状态：毫不怀疑自身的热情和正义，只是技术层面却有点黔驴技穷了。

技术真的是一件要命的事情。回到自己，回到个人独特的表达，先让文字把人紧紧地抓住。这种技术的苛求当然有一个前提：内心的道德伦理与情感张力足够强大。一旦失去了这个前提，其他也就只好免谈了。

（2018 年 4 月 9 日下午、4 月 10 日上午，鲁迅文学院对话辑录）

一次新的艺术强调

精细阅读

这部长篇（《艾约堡秘史》）是一九八八年起意要写的，最终因准备不足拖延下来。要写出一部有内容有纵深感的书，可能总要费尽心思，它大约无法依赖一时的机灵和感悟。只能放在心海里浸泡一些日子，这个时段也许会改变主意，或者让它丰富起来。那部写了二十二年的书（《你在高原》）耗去的时间太多，是一场很复杂的劳动。写作者已经生活在二十一世纪，没有处于托尔斯泰的时代，也远离了普鲁斯特的时代，从创作到接受这两个环境都变得完全不同了。经过了现代主义的洗礼，接下来又是网络、消费和物质主义时代。一路追赶下去是没有尽头的，一个人可依靠的不过是谨慎和质朴的劳动，使用全部心灵的积累。让步伐放得和缓下来，以努力工作下去。这是最终使用了四百五十万言的长卷的创作，是那时的情形。

而时下这部新书的故事和人物，如果放在《你在高原》的褶缝中也不会有多少唐突，因为那部长卷中包含的东西太多，几乎什么故事都有。其实完全不是这样。要做一次更深入的追究和更细致的展现，非要专门写一部新书不可。现在是一个更加匆促的、在很大程度上已经废弃了精细阅读的时期，写作甚至成为守护语言艺术的恒念，连技术层面都包含了一份伦理内容。如今，人们会忽略文字中隐藏的许多秘密，并且对更深刻更内在的语言艺术所蕴含的蓬勃生命感到陌生。正是在这种情势之下，我觉得用一部独立的新书再次做出自己的艺术强调，十分必要。

永相厮守

不是我们这一代人的特殊经历造成了多思的性格，而是所有文学书写都离不开这种性格。每一代人都看重自己的时代，认为只有自己的经历才是独一无二的。事实上每个时代都是不可取代的，尽管也的确有大小之分。给时代命名不是我们能做的事情，虽然许多人一直在尝试这么做。有人认为写作中的“呈现”才是第一要务，其他皆可有可无。这样的文学观可能太简单了，因为我们会发现，那些言称完全客观的呈现者，还需要足够的诚实。我们还是相信那些恳切率性的人，认同那样的生命品质和艺术品质。

有人会对很久以前的社会历史给予浪漫主义的解读，实际上有可能是幼稚的或一厢情愿的。正像崇拜物质主义时代一点都不浪漫一样，对人类庸俗而急遽的贪婪，怎么估计都不会过分，就像我们对历史上弱者所蒙受的苦难怎么估计都不过分一样。但无论如何，一个语言艺术的经营者都必须以独特的冷静和耐心，沉浸在自己的情境中，与所创造的这个世界中的各色人等好好相处，而绝不能有过客的心态；要以永相厮守的心愿。不变的是对生活和艺术的基本判断，变化的是更加用心的细致的表达，是这两方面的深入。

更稳妥

让小说写出一个令人难忘的人物，同样是现在的梦想，而不敢将这种技能视为过时的、十九世纪才有的文学迷思。小说如被视为情节的思想的，还不如被视为人物的更好。人物可以囊括许多，何止那一两个元素。没有什么比人物更斑驳更有魅力的了，所以写出一个人物才更稳妥。我们每每发现，语言艺术中缺少了具有主宰意味的“人物”，最终还是无济于事。就艺术表达而言，写出人物当然不是唯一的任务，而写不出人物却有可能全部失败。这部新书中，主人公“富豪”的身份好像已经被过多地关注了，其实这并非问题的本质。这个人不过是碰巧暴富起来而已，他本来还可以做许多有声有色的事情。就为了人生的防御或其他，他不得不放弃一些更重要的机会，耽搁在致富这条拥挤而平庸的道路上。他是这样一个睿智的人物，当然会清楚这一点。他最感兴趣最着迷的并不是财富，虽然他也十分享受财富。人要过物质这一关从来都是很难的，像这个杰出的人物也是如此，一般人又会怎样，就可想而知了。

修筑工事

人生不过是一场营造，做有形的无形的堆砌。有谁不是在做这种事情？营造的规模不同，也就有了人生价值的不同。有形的建造总是受无形的心灵积累所制约所决定，而人的一生又总是努力将心灵化为现实，于是就产生了那么多故事。

说到“艾约堡”，现实中当然很难有和它一模一样的巨大堡垒，但性质相类的总有许多，中外都有。那些古怪的体量很大的人物总是与其居所的形制相一致，从色彩到其他都与常人有异。看人要看窝，这其中肯定藏下了奥秘。书中的这个人物一辈子都在构筑自己与外部世界的关系，需要寻觅一处抵御和隐匿之所，它最好能抵挡凝固汽油弹之类的打击才好。这是他的一种心理投射，然后才有了物质的实体。随着世界越来越不安全，一个野心勃勃的男人开始修筑自己的工事。不过他最大的工事不是修在地上，而是修在了内心：这个过程更难也更麻烦，所以日日夜夜都干这个，总也没有完工。全书写的就是这个工程。

稀缺之物

书中择要写出了他的异性朋友，真实情况可能稍稍复杂一点，这些在文字缝隙中透露过。他在情感上比较专一，基本上没有滥情的毛病，总算避开了时代顽疾。他这一类人很固执，能恪守，在生活中总是讨厌轻浮的言行。他认为色鬼在人类历史上创造不出什么真正的价值，正因为深谙于此，所以才羡慕“情种”，而要远离色情。

这个时代“爱情”太多或太少，终成为人类历史上爱情最为稀缺的一个时期。许多人不再相信爱情，像主人公这么聪明的人，他的疑心更重，轻易不会相信这种稀缺之物。然而他知道这种元素对人所具有的致命之力，那简直是性命之需，所以也就全力以赴地投入了辨析和寻找。今天，貌似爱情的东西像灰尘一样多，只在深埋的下层才有几颗金粒。主人公于是用力地开掘，很倔强，不服输，像现代社会里硕果仅存的一个古典主义者。他这一辈子注定了是一个苦命人。

时风一转

不同的梦想会导致不同的命运，这里也指一个族群的命运。这样说有些沉重，却是不可回避的实情。人可以有更高的关怀，这大概不全是虚伪的高调。但是如果像很早以前那样，那么多人都心心念念一些遥远的精神目标、那样纯洁，也是令人生疑的。时风一转，这同一个族群又变到了另一个极端，这种极致化的改变也是可怕的。

任何时候都会有极大的一批人对财富用心，将此作为一生志业。当然一般来说这在另一部分人那儿不可以是事业，这部分人从来不会将这个当成什么事业。许多人可能会全力致富，这也是实情。今天不必羞谈财富，不必刻意贬损财富在一些人身上表现出来的意义。但财富不可能长期与正义结盟，这是财富的实质。即便如此，社会的大致情形和一般规律，总是难以接受物质的匮乏，所以警醒的人一定常常感到不安：在良知和财富之间徘徊，陷入痛苦。

精神叙事

主人公拥有一个王国，可是这里绝非应有尽有。世界上没有这样得意的王子，上帝没有给任何人这种机会。生活总是会留给每人一份遗憾，这也不错。有著书梦的人偏偏拥有丰足的物质，这就是他的尴尬。这个人成了一个他自己内心并不特别推崇和看重的那一类人，也就产生了许多问题和矛盾，这让他终生难以调和。

精神和物质的确立，在一个人身上一定是不平衡的，无论这个人具有怎样显赫的地位。只要是一个有巨大野心或怀有特殊心志的人，他大致还是要在精神方面感到沮丧。直到最后还在哀叹物质的人，是不太值得放在这本书中讨论的。这是一部专心于精神叙事的书，虽然它好像一直在写丰盈的“物质”。这个主人公懂得精神书写和心灵记录到底是怎么一回事，所以才那么痛苦，耿耿难眠。但是这一切对他来说都有点太晚了。

发射力

主人公好像是一个企业家的样本，实际上不完全是，而只是一个天资很好、经历十分丰富的特异“人物”。他的暴富不过是一种偶然，他不凡的生命质地却是由先天和后天诸多因素自然而然地汇成的。书中最感兴趣的方向不是他的物质，而是令他始终不能睡去的自尊和正义，还有爱的渴望。这样的一个人不缺女人也不缺财富，却极为缺乏那些心底念念之物：它们本来生而有之，后来却遗失了。他知道这遗失的比金子还珍贵，所以拥有了金子之后，他差不多急到了疯癫的地步，得了无可疗救的“荒凉病”。向上的和向下的力之间开始了无休无止的征战、缠斗。“地心引力”无时不在，灵魂的发射力不够，飞得再高也要垂落，来个一百八十度的转弯。

他最终发现自己不过是滚动在传统尘埃之中，且已难以更改。这让他陷入绝望。全书都在写他的这些艰难时刻、他的挣扎。

芳　心

这个人敏锐过人，在情感方面更是如此。他是一个有大能的人，欲望强烈，非常自尊，易受伤害。他心头充满了屈辱的记忆。他堡垒的名字其实只等于写了两个大字：昨天。在那些黑暗的日子里，在当年一些人的眼里，他这样的人连依偎一头母牛都不配。

他深知，获得芳心没有什么规律，而获得财富是有的。它们二者的不同是前者太过复杂，永远没有现成的药方可用。芳心不一定喜欢寻找外表的英俊和心灵的卓越，反过来也是一样。异性之间是一种千奇百怪的关系，当理性开始介入的时候，就会发现一切都太晚了。有些微妙的元素或因子在两性之间往来渗透，打乱一切情感逻辑和现实逻辑，越是纯粹的爱情也就越是如此。主人公观察到了这一点，但实践起来却无能为力。人生到了他这一步，如此的成熟和有闲，也就开始专注于一些高深的研究。

兵痞之勇

“老政委”是一个罕见的“异数”，这样的女人的确更多地出现在战争年代。她经历过武斗，然后竟然迟迟没有走出“战时状态”，这既成为她的人生优势，也深深地吸引了主人公。总而言之，这是一个很古怪的女人，又因古怪而变得可爱。当然，她也是一个显而易见的罪犯。

这个不在场的人物起码在主人公那儿是魅力四射的，浑身闪耀着陌生而瑰丽的色彩，洋溢出无可比拟的强大生命力。这个女人有战争年代的兵痞之勇，又有女性的别一种妩媚。她不是用绵软柔弱去俘获一个极端成熟的男人，而是用近似于粗蛮和热烈，再加上刚毅果决与超人的见识、直率单纯势在必得的掠取，这一切合在一起，征服了捕获对象。主人公已历尽沧桑，但是在她面前却一再感到惶惑，觉得她是陌生的、力大无穷的。在短暂的接触与尝试中，他折服了，然后半推半就地俯首称臣。

甘当傻子

在一个时期或一个族群里，掠夺可以是堂而皇之的，人们还常常不以为怪，会额手称庆。当深深的不安袭来的时候，一定是到了很晚的时候。他们感到了痛苦，发现自己正是一些“被侮辱与被损害的”。这是陀思妥耶夫斯基那部伟大作品的名字，现在让我们再次记住吧。

一个积累起巨大财富的所谓成功者是经不起推敲的，如果他遇到了一个真正有能力也有实力的推敲者，还是躲开为好。推敲需要坚忍不拔的耐力，这种人十分缺乏。人生是有目标的，为了一时的愤怒耽搁远大的目标，会被视为傻子。可是世界上就有一些人甘当傻子，麻烦也就来了。书中的主人公认为自己时下就是遇到了这样的一位或两位傻子，所以他有可能退却。他这样做很对。

问题的核心

有人以为取消乡村建筑，以高楼替代一幢幢小房子是一种体面的生活，其实也不一定。谁来取代和取消，谁来做出这个决定，这才是一个大问题。农民离不开土地，却一定要把他们送到空中楼阁，这在那些令人倾心羡慕的西方也不是经常发生的。让种地的居所离地更近一些，这样才方便。这本来就不是什么难懂的道理。只为了获取土地，然后再以一个美好的名义，把他们一家老少连同各种复杂的农具和鸡狗鹅鸭猫一起送到立体的水泥丛林中，一些砖石格子里，玩笑开得有点大。在北方，由于历史的经济的原因，农民长期居住在军营式的连排小屋中，这当然是困窘的现象；但这仍然构不成送他们到空中阁楼中的理由。我们应该有更好的方法，比如建设美丽的乡村。

没有个性的生活是不值得留恋的。这对一个人、一个城市或村庄而言，都是差不多的道理。有人一定要把自己的生活意愿强加给别人，通常这些被强加者都是手无寸铁的人。事情说到这一步，一切也就清楚了。有时候服从或不服从，并不是哪种方式更对或更好，而仅仅要问：这是对方所喜欢的方式吗？这才是一个至大的问题，是问题的核心。有人可能说，在物质相当贫乏的时期讲这些是不是太奢侈了？有可能。不过讲基本权利和自尊什么时候都不晚，都不受责备。再说我们都看到了，书中的那个小渔村并不贫乏，它不过是被时代的强势所胁迫。它像个美丽淳朴的村姑遇到了摇扇子的少爷，有危险了。

拉网号子

第一次听到拉网号子真是震撼。那是海边的齐声大吼，不是表演，不是舞台上发生的。号子有各种各样的，不是想象的那样单调，这是与生产实用密切相关的，却有强烈的艺术感染力。号子在劳动现场很实用，不过有时候真的可用来欣赏，有审美的功用。研究海边号子，今天可以是一门学问了。

如今不需要拉网号子了，因为海上捕鱼都用机器。号子是人力向前的时代，那时候需要用它来协调行动，以集中迸发出大力。现在沿海一带只有最老的渔民才会几句号子，从头听下来，才发觉它是这样深奥。民俗总是蕴藏了大学问，因为这里有无穷无尽的创造力。

（2018年3月，《艾约堡秘史》访谈辑录）

经验和记忆*

出生地

很高兴与鲁博安先生有这次对话，这使我有可能与更多的罗马尼亚读者朋友交流思想。

我比较早开始写诗，诗的表达形式一直成为我的最爱，直到现在，常常要把最好的心情留给诗的写作。说到文学生涯，就不得不提到自己的出生地。那个自然环境是极有特点的，是胶莱河以东的半岛地区，三面环海，以前有大片沼泽和丛林。我们的居所在林子深处，再没有其他人家了，看似孤独的生活，也有了另一些乐趣，能够与大自然亲密接触。这样的生活也许可以培养我独自想象的性格、独处的习惯，增强对自然万物的敏锐感受。这对我的文学写作发生了很大的影响。

---

* 2018年2月27日，鲁博安先生（作家，学者，罗马尼亚北京文化中心主任）对即将出访布加勒斯特的张炜先生进行了采访。同年内，小说《九月寓言》和诗集《归旅记》将在罗马尼亚出版。本文为访谈辑录。

心史的佐证

在长达四十多年的写作生涯中，我用文字记录了半岛上的自然风貌，更有这个空间里滋生的一切、它们的多种运动和演变的可能性。关于半岛的故事，应该构成一个生机勃勃的世界。这个世界大致是记忆中的，与今天有极大的区别。用过去对比现在，是心底的一种欲望：人对绵绵无尽的历史延续怀有极强的好奇心，对与自己关系密切的那段历史就尤其如此。当年我曾经幼稚地假设：将来的某一天，当人们对现实环境产生了极大的不满足，一定会参考很久以前的样子来恢复它，那时候我的文字就会派上用场，发挥重要作用。我一直认为，文字的记录是特别重要的，它是源于心史的佐证，声像图片之类皆不能取代。

昨天的记忆

那篇幼稚的小说（《木头车》），是关于一个少年从外地驾入林子里一辆木头车，引起大家阵阵惊奇的故事。在我当时看来，一辆古老的木头车在林中路上奔跑是非常有意思的，而且十分浪漫。少年时代我读了许多书，因为家里有不少存书，其中那些描述林中生活的最能与我产生共鸣。渐渐地，我想将自己的所见所闻写出来：用诗和散文，最后再尝试小说。小说是最难的，入门很难，所以我文集中收入最早的一篇小说是一九七三年的《木头车》。这之前还写了许多诗和散文，它们都遗失了或者不让我满意，扔掉了。后来到中文系学习，有机会在一种基本而规范的文化教育体制中，归束和整理以往形成的野性与自然的个人经验，还有知识，让二者交融，并在这个过程中产生新的结果。这当中有好奇，有不适。文与野的相遇，四处奔波的生活与安坐学堂的生活，这之间差异很大。但差异越大，形成的生命冲动也就越大，用新的经验去处理昨天的记忆，就变成一件极有趣极幸福的事，也就不知疲倦了。

漫长的煎熬期

中国的当代创作因为离得太近，不容易看清，所以难以做出结论。我觉得现在是一个相当复杂的时期，比我个人所经历的所有时期都复杂得多。文学创作恰恰就需要这种复杂斑驳的社会与文化内容。回顾一下，中国的二十世纪八九十年代当是最重要的时期，那时的社会思潮包括文学表达尽管单纯一些，但由于社会处于长期禁锢之后的解放期，作家们表现出一股冲荡和决裂的气概，作品气质好，生命内容非常饱满。八十年代末和整个九十年代，是中国文学最不可忽略的阶段，至今来说，那个时段里产生的作品仍旧难以超越。但那样的时期毕竟是特殊的，不可能成为常态，禁锢后的爆发效应只会是暂时的。相反，从世界范围看，在今天这样深陷物质主义娱乐主义的慵懒时期，倒极有可能化为漫长的煎熬期。这将考验着真正意义上的作家。真正的杰作会产生在漫长而艰辛的时期，这个时期等待大孤独者的出现，他们强大的生命力将起作用，不朽之作只会产生在他们手中。我认为，这个过程正在过分的喧嚣和另一种寂寞中悄悄开始。

悍气十足

一般来说，黄河以北地区的粗粝环境培育了悍气十足的人性，而“悍气”对于创作来说，当然是重要的元素。长江以南的人性柔和细致，这也是创作所必需的。二者的结合大概是最理想的。我不敢说自己具有足够的“悍气”，但在北方之风的长期吹拂下肯定生成了不同于南方的生命质地。就我个人来说，更喜欢南方的暖湿，但苦于不能一厢情愿地求得，所以只好一直“北方”着。

自觉回避

如您所说，中国历史上文明的辉煌在于哲学与思想，也在于诗歌和戏剧。中国的古老传统中不是没有小说，而是没有“诗与思”的纯粹的小说。被公认的杰作中，除了《红楼梦》，主要是《西游记》《水浒传》《三国演义》，这三部是由文人整理的民间文学。其余大致是通俗文学，即用来娱乐的长短故事，文学价值不高。而今，高居文学殿堂的自然是诗和纯粹的小说。在娱乐至上的现代，中国的通俗小说无论发行量多大，也仍然没有什么文学地位。今天最优秀的中国小说家学习西方，也继承了中国的诗与散文、戏剧，却几乎没有继承传统的通俗演义、武侠言情之类。后者的气息一直是现代作家们自觉回避的。

视野开阔的阅读

我是通过译者来阅读西方的，除了文学作品还有其他许多文字。特别是青年时期，那时的阅读量很大。西方文史哲经典译到中国的数量以及质量都是可观的，我们这一代都是受益者。西方有不同的艺术表达，更有不同的思想方法，这让我们扩大了自己的视野。渐渐地，中国本土的传统思想，包括文学艺术，在我这里成为整个世界文化的一个组成部分，尽管是我潜移默化中接受最早和最大的一部分。对我来说，没有这些视野开阔的阅读和广泛的接受，就没有现在的写作状态。吸纳世界各国特别是西方的艺术与思想营养，对于一个二十世纪五十年代出生的东方人来说，是至关重要的。

方士的大本营

我的写作一开始就受到西方和本土的双重影响，因为我在刚刚能够阅读的时候就读过一些西方文学作品，也读了中国传统经典如《红楼梦》和唐诗宋词等。我出生在半岛地区，这里是齐文化的孕育地，它与鲁文化区别甚大。世人一直在说“齐鲁文化”，很容易将这两种同属于山东的文化视为同一种或接近于同一种文化。这是很大的误解。鲁文化是继承了西周的正统文化，极为注重官阶，礼法严谨，刻板庄重，极其入世却又比较排斥商业主义。而齐文化是一种半岛海洋文化，开放而浪漫，富有冒险精神，崇尚商业主义，迷于寻仙活动和长生不老之术，半岛地区是中国方士们的大本营。正因为如此，胶东半岛的齐文化土壤才培植出《聊斋志异》这样一部说鬼说狐的文学作品。书中的内容在外地人看来奇幻绝伦，在半岛地区却没觉得有多么惊奇，因为那里的日常生活中就是这样的风习，有这样一些故事在流传，人们早已经习以为常了。在这种文化氛围中成长的写作者，作品中的民间因素自然会多一些。

完美的文字

就我个人所了解的，西方文学阅读界对于网络电子媒介的依赖并不像中国现在这样大。网络传播的便捷和随意，使读者在获得益处的同时也失去了很多，而且这种丧失还是致命的。人类在现代科技的发展速度和方向上已经不能自控，这带来的人文后果是不可逆转的。就文学阅读来说，由于大量粗俗文字在网络上的传播堆积，已经对许多人造成了伤害，使他们在不知不觉中丧失了最基本的文学阅读能力：既没有起码的文体意识，也失去了对语言的正常判断力。由于文学写作是一种语言艺术，所以这种破坏会造成一种根本性的恶果。不过我仍然相信，在这个过程中，人的理性最终还会起作用，他们的觉悟和反抗力也会被唤醒被激活。一部分人对于语言艺术的坚守，其意义不能仅仅以一时一地的阅读数量而论。他们的重要性是无可比拟的，其记忆力接续力不可与一般人同日而语。在任何时代，仅仅以接受人数来论断思想与艺术的价值都是荒谬的，所以就此来说，我们又可以持谨慎乐观的态度。中国的人口基数大，一些诗与思的成果还有较大的阅读范围，受众较多并能一直延续下去。随着时间的推移，完美的文字会长生不老，而那些轻率潦草的涂抹在大面积的文字沙尘暴中被覆盖的概率更高。

相互映照的关系

感谢罗马尼亚文化院的赠书，尤其感谢鲁博安先生的亲自签赠。在我眼中，欧洲是上帝撒在地球上的一把蓝宝石，罗马尼亚即是其中的一块。中国的部分读者对埃米内斯库和萨多维亚努并不陌生，后者有大量译文，当然不乏推崇者和阅读者。我读过瓦列留·布特勒斯库和乌力卡罗的书。埃米内斯库的诗句新亮逼人，像《金星》这首长诗，简直美极了，有神奇的魅力抓住人心。布特勒斯库的戏剧我没看过，但他的格言书精彩至极，那是智慧的结晶，是最为宝贵的不可多得之物。罗马尼亚的文化与中国胶东半岛地区的齐文化，可以产生深刻的相互映照的关系，这两片土地都是神奇的。我在阅读罗马尼亚民族史的时候，时常会想到古老的东方大国齐国，齐国的腹地即是今天的胶东半岛地区。

我有时会把自己想象为一个老齐国人，穿越了时空，正在一页页翻动着罗马尼亚的诗章。

二　辑

文学九节

深入交流总有一定的内向性，一旦涉及诗学和写作学，听起来显得晦涩，实际上不过是一些很朴素的道理。

“盲从”和“不服从”

看作家作品，要看这些文字中是否有学习的痕迹、追求的方向感和探索性。这也是一种判断的方法。有时即使面对一个写了上百万字的作家，从中仍然看不到学习的痕迹。这种学习不是依赖老旧的经验和手法，也不是对他人的简单模仿，而是保持了与外部世界的紧密联系，一直处于观察和评判的求索之中，是这些在文本中留下的痕迹和气息。

强调学习和交流，是就文学的审美特质而言的。因为作品提供了一个范本、一个客观物，创作者首先要进入审美。作者在作品完成之初，要对作品的语言、场景、意境、人物、细节等，先自有一个审美的把握。这既是一个审美的过程，也是一个创作的过程。许多写作的失败，往往是因为作者急于奔向一个目标，急于向读者提供一个审美的文本，而没有在具体实现的过程中，进入深刻而复杂的审美把握。这是一个荒疏的开始。

创作的过程或有两个特征和倾向：一是“盲从性”，一是“不服从性”。

我们通常要接触许多艺术时尚，就会自觉不自觉地去模仿，这便形成了盲从性。这也许是不可避免的现象，难以有个例外。有时候读某个作家、某个国家的作品多了，自己的文本就会带有与其相似的气息，这既是正常的结果，又是审美“盲从性”的一个表征。

至于“不服从性”，可能不太好理解。其实“不服从性”应该是创作者固有的特征，是阅读中产生的一种反叛心理。无论我们面对的文本是否影响广泛，是否足够有力，自我的生命之中还是会发生一点点排斥、怀疑和犹豫，在不断质疑中尝试自己的道路。“不服从性”表现在许多方面，这里不谈社会与道德层面，只把它收拢在单纯的审美范畴。“不服从性”往往是写作者进入审美、提供审美的强大动能，从这个意义上看，强化“不服从性”就显得非常重要了。

学习也要建立在以上两个特征上，一是不能任由“盲从性”滋长，二是需要不断强化“不服从性”。这种“不服从性”是个体生命中具有决定意义的创造动力，一旦被激活，会直接影响接受效果。从另一方面讲，如果真正能够进入诗学内部，对审美有了深度把握之后，“不服从性”的冲动便会减弱。“盲从性”和“不服从性”都是进入审美时的一种生命本能，最后终将服从更高的理性。这正是进行朴素、平等的文学交流的意义和价值。

每个生命的质地不同，写作的经历和习惯以及训练都不一样，都会顽固地坚持一些东西，所以不能指望提供一个范本、通过一场讲座或一个文学原理的开导便会发生改变。文学的共识最难以达成，也正因为这种不能达成，说明了生命的“不服从性”正在发挥作用，这也是动能，而不完全是负面的。

“气”决定了什么

作品的长与短是由什么决定的，一直有许多争论。写作学上似乎已经解决了这个问题，其实并没有找到令人满意的答案。就创作难度来说，有人认为越是短的文字越是难写，也有人认为长的更难。都有自己的理由，要否定这些理由也不容易。难与易，对于每个人来说可能是不同的。作品的价值并不以长短论，这是一般的认识。但鸿篇巨制总是耗去更多的生命能量。“虽好却小”“虽小却好”，这是看问题的两个角度。

实际上除了结构问题，决定长短的可能主要不是什么情节的繁复，不是内容的多少。传统一点说，它可能是由“气”来决定的。“气”长则长，“气”短则短。文学创作的全过程、所有的文字中，都蕴含了一种“气”。它好像有点神秘，不可名状。曹丕在《典论·论文》里指出：“文以气为主，气之清浊有体，不可力强而致。”中国古典文论说到的这个“气”，今天很难找到一个准确的词语来替代，也无法找到一个现代写作学或诗学概念与之置换和对应。我们不能用“意象”“意境”“气韵”“神韵”等词语取代它，只是以此来接近它。

“气”是一个非常虚幻的概念，需要实践者慢慢感悟和领会。

我们知道，“气”是有的，它一旦丧失，整篇文字便是僵死的，因为没有被赋予这口“气”，文章就不会呼吸，这是区别作品优劣的一个指标。杰出的文学作品每个局部、每个细节、每个词语都是生动鲜活的。一万多字的优秀短篇，就是由一万多个活泼灵动的汉字构成的生命体，而一般作品只是一些文字的物理组合，因为没有生命的气息。可见这个“气”是多么重要。如果文气涣散，无论手法多么花哨，情节多么激烈，作品都不会出色。有的作品前边写得好，后面就不太好，就因为它已经“有气无力”，气散掉了。前边的“气”粗壮充足满盈，有冲击力，所以就好。

究竟应该怎样理解中国古典文论中的“气”？我们只能近似地说它与意境有关，与作家所把握的诗性有关，与气息、意绪、氛围、韵味有关，甚至包含节奏的快慢、韵律的起伏等，是一种复杂的综合，一种只可意会难以言传的东西。所以中国古典文论中把它命名为“气”。中国是道教的发源地，鲁迅先生认为道教是中国文化的根底，而不是佛教，更不是基督教。谈到道教，容易使人联想到一种非常腻歪和油滑的习气，其实这并不是道教的精华。古典文论中的“气”，与道教所说的“气”，不能说是没有联系的。

讲一件比较玄妙的事情，它是一个人的写作经历和习惯：每构思一部长篇，都按常规设置事先计算长度，感觉这部长篇需要写二十二万字左右，就会提前在稿纸上郑重地写下这么多字的页码，一页一页标注。奇怪的是当半年或一年劳动下来，写到这么多字数的时候，几乎一句话都写不下去了，正好全篇结束。在写作过程中，他并没有严密地盘算一章写多少、情节怎么流转、到哪个地方结束，没有这些机械的计划，可是写到最后一页就自动结束了。这种习惯和能力是慢慢形成的，可以说是以“气”来决定作品篇幅的一种控制力。由此可见，不仅是一部作品的生命感来自“气”，它的长度也来自“气”。

构思作品的过程，实际上就是给文字躯体注入“气”的过程，而“气”的长短，就决定了这个生命的体量。是短篇还是中长篇，都由“气”之长短来决定。如果不能从“气”上决定作品的篇幅，就不会是一部优秀的作品。

短篇的意义

在一万字左右的篇幅里完成一个短篇，饱满地呈现一个完整的构思，是一件非常困难的事情。小说所呈现出的样态可以各种各样，或结构别具匠心，或意境氛围蕴藉特异，或人物鲜明生动，或其他方面引人注目，总之要在某方面成立，才有可能是部好短篇。不仅短篇如此，长中篇也莫不如此，若想占满全部的优异元素，可能很难，但是可以突出一些方面。从这个意义上讲，占有其一很难，占有再多一些就更好了。

中外文学创作的差异很大，单就国外创作而言，也有许多不同。比如欧·亨利，被誉为美国短篇小说的圣手，故事性强、结局意外；德莱塞的作品也有这个特点。他们是从西方古典主义脱胎而来的小说家，与中国早期情节化的小说家有点接近，更多地借鉴了民间文学的一些叙事手法。这些特征在当代中西文学创作中已经少见，如果现在写出这样一个短篇，可能不会被视为第一流的，因为它脱离了当代文学所沿循的轨道，脱离了所谓的现代文学的“先锋性”。所有优秀的文学作品，无论本身具有多么浓重的地方性和个人色彩，有两种特征常常是不能游离和忽略的，即“当代性”和“先锋性”。讲到先锋性，有人可能会提出疑问：乡土小说也要这样？乡土小说、地方小说本身所包含的强烈地域性，与先锋性和当代性不应该冲突，离开了“先锋”意义，就不可能成为一部杰作。

考察中会发现，十九世纪末二十世纪初的欧·亨利和德莱塞们也是先锋。中国魏晋发端的那些笔记小说是先锋，清初的蒲松龄也是先锋。他们开创一时风气，引领时代风骚，有淋漓尽致的个人表达，当具先锋意义。这些文字领先时代，彰显的个性气质不流俗、不滞后，让读者耳目一新。这种“领先”既包含在地域性里，又包含在当代性中，纵观古今中外，蒲松龄、欧·亨利、德莱塞等人的创作，其叙述方式、文笔调度、语言节奏、作品韵律，不仅是独此一家，而且是开时代风气的。

描写民间、乡土，讲述地域故事的小说，发展到后来出现了一个变化，就是汇入现代主义潮流。现代主义写作中有一些激进者，比如“自动写作”、颠三倒四的“意识流”“潜意识”等，这在西方出现得很早，不像有人以为的那样，秩序井然地向前推进：先是统一的古典主义，然后现代主义萌芽，接踵而至的是现代主义的大胆尝试，再一路突进到后现代、荒诞派、超意识等，而是一个相互影响、犬牙交错、互有镶嵌的过程。本土作家中，大半是从西方学习跟进，最后脱颖而出、与地域性紧密结合，从而取得了成功。

福克纳、海明威和乔伊斯等属于同时代人，年代相隔不远，可以说生活在同一个时空里。但是比较而言，以福克纳、海明威为代表的这部分作家成就更大一些，其作品比同时期的那些现代主义激进者更为稳定，也更容易被接受。就我们的有限视野来说，福克纳和海明威的小说脱离了古典主义规范，融入了现代主义，是转型时期贡献较大的两位杰出人物。他们的作品有地域性和乡土性，却没有同期激进现代主义的那些紊乱、抑郁、生涩和莫名其妙。他们的艺术也不是走了平均主义路线，而是深刻敏锐地把握了时代的先锋性。海明威、福克纳，包括俄罗斯的那些短篇小说家如契诃夫等，与古典主义的欧·亨利、德莱塞们相比，其作品直到现在还是常读常新的。他们的作品继承了古典主义的保守和厚重，少了一些曲折、悬念和传奇，表达上不像古典主义作家那样满和实，也没有后现代主义的那些油彩和尖叫。

古典主义作品无论篇幅长短，叙述上基本上是全知全能型的，是全方位的视角，文字塞得较满。海明威他们做了大量的革新和改良，文字变得浓缩和省略，海明威有个著名的“冰山理论”：冰山浮在水面的部分仅有十分之三，而水下的十分之七才是更大的存在，它决定了水面部分的雄伟无测。把感悟和预期放到实见之上，也就深不可测了。这种潜在的未知需要想象，于是审美意象就被延伸、扩大和诱发，形成了作品的张力。海明威“冰山理论”的基础源于对古典主义的研究，并经历了个人艰苦的文学实践。今天的本土先锋小说、现代小说实验者，多数都学习过海明威和福克纳这些人，研究他们如何缝合了现代主义和古典主义这两大板块，成为两大文学流派的黏合者。不研究他们的作品，就缺失了重要的一课。

世界现代主义的文学潮流，也不是从福克纳、海明威他们开始的，而是早就有过许多激进的表达。古典主义也可以追溯得更早，它们各具漫长的来路。现代主义潮流走到今天已经跨越了一个多世纪，古典主义就更不用说了，它拥有更为悠久的历史。在人类文明进程中能够黏合历史的人物，我们习惯称之为“承前启后”和“继往开来”。这样的人物都是划时代的，并具有强大的现实意义。

追溯西方现代小说的发展，还要提到拉美文学的一批代表人物，像阿根廷的博尔赫斯、哥伦比亚的马尔克斯、秘鲁的略萨等魔幻现实主义作家。单用一个“魔幻现实”岂能概括，他们的作品姿态各异，丰富繁杂，尤其是那些大胆的现代主义表达，令人诧异。比如，马尔克斯的短篇小说《飞机上的睡美人》《雪地上的血迹》《世界上最美的溺水者》等，都是叹为观止的佳作。还有契诃夫的短篇小说，也非常迷人，他属于古典主义后期，是一个最容易被现代主义和当代写作者所接受的完美小说家，填补了那个时代俄罗斯和西方文坛的某种空白，在俄罗斯和欧洲拥有众多的崇拜者。他中后期的每一个短篇都是那么饱满、华丽和完美，可以称之为开现代小说先河的人物。据说契诃夫去拜访托尔斯泰，他走了以后，托尔斯泰望着他的背影说：“多么完美可爱的一个人，可惜这个人没有自己的哲学。”托翁的话滋味复杂，意味深长，却同样强调了契诃夫的迷人。与契诃夫相比，大部分当代作家应该感到羞愧，因为我们太浮躁、仓促、轻率，功利性太强，远未执着地沉入个人的文学世界。

契诃夫是一位带有古典主义色彩的作家，他的短篇小说对现代主义贡献很大，可以说居功至伟，大概比海明威和福克纳那些人更了不起。只是美国的那两位作家，在气息上离我们更近一些，先锋性和现代性更为显著。福克纳的名作《熊》是一部中篇小说，是他长篇中的一个片段。福克纳很有意思，他有时举棋不定，觉得这个素材是不是写一个中篇更好？有的当中篇发表了，结果获得很大成功。那本书写得棒极了。福克纳不像海明威那样推敲每一个句子，并没有把每一处细节、局部处理得十分精练和讲究，而是依靠总体意绪、气韵、氛围，以浑厚的力量感取胜。这有点类似中国古典文论中的“气”。

福克纳的写作似乎是漫不经心的，像《熊》这部中篇小说，情节简单，讲述一个名叫艾萨克·麦卡斯林的男孩，为了完成自己的“成年礼”，在长辈指导下捕猎一只体形庞大、名字叫“老班”的熊。无论是对于读者还是故事主人公，“老班”都是一个神秘莫测、遥不可及的存在，它充满悬念和诱惑。《熊》采用的是第一人称的叙述视角，直到今天，隔了漫长的时光，我们仍然能够被“老班”强烈地吸引。福克纳不是小心翼翼、刻意营造出一种悬念，他像一个美国南方的老头，慢慢悠悠、絮絮叨叨地讲述一个猎熊的故事。用今天的眼光看，它的笔法不太成熟，也不高明，甚至还犯忌：议论太多。不知是翻译问题还是文本本身的问题，有些地方存在文笔啰嗦粗糙、意念裸露等瑕疵。但尽管如此，却没有毁掉这部中篇，因为它在某一方面实在太突出了，以至于让我们忽略了一些缺点。海明威的文学语言比福克纳讲究多了，每一句都非常节俭、浓缩，强调简洁明快的“电报”风格。海明威笔下的句子都是干净简洁的，有人说达到了一种极致，这种极致和完美又掩盖了通篇的刻意所带来的拘谨，或说破绽。由于海明威做得太完美了，个人风格太突出了，反过来又掩盖了一些毛病，最后人们原谅了他，并表示了折服。

短篇小说的写作从欧·亨利、德莱塞到契诃夫、福克纳、海明威，再至博尔赫斯、马尔克斯等，风格变得更加自由、潇洒，更加个人化。他们放到中国来看，就学习和借鉴而言，不仅存在着巨大的中外差异，而且风格迥异。现在的本土作家面对了众多的选择，实践空间更大了，但有一条是不变的，就是必须与个人的生存经验及文化土壤紧密结合。可以不讲究情节，但是必须有其他的东西让读者着迷和叹服，或语言、人物，或意象、氛围，或通篇的华丽感，要在方寸之地展现一种完美和力量。似乎不能贸然写一个短篇。

短篇小说不会因篇幅短小而减轻分量，它意味着一个完整的构思，意味着全面实现一种个人风格，意味着力量，意味着能够控制、驾驭更多文字的可能性。如果能够交出类似马尔克斯《异乡客》中那样的短篇，也就绝无遗憾。那样的短篇集不亚于任何一部长篇。每个作家一生的创作就像构建一座辉煌的教堂，年轻时把基础打牢，中老年以后造出一个金顶。

继承中的雅与正

一个作家不可能斩断民族文化根柢，因为根柢意味着生长，根柢不是底部的“底”，它是大树的根部，整棵树就靠它扎根和生长，没有它就失去了发育的基础。有人全力阅读翻译作品，尽管也能获益，可以在短时间迎合西化潮流，但不可能走远。

历史上中华民族曾经积弱不振，常说的是“弱国无外交”；岂止是无外交，实际上也无文化，这不是危言耸听。国家积贫积弱，文化就得不到世界的承认。西方藐视东方文化，尽管也常常表现出崇拜之意，却宁愿寻找更古老的对象，以便保持对今天和现实的藐视。比如孔子和老子，他们尽可以推崇。我二十世纪八十年代出访海外，外国人见了中国面孔就讲孔子和老子，说明他们很愿意承认中国古代的哲人和文化。从这个角度讲，国外的一些人虽然钦佩、尊崇遥远古老的东方文化，却并不等于承认这个民族的文化。所以我们强调文学一定要与时代紧密相连，具有文化的根柢，并因此获得当代性和先锋性，就是寻求真正杰出的文学。

中国的当代文化必定源自古老悠久的历史文化，不只是这里，任何一个民族都是如此，都拥有自己无法割断的文化血缘。西方自觉不自觉、有意或无意地将我们的古代文化和当代文化割裂，只承认遥远的古代，并用来否认当代，用割裂过去和今天来否定当下这个时期的全部文学。如果说这种情形是西方中心主义者所为，还不如说是民族文化的内部分裂、自戕所造成的。迎合是一种不自信和浮浅。自信不是一个姿态，也不是一种策略，而是一种生命品质。从民族文化的土壤上培育个人的精神自由、个人的艺术，才能广纳整个人类的文化精髓。

二十世纪四五十年代生人的一大部分欠缺两样东西，一是古汉语知识和古典文学修养，二是异域文化认知。在中国古典文化的吸纳方面，这代人实在欠得太多，对于本民族文化精华的学习与汲取，甚至还没有超过对西方文化的接受。作为一个人，这种实践和经历没能在四十多岁之前完成，会是一个极大的缺憾。这个学习过程能给生命注入一种基本的能量，用以涵养和积蓄中气，这个太重要了。

文学的“地方性”容易使人产生误解，认为作品写得越“乡土”越“民间”，就越有可能取得成功，而且可以省却对先锋和现代的追求和探索，甚至省却中国古典文学的功课。他们认为仅凭个体性地方性的本能、经验和继承，就可以走得很远。这是一种深度的误解，是地方机会主义。其实有些小说的“地方性”，顶多追溯到蒲松龄的《聊斋志异》，再就是这几十年的文学传统。这些源流和传统相对偏僻、贫瘠，乡村秀才和文化馆气扑面而来。没有经过中国古典文学和西方现代文学的洗礼，无形中却继承了中国通俗文学的流脉，并缘此一路走来，最后变得粗糙、庸俗，有深深的粗鄙气。

中国的雅文学传统才是当代文学的源头和正宗，它由“民间文学”和“文人写作”构成。有人质疑将“民间文学”和“文人写作”并列和统一起来，认为二者是矛盾的。他们看不到它们在本质上的相似性，看不到最终的合流。众所周知，中国文学的源头是《诗经》，又称“诗三百”，总共有三百零五首，其中《国风》一百六十首，占去《诗经》的半壁江山还多。“风”是什么？是民间文学，而不是通俗文学。厘清“民间文学”和“通俗文学”这两个概念，对今天的文学继承特别重要。“民间文学”是在一个无限或相对广大的时空里，经过无数人的创造，有的被文人整理加工，有的被原汁原味地记录下来的文字。这些集体智慧的结晶，有可能是民族文化艺术的瑰宝和代表，像西方的史诗《贝奥武夫》、印度史诗《罗摩衍那》，还有藏族史诗《格萨尔王传》等。“通俗文学”则是个人所为，突出的是娱乐性，很难成为一个民族的文化艺术代表。

“文人写作”是指这个民族中最有天才和教养的人积累下来的文字，西方有我们耳熟能详的但丁、莎士比亚、歌德、雨果、拜伦、托尔斯泰、屠格涅夫等，中国有从屈原开始，到后来的李白、杜甫等。这是中国文学史上一个了不起的递进。在《楚辞》之前还没有出现过杰出的个人创作，那时只有民间文学，即《诗经》中的“风”。《楚辞》中的主要作品是文人的独立创作。虽然《楚辞》中的《天问》《九歌》等还有待判断，或是由屈原整理过的民间文学，但《离骚》等一直被看成是确凿无疑的屈原的作品。《楚辞》之后的文学经历了汉赋、汉乐府民歌，三国时期以曹氏父子诗歌为代表的“建安风骨”，两晋陶渊明、谢玄、鲍照等的诗歌艺术、南北朝的骈体文、文论再至唐诗、宋词、元曲、明清小说这样一路下来，直至《红楼梦》的诞生，这样的一个发展过程。《红楼梦》具有划时代的意义和价值，其伟大之处在于中国文学史上第一次出现了个人的、诗性的即纯文学意义上的长篇叙事作品。《红楼梦》之前也有一些文人小说，比方魏晋南北朝的志怪和笔记、唐宋传奇和话本小说、明代的“三言二拍”等，大部分属于通俗文学。

《红楼梦》继承了《楚辞》、诸子百家、汉赋、唐诗、宋词、元曲等文学传统，它的流脉是中国的雅文学。西方艺术在清代已经传入中国，西方的史诗和戏剧对《红楼梦》也许产生过间接的影响。《三国演义》《水浒传》和《西游记》也不属于通俗文学，而是典型的民间文学，无论是三国故事还是唐僧西天取经、八百里水泊梁山好汉，这些故事都在民间流传了很长时间，一代一代口耳相传，最后被文人加工整理出来。民间文学参与者众，疆域辽阔，无可计量，拥有时空的无限性，提供了通向无限高度和深度、接近完美的可能性，这恰恰是个体创作梦寐以求的艺术理想。所以民间文学与文人创作在内部可以打通，而通俗文学和文人写作之间边界清晰，有难以打通的壁垒。

东西方的雅文学是一脉相承的，它们不会因为地域和文化的遥远与不同而变得隔膜，东西方文学很早就紧密地结合在一起了，并非是因为后来翻译作品的增多才形成的。

学习是为了对接

审美与创造力的差异，主要由两方面决定，即先天和后天。有些很神秘的东西决定了一个生命的先天特质。每个人的性格、禀赋、喜好、敏感度等，均属于先天部分，不可以改变。后天的学习、锤炼、努力，可以在个体生命中诱发先天的能力。有人认为后天增多的学识可以改变人的审美力，这样的说法是可疑的。学习是一种诱发，是与先天的对接过程。因为艺术是审美的，所以在很大程度上还不是纯粹的技法层面，后天的学习只能弥补其中的一小部分。既然如此，为何还要不断努力，以至于不舍昼夜？因为学习并不神秘，它是一个可控的过程，而先天的元素与生俱来，相对神秘，是固有的和不可控的。后天学习的关键在于能否与先天的能力做到良性对接，如果无法对接，那么生命本身所固有的不可思议的潜能，也就无从唤醒和激活。

从这个意义上讲，后天的一切学习都是有意义的，它是为了与个体生命中所蕴藏的那个未知的部分对接，为了把那些部分从沉睡中唤醒，从幽暗隐蔽处牵引到明亮的阳光下，使阴晦、艰涩和费解变得畅晓通达、可知可感。古人说“五十知天命，六十耳顺”，就是说到了五十岁的时候，能够感知先天生命中的那一部分，有所觉悟。天命是不可更改、不能由个人决定的部分，后天的学习就是为了扩大那些部分。反之，如果后天的学习不能够开发先天，而只是独立运行，那么它将是短促的、多变的、跳跃的和无力的。

比如，有两位作者生活在同一个“小地方”，其中的一个离开家乡后，短短几年发展得很好，简直如有神助。另一个与他从小在一起的人往往颇不以为然。中国有句俗话叫“彻底怕老乡”，说的就是一个人无论成就多么显赫，在家乡人面前都会老实收敛，因为这里的人从小就知道他，了解其举手投足和神态气息，对他知根知底，可以直呼他的小名，点戳他的软肋，所以也就更不愿承认他。中国人愿意承认外国和古代，道理也在这里，这是人性中的一个弱点或痼疾。一旦熟知了他人的起步和原来，便不愿服气，认为对方没什么了不起的。有人说这是一种嫉妒，但并不完全是，而是一种相当复杂的心理，也是人类很容易犯下的一个相当严重的错误。其严重性，就在于他忽略了一个最重要的东西，就是他们分手的这几十年里对方的学习与经历。对于真正会学习的人，几十年是多么重要。学习的不同，会直接影响到与先天的对接，会熄灭或引发巨大的生命能量。

旋律感和歌唱性

每个写作者都存在模仿或者不自觉地受到他人影响的情形，如果一度特别喜欢一位作家，写作中多少能嗅到一点对方的气息，实属正常，大概所有作家都有过这种经历。过分地偏向某个作家，固然是创作的一人忌讳，但也不要看得那么可怕。如果对自己产生深刻影响的是一个伟大而杰出的作家，他的许多优点，包括他的部分缺点伴随一段时间，并不是一件坏事情。一个叫伊莎贝尔的拉美女作家，被称为“穿裙子的马尔克斯”，许多人都嘲笑她，但是她本人很坦然和自豪，她说马尔克斯那么伟大，我像他并没有什么不光彩。

最怕的，是模仿了某种漂浮而浅薄的艺术，落进一个时期的时尚和潮流的追逐之中。一旦写作中的语调和气息走入概念化，充斥着这个时代最肤浅最俗腻的东西，才是最糟糕的。如果真正伴随一个杰出的文学灵魂行进，字里行间留下来的气息便不会庸俗，不会像现在那些排山倒海的杂志图书一样令人厌恶、拒绝和排斥。因为从伟大的灵魂中获取的某一点，都是非常宝贵的，这种选择也说明了自己的不平凡。这样的过程，更有脱颖而出的可能：变成另一个自己。

文学的遥感力十分重要，这里是指距离感。遥感力是一种不可或缺的能力，因为太切近，总是陷入其中，就会有“只缘身在此山中”的迷惑。冷静和距离，是审美所必需。风格的雅俗、文笔的粗精、品位的高低、气息的盈缺等，需要去感受。如果只能近感，不能遥感，就会被埋没和包围，产生判断混乱，就会不知“四至”。“四至”是四个方位的边界。遥感，得出的印象是不同的，再加上近观，会更准确和更超越，具有不同凡响的概括高度。

“审美”与“小说”这两个词语不是源于西方，而是来自中国古典，它与西方学术对接了，具有很强的对应性。许多词语是在时间里慢慢锤炼形成的，经过淘洗才确立下来。在外国没有“小说”和“审美”这样的成词。“审美”是一个中国古词，它作为一个成词，表达出很好的内涵。“审美”显然不同于一般的文学欣赏，而是大于、高于和包含了文学欣赏。一个“审”字就突出了隆重和庄严的意味，具有壮阔、肃穆的空间感，蕴含了近观遥望、慎重判断、理性追究和感性把握等种种意味，是关于对象的一种注视，是既徘徊又接近、既逡巡又排斥、既背离又进入的这么一个相辅相成、相伴相随、错综复杂的过程。“美”是客观存在，“审”是主观能力和状态，二者相加就是主客观的相互交换，最后达到物我交融、浑然一体的境界。

对于“审美”，我们往往会有一个误解，以为“美”就是引起感官和心理的愉悦，是一种美好的感受和把握。这是一种简单化的理解。“审美”必定包括人类和客观世界的种种元素，不仅有阳光、鲜花、爱情、友谊，还有阴郁、嫉妒、黑暗、肮脏，这些复杂的元素和观感都包含其中，难以形容，只能依靠感觉和逻辑、感性和理性的双重掌控。所以“审美”常常成为一场浩大庄严、复杂而神秘的活动。从“审美”“诗学”和“写作学”的角度谈论写作，便对创作提出了更高的标准，无论是面对一万字左右的短篇，还是二三十万字的长篇，我们是否有至大的决心和志向，让它的每一个句子都是完美的、不可挑剔的？只有确立了这种目标，才有可能诞生杰出的作品。

艺术创造的真正的难度在于，即使有很高的志向也未必能够达到那个目标，更何况粗制滥造。比如一篇万字小说，有几千个词语，这些词语是否使用得精准妥当，完美无瑕？在语汇调整上，是否由于位序的不同而蕴藏了特别的含义？一万个字里又有多少句子？多少分句和复合句？如果一万字里有上千个分句，平均两个分句构成一个复合句，那么也有几百个复合句。是否做到了每一个分句和复合句都极度完美？它的完美性包含精练、准确、个人化、生动性。除此之外，还有通篇的韵律、节奏、意象、意境，等等。说到韵律，像海明威、马尔克斯和索尔·贝娄的作品，尽管译者不同，但只要是比较好的，我们都能够从中触摸到它的韵律：如同一曲长歌，婉转起伏，声调华丽饱满。它的韵律是由个人化的词语和语言，从分句到复合句的完美来完成和抵达的。

也正是因为有了曲折精妙的语言旋律，其局部少许的糙痕和斑点便得到了遮罩。即便是阅读经验丰富的人，在这几位作家的作品中也很难看到一个失败的句子。还有《红楼梦》，可以细看，里边几乎没有一个复合句是糟糕的。杰出作品不可企及的美、思想的高度，是从局部开始完成的，它们首先做到每个词语都是精确和舒适的，没有一个分句不饱满，没有一个复合句不精妙。这样的作品，哪一部不是一首长歌？哪一篇不拥有一种旋律？失去了旋律感就不会是一部好作品。对于一部杰作来说，最重要的东西不是情节、结构、人物、思想等，而是它在拥有这些的同时，进入自己的旋律。如果是一个敏感的读者，绝不会无视文本中所蕴含的或激烈冲荡、或柔婉细腻的旋律。

文学的起源是先有曲调后有文字，或者乐曲和歌词同时产生，古今中外概无例外。无论是国外流传的英雄史诗，还是中国的《诗经》，都是词曲共生，具有一种旋律感：离开了歌唱便没有文学。由于阅读的演变和各种原因，最后导致了词曲分离，但尽管这样，却并不代表文学擦掉了原来的基因。所以直到现在，最好的作品仍然具有音乐的旋律感。这种旋律感需要去品味和体悟，没法说出它的具体曲式，需要慢慢感受。作品有了旋律之后，气脉就会通畅，从起始、发展、高潮到降落，它的声速与声调是完整浑然的，所谓“一唱三叹”，就是在说旋律。不仅散文和诗歌如此，小说和论文也是如此，所有优秀的文字作品都是建立在一种旋律之上的。

一些作品开篇就会进入一种旋律，声音的洪流渐次汇成，一点点发展，往上，上升到一定高度便开始“喧叙”，西方歌剧中的“喧叙调”也称为“朗诵调”，边说边唱，最后达到剧情的高峰，主唱段到来。整部歌剧的气氛抬到了最高，这个高度让观众受不了、坐不住。可是最华丽的地方，是与这个峰顶即将脱离的时刻。那个旋律高得不能再高了，它不得不往下滑行，这一瞬间，最奇妙细腻的部分呈现出来了。想象为一种物理现象：好像那个地方有了一个弧度，而不是陡然掉下来，那样就失重了。这时必须保持一个速度，优美地滑翔和降落，这是最有难度、最需要技巧的时段。写作中，每个卓越的创造者都会把握文笔的节奏，慢慢呈现最激动人心的部分。敏感的大读者一定会在这些地方稍稍停留一下，品味到深处。每一部作品都应该形成一部“歌剧”，即使乐曲与文字分离了，字里行间也依然葆有旋律感和歌唱性，而不仅仅是诉诸视觉的焦干的文字。

不同的乡土作家

那些迷人的作家与作品，会与不同的读者相遇。不同的阅读能力会有不同的吸收。比如，马尔克斯大量的作品写哥伦比亚，渲染那个大陆的荒诞、无序和孤独，所以经常被视为地域色彩浓郁的乡土作家。但是作为一个他者，现场看到的哥伦比亚，也许是没有长期生活其间的缘故，丝毫也感受不到马尔克斯作品中所描绘的情与境。苏联作家阿斯塔菲耶夫，他的《鱼王》曾在中国风靡一时，是二十世纪八九十年代对中国作家影响极大的一本书。再一个是危地马拉的阿斯图里亚斯，他的代表作是《玉米人》。这三位作家的作品具极强烈的地域性，都容易被当成乡土和地域作家的范本去理解和模仿。如果东方的本土作家只是这样领会和汲取，或者也会走向偏颇化和简单化。

如果对欧洲文学、俄罗斯文学和拉美文学这三个板块稍稍深入地阅读，就会发觉那些作家与我们经验中的地域和乡土差异巨大。那不是我们传统意义上的“乡土文学”。在我们这里，更多的是从气质、笔法、结构方式，包括作家的文化心理和表述观念，这些方面综合出的一个命名。所以有人认为大多数的本土作家，也包括以城市生活为题材的写作，都应该属于乡土作家的范畴。乡土性表现在顽固的地方视角、民间视角和相对保守的价值观念，以及对于外国近代和现代主义文学潮流的一般化的模仿、依赖和借鉴。

艺术比如服饰，在现实生活中盲目激进地学习时尚，往往是适得其反的。一个气质与教养兼备、视野开阔和走遍世界的人，在现实生活中不会突兀地穿戴起巴黎服装展上的“展品”。文学也是如此，形式上的紧跟与模仿，正是乡土小说家才有的特征。城市题材的写作，特别是乐于表达现代生活的这一部分，都是地道的东方乡土。而索尔·贝娄写了一辈子芝加哥，展现了贫民窟、黑社会、上流社会与知识分子和商业精英，那么顽固、逼真地描写个人所熟知的芝加哥经验，却始终没有堕入一般意义上的“乡土”。

需要尽快摆脱“乡土”固有的惯性、概念和窠臼，离开狭隘的地域性，离开对现代主义文字的浅表仿造，以走入真正的先锋性。它不是简单的并行或跟住，而是自主自为的独唱。没有文学阅读能力的人，会把那些简单的仿制当成真正的先锋，这是一种误解。先锋必须从当代出发、从个人出发，也要从文化传统出发，必须扎根于中西雅文学的交汇点上，然后茁壮生长。离开了这个基础，所谓的“先锋性”和“现代性”，便会类同于生活中穿戴巴黎服装展品的人。

真正自信和笃定的艺术家，世俗得失对他不会产生很大的影响，而始终能够保持一种定力。这种力量来自对人类社会的深刻观察，来自对文字的谨慎和持重、苛求和保守的态度。所谓的成功者生活优越了，日子安定了，也就失去了奋斗期的绷紧、勤奋和压抑，即便仍旧操持文字生涯，也只是依赖语言和情节的惯性往前推进：表面看很像那么回事，内在的生命力却衰弱下来。世俗的荣誉并不能把一个真正的艺术家从压抑者的立场上移开。他仍然会极力地追求完美，释放自己的仁善和愤怒，这种释放力是强大的，是人格，是所谓的宠辱不惊。

文学追求终究还是对个人灵魂的一种安慰和实现，是个体生命的一种支撑。在这个追求、实现和满足的过程中，一定会唤起对于人类和社会的责任感。个体生命实现的完美程度，决定了能否对整个世界和人类文明做出贡献，以及提供了多大的可能性。所以文学写作以什么样的作品为坐标和榜样，非常重要。杰出作品在某方面必定达到了极度的完美，放射出灼眼的光芒，强光之下，我们甚至无法看到其他的缺失。我们看不到太阳的黑斑，也看不到旁边的星球，因为它的光芒覆盖了一切。沐浴在这种光辉里，是最健康的生活。

懒惰的反面是勤奋

有人经常唠叨，说作家应该少写而不是多写，如此才会有杰作，比如老子的《道德经》只有五千字，却成为不朽；半部《红楼梦》就成为一个伟大的经典。其实这不过是一种懒惰的遁词而已。一般来说作家不是写得太多，而是太少。因为努力劳动而变得粗制滥造，这不过是一个笑话。只有热爱和恪守才是谐配的，而懒惰和粗疏从来都是一对。杰出的作家能够容忍自己的浮浅和草率，等于说从血管里流出来的是水。写作和阅读也一定是一体两面，没有一个勤奋的作家是一个懒惰的读者，反之第一流的大读者如果写作，也极有可能是出色的作家。大劳动者都具有好奇心和探究不倦的精神，他们的劳动能量常常是巨大和惊人的。海德格尔是位哲学家，主要工作是教学，带出了一些有名的学生。德国出版的海德格尔文集为一百零几卷。海德格尔活了八十七岁，不仅教学任务繁重，一些社会活动也多得不得了，在著作方面却如此巨量。

一位中国哲学家牟宗三，山东栖霞人，一辈子从事教学，为躲避战乱行迹遥远，最后在台湾度过晚年。他写下了一千多万字的哲学著作。歌德的文字折合汉字接近三千万，索尔·贝娄除了小说之外，还有大量的社会学著作。有人最爱举的例子是曹雪芹，但这是否实有其人、活到多大年纪、到底完成了多少作品，一直存有争议。还有一点不要忘记，即便他真的只有半部“红楼”，我们还要想到这半部文字的背后有多少巨量的劳动，它们在阴影里不为人知。

懒汉最乐于从老子和曹雪芹两人身上寻找借口，井底之蛙永远都不会知晓天空是多么辽阔，永远都触摸不到心灵的富饶疆域。写得少不要紧，但要写得足够好，问题是这几乎无一例外地需要付出巨大的劳动：阅读和写作，还有实际生活中的恪守、勇敢和探究。倾尽全力还写不好，更何况避重就轻，奢谈什么以少胜多的所谓“精品意识”。作家的一个目的和标准，就是要写得好。达到这个标准的唯一途径是什么，当然不言而喻。勤奋和努力，顽强与坚持，告别各种机会主义，绝不能只是说说而已。

我们的创作实践给人一种不满足感，常常是因为生命力不够强悍。或许写作者要有“悍气”，文笔精湛、细腻和优美，并不意味着手下无筋和纤弱无力。“悍气”是生命的一种底气，是从深处冲决而出的一股突破力和坚持力。这种力量会左右笔下的人物、故事、情节、结构，还决定着他的好奇心、探讨问题的深度、文笔的张力、坚持的韧性。这可能也属于先天的禀赋和后天的学识，是其中的一个重要部分。“悍气”不完全等同于“勇气”，但肯定有关。这是一股强大的动能，具有扫荡一切的冲决力，能让人克服一切阻挠破土向上。有人渴望成为拔地而起的天才，无法压抑，但这仍然需要朴实的劳动，需要这个基础之上的成长。一种令人动容的力量，就是那种深藏不露的气概，这里被称为“悍气”。这种质地特异的沉厚顽强常常是以温和的方式出现的，是包容和兼收并蓄，是静与正，是顺从四季的劳动精神和工作态度。勇猛霸道和所向披靡，这可能算不得什么真正的“悍气”，因为不能持久；既遵守规矩又突破羁绊，既善良又“残忍”，一种不管不顾的冲动、强大的事业心和行动力，应该化为平凡的生活细节。它也许不太引人注目。不过只有这样，才有可能写出优美与残酷交织、华丽与粗粝并存、宏阔与细腻相间的文字，产生惊心动魄的效果。如果不是极度的完美、极度的生僻、极度的冷寂，也就不可能是非凡的存在。

在写作上容易出现两种倾向：一是太过任性，稚气未脱就放纵乱涂，不相信起码的规范，不接受基本的训练；二是太过老旧，总是按部就班，认同地方传统和文化馆气，从头至尾暮气沉沉。视野开阔、训练严苛、储备充分，同时又鼓荡着强大的冲决力，这才是理想的状态。常讲的“谦虚使人进步，骄傲使人落后”，如果是一句至理，那么还要看对哪些人谦虚、在哪些方面谦虚。在创造审美的过程中，一个最大的推动力可能是“不服从性”，这是说审美上的“悍气”。这正是一种根本性的学习。生命是非常复杂的，一个特别老实、唯唯诺诺的谦虚者，文章却会悍气十足。原来每个人先天里都有不同的气质，关键是怎样培育出其中的某一部分，让它成长，让它在一个特定的时空里长成参天大树。当它还是一棵幼苗时，如果没有给它阳光、水分、空气，还怎么指望能适时发育？相反，另一些不好的东西却在任意地滋生蔓延，最后造成了麻烦。

传统与迷人之“兴”

中国新诗百年，取得的成就及今后的走向，是至大的学术问题、诗学问题，当然也是写作学问题。这里需要对中国雅文学，即以《诗经》为起源，以《楚辞》、唐诗宋词为代表的中国诗歌传统做一番梳理。诗的问题是文学的核心问题，诗学问题包括了全部雅文学的问题，所以不能单纯地谈论诗歌，而要涉及整个文学。

新诗的源头是五四时期的白话诗，就是那些勉强称之为诗的短句。它们要在文学史上记一笔，因为是开拓的符号，是这个意义。我以前曾在《理想的阅读》中说过一段话：“那些在文学史中特别具有‘史的意义’，被反复从‘思想’上加以赞扬和强调的作品，往往是最经不住阅读之物。”“我们选择和接受的，是文学的魅力，而不是从活的艺术肌体上割裂出来的一块‘进步的排骨’。”

文学史大多是一些学者写的，他们常常更多地从社会层面上把握作品，注重这个向度。但一些大学者会进入深层的审美，而大量的文学史，只特别强调史的意义和价值，寻找符号、系统和坐标，从这个意义上讲，一部得到强调的作品往往并不那么迷人。

诗是一个时期的文学核心和制高点，是文学皇冠上的一颗明珠。但是人们普遍认为自由诗、现代诗并不能成为一个时期的文学代表。我们许多人仍然对诗怀有一份崇敬之情，因为它是最难以走向完美的体裁。中国现代诗也许还是要回到《诗经》和《楚辞》、唐诗和宋词的雅文学传统上去，当然不一定是形式上的简单迁就和移植，而是内在的汲取和继承。这个继承不仅对诗，还有其他。

当代雅文学越来越背离传统，这是最严重的问题。《诗经》是雅文学的源头，《诗经》的“三体三用”在诗学研究领域里经常被提及。“三体”是指“风、雅、颂”，“三用”即“赋、比、兴”，是三种表现手法。“赋”是叙述，就是把思想感情及相关事物讲个明白；“比”就是类比、比喻；“兴”不太好理解，古老诗学中对它的解释，仍然视其为一种表现手法，实际上有些浅近和偏颇。

这三大创作手法，尤其是鲜活灵动的“兴”，被“手法”这顶大帽子死死地扣住了。什么是“兴”？用朱熹的话说就是“兴者，先言他物而引起所咏之词也”。比如，我们要说这个瓷杯，却先说一旁的纸盒。言说的主体是杯子，可是从不太相关的物件开始说起，这就是“兴”。比如《周南·关雎》，“关关雎鸠，在河之洲。窈窕淑女，君子好逑”，鸣叫的水鸟与君子淑女之间似乎并没有什么必然联系。还有像《孔雀东南飞》的起首两句：“孔雀东南飞，五里一徘徊。”也与下面的故事内容没有什么内在的逻辑关系。诗人无论是愉快、兴奋还是哀怨、愤怒，都是从一个漠不关心、距离叙述主体或对象很远的地方开始，这种距离感就是“兴”。

如果说“兴”是一种写作手法，为什么诗歌、散文、小说等体裁发展到今天，只有“赋”和“比”依然被广泛运用？我们的小说、散文、诗歌离开了“赋”和“比”简直寸步难行，到处都是叙述、铺排、比喻。“比”在现代诗歌中更是不可或缺，因为离开了“比喻”，有人就无法写诗，唯独“兴”在现代写作中难觅踪迹。因为现代生活节奏太快、现代人的功利心太强，五分钟的机会主义都不肯放过，在他们看来那些遥远的事情和思绪，简直是浪费时间。大家都在做的，就是直奔目的，直取故事、人物、情节、主题，这时候还要“兴”，实属多此一举。所以对于功利心特别强的现代写作，“兴”几乎被废掉了。

作为一种表现手法被废掉并不要紧，但作为生命的一个本质能力被抽掉，却是非常可怕的。“兴”是什么？它是激活生命的一种力量，人的激发力、感动力、联想力、关照力，其实就是“兴”。“看山则情满于山”，看到一座山就觉得整座山都溢满了情感，被情感笼罩，这就是生命投射万物的时候，自然产生的一种关怀力和感动力。生命失去“兴”的力量，意味着诗的能力、文学的根本表述力被抽掉了，于是也就更容易被物质主义和娱乐主义毁掉。

或许有人认为现代小说与诗歌不同，“兴”对小说这种写作形式的影响不会那么致命。事实上真的如此？“兴”太难了，它需要从生命内部激活感动、感知和好奇，焕发出一种生命能量，去投射自然，这个自然与情节发展、人物情感似乎没有多少关系，是一个独立的审美板块和单元。但这个东西不得了，它会决定作品的成色。即便是一个独立的单元，还必须毫不突兀，并且要足够迷人，这在一个平庸的写作者那里是办不到的。由于它是生命的本质部分，所以当代小说一旦丧失了“兴”的能力，没有“先言他物而引起所咏之词”的本事，整个诗性的核心便要偏移。

现代作者变得漠不关心，几十万字的一部长篇看不到一条河流、一棵树，听不到一声鸟鸣，为什么？因为人类失去了对于自然界、对于滋生万物的生命背景的敬畏之情，失去了热情洋溢的捕捉力、拥抱力和关切力。“兴”在欲望的时代、物质的时代、娱乐的时代经历了一个逐步丧失、渐渐退出的过程。只有伟大的心灵中，这种能力才是永远充沛的。“兴”之能力的萎缩和丧失，意味着一个时代文学格局的萎缩和渺小。

优秀作品都是迷人的，迷人和吸引人是统一的。迷人才会构成吸引，才会让人倾倒，才不会让人遗忘。作品的人物、故事、生活环境、细节描绘，都必须迷人才行。写一座房子，无论是简陋还是奢华，都让人产生实勘，或入住的冲动和拥有的欲望。写一位老人，也让人涌现与之交往的念头。写一个坏人，幽默而古怪，从未见过，让人产生见识一下的想法。写爱情，让人有一种不可遏制的体验冲动。写背叛，彻骨的苍凉感让人唏嘘不已。作品中的自然环境、建筑、人物关系、人物个性，这一切都让读者恨不能亲历一番。无论是黑暗、阴郁、含蓄，还是光明、美好、快乐，所有的元素到了笔下，都必须引起体验和触摸的欲求，既黏眼又迷心，不愿割舍。这是深深的吸引。不让人讨厌，不让人疏远，用情感的真实、描述的准确和兴味的盎然，把读者黏住，使其融入其中，化为已有。这是写作的一个途径、一个条件。

（2018 年 9 月 4 日，于山东文学馆）

更高一级的文学

关于“儿童不宜”

在写作中，许多东西不但不能回避，还要深入，要表达得生动、充分和饱满，要真实。这些不能回避的东西里有苦难和爱情，还有许多许多。从事儿童文学写作，具体进入的时候，常常会遇到“儿童不宜”的问题。比如说不能过多地写生活中的惨烈。文学固然需要更深地揭示生活真相，能够让读者获得一种强大的力量感。文学无可回避，它必须直面人生。这是没有问题的。但由于我们要写给儿童看，就不得不考虑更多。比如说我们不愿让他们在这么小的年纪里就陷入巨大的悲恸绝望之中。我们是不是有勇气让他们接触那么多的血腥，沉迷在不可解脱的性爱中，这真的是一个问题。我们当然要考虑这样做的后果。听说国外的少年教育里开始有节制地在某个阶段引入一点性的知识，但不知是怎么做的。这些东西在一个保守的东方人看来，也不太好理解。

血腥和暴力肯定是儿童不宜。我们看到一些很有名的新时代的所谓“经典”儿童小说里，写到孩子，怎样把一个敌人用刀砍死或用矛枪扎死，或用别的办法把他杀死。这种血淋淋的表达大概未必合适。我们培育儿童，虽然不能告诉他们虚假的生活，但是在他们这个年龄段，仍然不应该以各种堂皇的借口或方式引导杀戮。不能让他们在杀戮中获得快感，正像不能让他们在性爱中获得快感一样。无论这些描述含有多么高的思想价值、审美理由、哲学思考，也还是要让步于儿童的成长，要考虑到对其身心健康有益。

类型化的文学

无论怎样，儿童文学还是不能做得过分“类型化”，它其实只是整个文学肌体上的一部分。任何文学题材做成了类型化的东西，只会是二三流的。不同的题材都属于文学。时下我们经常看到的现象是，从本土创作到许多翻译过来的作品，有一个共同的倾向，就是过分地行当化、类型化了。于是，就成了低一级的文学。

举个例子，我们经常强调文学表达要有“宗教情怀”和“神性高度”，但如果做得过于直接和简单，比如专门去写某一种宗教故事，会成为第一流的文学吗？它就一定会有宗教感和神圣感吗？当然不是。这更有可能写成一种“类型文学”。尽管它里边有大量关于宗教的术语、宗教的生活，但并不意味着具备了强烈的宗教情怀和神性高度。真正意义上的宗教情怀和神性，更有可能在平凡的日常描述中得以深刻体现。

儿童文学有禁忌，有禁区，有儿童不宜，同时它又应该成为最好的文学，应该具有一切杰出文学才有的高度。所以儿童文学的写作就变得格外困难。没有惨烈的生活，不写浓烈的爱情，没有那种形而上的复杂描述，仍然还要抵达人性与生活的深部，当然是更难的。

正因为困难，才自觉不自觉地从儿童文学的写作中找出一条捷径，比如充分的类型化，将其变成了一个回避的角落。这太可惜了。好的儿童文学完全不必如此，因为谁都明白这里同样没有“文学赦免权”。不能因为写的是“儿童文学”，就一定是浅薄、幼稚和平庸的。我们如果将其做成非个人化、非文学化、非思想化的粗浅幼稚的文字，只能是贬低了它。相反，我们既有能力把儿童不宜的元素过滤掉，又能够抵达杰作的深度和高度、色彩以及阅读的快感和吸引力，那才是真正意义上的儿童文学。

要弥补儿童文学类型化所造成的苍白和孱弱，做出各种各样的商业操作，以至于不惜画地为牢圈养起来，这不是一个好办法，也无济于事。将儿童文学视为不可以用文学标准来论断和比较的特殊事物，是荒诞的。文学领域其实是没有“特区”的。在商业时代，类型化的现象繁衍下去并愈演愈烈，是必然的。商业可以绕开文学，直接面对市场，而我们时下的阅读现状就是人口基数大，孩子读书又是一种“刚需”。借助于这些基本条件和时代特征，可以顺利而熟练地推销大量类型化的、非文学的读物。它们大致聊胜于无，耗损了孩子的宝贵时间，或直接就是一些垃圾。

儿童文学向往更高的标准，成为纯粹的艺术，要求作家具备更高的文明修养、更好的语言能力、更开阔的诗人情怀。他们的创作者要有化繁为简、化高为低、化深为浅的能力。当然，这里的“简”“低”“浅”都是打引号的。正因为它的难度是如此之大，所以常常令人视为畏途，不断地尝试又不断地退缩，最后一点点退出。

一个写作者从十几岁开始创作儿童文学，写到中老年也不见得会取得很大成绩。作家有了四十多年的文学历练，也不一定具备化繁为简、化深为浅、化高为低的能力。在这种“化”的过程中，绝不能丢掉语言艺术中最根本的东西，比如说语言、思想，比如说那种看不见摸不着的形而上之思。诗心和童心是文学的核心，这些核心部分只要不曾丢弃，就会越来越靠近儿童，也会越来越纯粹，越有意义。作家未来出个人文集的时候，绝不会因为收入自己的幼儿文学、少儿文学，以及所谓的“桥梁书”，诸如此类的文字而感到羞愧，相反，它们将成为他全部作品中闪闪发光的珍珠。

经验与常识

今天儿童文学的水准，实际上是和整个时代的文学水准相一致的，存在的优长与问题也大致相似。如果整个时代的文学处于低潮，唯有成人文学或儿童文学独树一帜，也不太可能。假设我们拥有一批杰出的成人文学作家，他们曾经写出了一大批了不起的作品，但唯独忽略了儿童的阅读，放弃了这方面的表达，造成集体的盲区或缺席，也不太可能。因为这不符合事物发展的规律，不属于正常的生命现象。我们从中外文学史上可以发现，真正的文学繁荣时代一定是包括了儿童文学。

将儿童文学画地为牢，使其沦为某一个特殊的局部，形成一个洼地，这样的局面最终不会长久。绚丽迷人的童心会从根本上吸引那些具有雄心的写作者，他们将在这里做出精彩的表达，这在文学史上是一再呈现过的。从创作到出版，一旦形成了某种怪异的隔离现象，就变得极不正常，也只能是暂时的。热衷于类型化的写作者或认为这都是自然而然的，并将其当成一种不可比拟的“特区”。其实这不过是对文学的误解。类似的道理也可以推及其他，什么宗教题材、科幻题材、军旅题材、女性题材、网络文学，还有按类似方法划出的更多“领域”。这样一来文学就给分割成一块一块的，像割肉一样，最后整个的文学肌体只剩下了一具剔得光光的骨架。这当然是荒谬的。实际上从来没有那么多古怪的“特区”，文学就是文学，它仅仅是语言艺术，其内在品质都是一样的，同属于诗与思。

写什么题材不要紧，判断中仍然要面对文学的标准：好的或不好的、优异的或拙劣的。这与在哪里发表也关系不大，网络、报纸杂志、书籍，全都一样，哪里都没有赦免的条件，没有其他标准。

如果从其他角度提出问题，一再强调其特殊性，如读者对象变了，笔调及其他必然要有区别等。这种“区别”说白了不过是语言艺术的一部分，而绝不意味着拥有了其他的权利和理由。它有自己的禁忌，有更周全更细致的考虑，写其他任何题材也同样如此，这本来就是语言艺术的“题中应有之义”。儿童作品如果句子纠缠烦琐，儿童就读不懂；道理过于深奥晦涩，像对待成人读者一样，他们就很难接受。它一定要求简短明快、相对简单、由浅入深，除了一部分文字需要家长和老师引导阅读，大部分还要让儿童在兴趣中自己理解。书中有一小部分可能他们最终也不太懂，那是需要记住的，留待将来的。所以写给儿童的作品也不必全都一目了然，清澈得像一碗水。我们都有过这样的经历：小时候读不太懂的段落，由于好奇，竟然牢牢地记住了，十几年甚至几十年过去，还想弄懂它。这也是一个回顾童年的过程，很有趣。记住儿童文学阅读中的某些“不懂”，让这个“不懂”贮存在记忆里，就像留下了一个存根簿似的。当然，类似的情形也不可能太多。

这其实就是在讲节制。暴力、性、苦难，都要节制。哪里是一个度？大概很少有人能够具体地一一回答，它只能留在每个写作者心底。他一定是知道的，不知道是不可能的。诸多写作问题还是要靠感觉把握，靠经验把握。在常识方面、在感觉方面得以通过，这不光是衡量儿童文学诸因素的重要标准，也是人们在生活当中用以判断事物的标准。我们不能事事依赖法律和规定，那就太晚了，也将耽搁很多。世界上很多东西本来就是无法量化的，没法全都做出条理化的规定。德国大哲学家康德说了一句话，大意是：“在常识和感觉中引起不适的，就是不道德的。”

生活中有许多东西，做还是不做、正确还是错误，都是靠常识靠感觉去把握的。一个东西是不是让人反感、让人厌恶，人们心里自然有数。一定要将某些道德范畴的东西逐一举手表决，那不仅烦琐，也不可能。从事儿童文学的人需要恪守的一些东西，大致还是要依靠经验、依靠一些常识性的判断去把握。

只要是心智正常的人、精神健康的人，在这些方面达成一致是很容易的。写作者也常常是一位家长，他跟别的家长在对待孩子的成长方面不会有什么不同，并不需要他人指导和提醒，告诉哪些该写哪些不能染指，哪些是行文中的禁忌，不需要。常识和感觉中的适与不适才是最重要的，它会直接告诉我们该怎样做。

文学与读物

有人认为现在有一些需要厘清的问题，比如“儿童文学”与“儿童读物”混淆在一起，这将影响儿童文学的发展。这似乎是一个问题。但由于受众主要是家长和孩子，也不太可能把一般的“读物”和“文学”区分开来。他们往往把这一切当成同一种东西，把所有在市场上流行的“童书”，比如大多数的趣味书故事书，视为“文学”搬回家。这样也没什么太大的坏处，只是粗率了一些。人们现在希望某一类专业人士不要缺席，尽到责任，比如那些专业儿童文学研究者，也包括教师、评论家和出版人，希望他们从专业高度把问题讲得清楚一些。

这就像我们对待雅文学（通常被叫成“纯文学”）和通俗文学的界限常常模糊不清一样。一般读者可以含混一点，专业研究者则应该清晰，因为这本来就属于专业方面的基本认识。从市场看，一部分是“儿童文学”，另有很大的一部分应该算作“儿童读物”，还有一部分介于二者之间。就像“雅文学”和“俗文学”不一定是清清楚楚地截然分开一样，“儿童文学”和“儿童读物”也是如此。文学问题总是异常复杂，思想、审美、道德，诸多元素常常纠缠在一起，需要依赖每个人的经验，依赖修养、常识和感受去做出鉴别。这大致不难。

不能因为是交给少年儿童的文字，就全都搞成一碗凉水那么淡，里面什么东西都没有：没有特别的思想和意境，没有诗性，更谈不上语言艺术的魅力，只是一点噱头和趣味。思想的含量与语言的魅力是文学写作的基本要求，其个人性也是最基本的要求。一部儿童文学作品从语言开始，必须打上独自创造的强烈印记，成为不被重复的唯一，绝不会因为肤浅和简单而取得少儿阅读的资格。就因为是写给幼儿的读物，一定要稀薄无物？当然不是。如果读者具有审美敏感性，即便在最“浅直”的文字中也会辨析出不同的美学品质。透过表层深入内部，发现其特异的想象力，等待家长和幼儿一起领略的另一片风景。在期待挖掘的第二、第三层意思后边，或有隐喻，有无限的空间，可见它们既不简单也不苍白。

我们可以写斗室生活，但视野和牵挂却要辽远无际，想象的触角一定是打开的，能够通向星空，非常高阔。没有议论星空，议论大海的另一边，也没有把复杂的人生阅历如数摊在眼前，但我们却仍然能够感觉它们的存在。一切都沉在文字后面，让人感觉写作者巨大的精神资源和心灵的力量。他有中气，有底气，下笔自然不同。

那些苍白的文字，除了一点小机智小趣味，所包含的一切还不足以被称为“文学”，因为不具有语言艺术的魅力。那常常是、仅仅是机灵的文字组合。诚然，一本儿童读物拥有好的价值观，仍然可以启迪儿童。所以我们不能说“儿童读物”一定是无益的，而是在说它与文学的区别。形式和内容上“简单”与否，也不能视作二者的区别，比如有的经典儿童文学作品不过是写了一个很简单的故事，一只兔子或青蛙之类，其中也许并没有什么惊心动魄的内容，却能够散发出无穷的魅力，让无数人心向往之。一本几百字的图画书，不仅让孩子着迷，甚至还让年迈者为之动容，一遍又一遍地翻阅。这是为什么？因为它虽然简单，却属于真正意义上的“文学”，而不是一般意义上的“儿童读物”。

一个生活场景，一段人与动物的小小过往，一些对话和记录，令人心醉神迷。它引起了我们如此多的联想，这是一种爱，一种怜悯，它促使我们设问：在这个世界上，我们能不能给予而不是索取更多的爱？面对少年的成长、无限的希望和无可奈何，更有未来的悲剧，我们所经历的悲剧，我们的忧虑、无法倾诉的血缘情谊和牵挂，还有我们对于自然，对于无常，对于高阔的那种神秘的向往，对于大自然的爱，都一齐涌来了。

不过是两个小动物的故事，是它们办的一些大大小小的事情，可是我们许多人都办不好。我们作为人，有时自愧不如。它们能在我们这儿激起这么复杂的情绪，而整个故事又多么浅显和简约，甚至有点幼稚。是的，一个小小的生灵，引起我们成年人这么多的联想，甚至有一种震栗感。然而它并没有写悲剧，却让我们心中出现了巨大的悲悯；它没有写爱情，却让我们想起了爱情萌发时的一个又一个楚楚动人的场面和记忆；它没有写死亡，但是我们却从这疼怜和小心翼翼的关切中，感到了生命的脆弱和有限，等等。所有的情愫和意味似乎都不是这则小小的文字和绘画直接描述和传递的，却又真的包含了一切。

原来这就是文学的拥有，文学的功能，文学的魔力。

从表面上看，作者真的没有在文字中投入极复杂的元素，奇怪的是这一切全都拥有了。他在写作的时候可能不自觉地把个人的情怀、经验、人性，把自己精神世界中所能囊括的全部，不露痕迹地留在了其中。这些情愫与感受也许孩子读不到，可是家长能读到；

家长读不到，其他人能读到；一个人读不到，更多的人能读到；一年读不到，无数的时间里，从西方到东方，一定会有人慢慢地参透。有人存在心中，说不出来，只一点点感受其永恒和内美。小小的一个文本竟迷倒了那么多人，从西方到东方，大概还到未来。这就是真正杰出的文学。

指向这个方向的，一定是“儿童文学”，而不是“儿童读物”。

我们渴望这样的写作，而且许多作家都有这样的梦想。但是要实现这个目标是十分困难的。几百字上千字，加上绘画，这真的很难吗？是的，很难。有人说这是妙手偶得，也可能；但问一下这“偶然”之中有多少必然，才是一个问题。总是瞅准了“偶然”，也就只能生活在侥幸中，只能走向文学的机会主义，进而走向商业主义，最后写一些廉价的文字。

通向杰作的唯一道路，不过是诚实和努力，是一再重复和追求的劳动与实践。比如，一位儿童文学作家写出的是最“简单”最“浅显”的文字，却要求自己读很多很多书，写许多许多文字。读多少书？读一般读书人不可预料和设想的巨量的书。写多少文字？写出比自己已经发表的文字还要多出十倍之巨。其实这不过是最基本的功课而已。我们要想到，那些成功者并非幸运儿，对方可能早已付出了成吨的汗水。

最基本的阅读

阅读可能缠住了写作者的一辈子，并且还要继续下去。我们与阅读的纠缠才刚刚开始。十九世纪前后的重要经典是不是读过很多？经典作家的代表作是不是读过更多？民间史诗、戏剧音乐、绘画，都在等待我们。从西方到东方，传统中的艰难文字、古典诗学，都在等待我们。现代主义以来，时髦人士挂在嘴上的那一大串名字，也在等待我们。最后，我们总觉得自己的时间不够用，总是因为阅读上的荒疏而不能原谅自己。

造成我们笔下孱弱的原因，可能只是没有完成最基本的阅读而已。看来必须做好这个“功课”。时下看，现代主义以来国外的那些稀奇古怪的东西，还有像出土文物一样的中国传统典籍，它们烦琐到让人避之唯恐不及。可通常这都被当成基本的、不可或缺的功课，需要我们去面对它们。

这个要求看上去有点严苛，但真的不能忽略。有人一直强调这个，但他们自己做得也不好，不同的是他们明白了之后立刻开始弥补。国内的经典简单一点，因为它是我们的语言。古往今来的那些大诗人大文章家，基本的人生轨迹、代表作，都需要熟悉和读下来。可以记不住，不可以不领略。有人不爱古典文学，缺乏兴趣，也就疏远了阅读。但专业之需、工作之需，最后还是没法绕开它们。中国语言艺术当然是基本功课，这也是没有办法的事。

孟子的语言滔滔如江河，令人沉迷慨叹。孔子的含蓄正气，经得起时间洗磨的对艺术、社会、道德的判断，使人倾心。“克己复礼”是什么意思？回答说就是保守，就是恢复封建政治礼法，反对变革。不求甚解的复述是容易的，深究一下才会发现不一定是那样。“克己复礼”可能跟我们平常的理解正好相反，它有变革的强烈动机，是经过稍稍遮掩的一种理论、一个武器。它原来不是保守的，更不是反对变革的。在礼崩乐坏的当时，新兴阶层的权力已经无限地膨胀，孔子要借恢复周公之礼，削弱和限制他们的特权。这原来是为了进行一场政治变革而制造的口实和舆论。

我们不能仅仅从字面上想当然，否则会把问题弄反，以为孔子是倒退的、反对变革的。我们常常将法家看作儒家的对立面，认为儒家是保守的，维护特权和等级的，而法家才是革命的进步的，是激进的。这样理解就偏颇了。真实的情形是，法家恰恰是儒家的一个分支，是更激烈的一种表达。最后的法家多少离开了“仁”的底线，已经不再“爱人”，成为行动猛烈的人，他们更直接地为统治者所用。后来的法家干的一些事，许多时候不过是为了控制劳民，让皇权更稳固更强大。法家代表人物如商鞅施行的措施，是大搞愚民政策，不让民众读书，不让他们离开土地。北宋王安石稍微好一点，但主要还是为了北宋王朝的巩固。

举这些例子，说的是读书之难，是追求更个人更真实的理解，而不是从众流俗，人云亦云。我们今天所看到的当代写作的一些问题，许多时候只是阅读的问题。在这方面，一边做基本的功课，一边寻找我们个人最喜欢的部分，把它们像工具书一样摆在自己的书架上。有的书会读多少次？可能是几十次。可以通读，也可以挑出某些篇章读，进入局部的欣赏。

阅读的问题没有解决，写作的问题就不会解决。可以说有什么样的阅读就有什么样的写作。有人说自己的先天能力很差，所以努力也无济于事。这种谦虚其实也是一种自大，因为要判断先天能力远没有那么简单。一个人要通过阅读发生联想，被引导，被培植，以接通和打通先天的能力，然后才能论断其他。才能不是别人说了算，也不是自己说了算，而是在学习和实践过程中自然而然地呈现。

简单地推脱和推诿是容易的，但既然选择了这条道路，就需要往前走。现在需要我们阅读。整天写，只偶尔读一点喜欢的文字，好像还远远不够。当我们感到功课不足的时候，也常常是因懒惰而招致的报复逼近自己的时候。在传统古典、外国文学、社科经典诸方面，只要缺少功课就会留下痕迹。残缺、遗憾、幼稚，我们回头总要抚摸这些痕迹。

陶醉于赞誉是容易的，也是虚幻的。关键还是怎样学习、怎样劳动。

最基本的实践

有人认为写得多了不好，只有“少”才能“精”。这样说似乎有道理，但是把数量和品质做对立观，也有点说不通。相信写得少就能写得精，容易成为懒汉懦夫思想的托词。二十世纪七八十年代，出版社有个革命化的举措，就是“掺沙子”，找一部分“工农兵”进来当编辑。其中一个新来的编辑听到“懒汉懦夫”这个词，就以为它是俄国人，但又不敢肯定，于是悄悄问资深老编辑它是哪国人。老编辑开玩笑说：“懒汉懦（诺）夫”是俄国人，它的妻子叫“懒汉懦（诺）夫娃”。写作者不能当“懒汉懦夫”，心里不能掺一点这样的沙子。

有人写了几十万字的时候，还有人劝其放弃，认为他并不适宜从事写作。只由于创作欲望无法遏止，多方尝试之后，仍然还是回到了写作。当他写了三四百万字的时候，这才觉得手下的一支笔稍微听一点话了：无论怎样曲折婉转的部分，都能准确抵达，奔向那个目标。那个目标不是“意思”，不仅是把话说明白，也不是写得生动一点，而是包含了复杂的意蕴。能够捕捉到一个合适的词，笔端轻轻一转，那个意蕴就出来了。这就像打乒乓球，执拍者在一瞬间，它不是一秒，只是几十分之一秒间，就处理了全部的问题。过来一个球，怎样旋转，速度及方向，将诸多元素计算完毕再打，大概什么都晚了。这需要长期的职业训练，要交给感性和直觉。一个球的回击，包含着最了不起的计算机都分解不出来的精妙性与复杂性。

这是一种综合把握力。笔如球拍，文字即球。写多了，用这个字不用那个字，句子怎么断开，还有段落之间的处理，一些难以逻辑化量化的东西尽在其中了。它很神秘，有过长期写作经历的人都能体悟。

只有写得少才能写出精品，那是过于乐观了。不，要多写，认真地写很多。只写了几十万字，还太少。从二十岁写到四五十岁，再写到六十多岁，文字的成色会一直变下去。这是一种缓慢的变。漫长的训练，再加上长长的人生经验，一切将有所不同。

一个人往前走也会丢掉一些东西，比如说一个六七十岁的人，不可能再像二十多岁的人对爱那么敏感：那种情感催促下的颤颤抖抖，一般到了五六十岁就抖不起来了。生命向前，肯定要损失一些青春的东西。那些幼稚而生动，那种敏感和饱满，都在流失。可是人生的苍凉感、它的厚度，对人性的理解、对一些大问题的关怀，也许要超越过去。作家在写作技术和人生阅历同时达到两个高点的时候，在这个交叉地带所产生的文字，年轻时是断然写不出来的。

有的作家后期作品虽然好，却不像早期影响那么大。这里面有各种原因。衡量一部作品首先是文学的标准，这是很特别的；但除了这个，有时候还要超越这个标准。这里的意思是说，一部作品首先应该是真正意义上的“文学”，只有在这个基础上，再寻找“杰出”和“伟大”。如果连“文学”都不是，也就不再可能进入第二个阶段的判断了。第二个阶段的标准是要超越文学的。我们今天遇到的问题是，往往有许多作品并没有进入“文学”的标准。“狭义的文学”与“广义的文学”是有区别的，必须是“狭义的”，然后才有可能是“杰出的”。

比如小说，用语言表述故事塑造人物，这就是广义的文学了。狭义的，在理解上一定是突破了一般的社会的层面和意义，进入了诗学的范畴。

那些所谓的由生活“提炼”“组合”而形成的文字，仍然还不是真正意义上的文学。人们经常谈到的“社会冲击力”和“勇气”等，也往往与文学无关。说到作家作品在读者中的影响，还要看到另一种情况：大多数时候读者不可能与作家同步成长。所以，作家不必要让读者跟上自己的脚步。一方面作家要自信于自己的努力，另一方面也要谦逊地等待时间：一切艺术最终都需要它的鉴定和判断。

由此看，无论是阅读还是写作，都有一个基本的量的要求，它不可或缺。翻看一些作家年表，特别是一些业余作家，他们一生动荡，好像没有多少时间坐下来读书和写作，最终却留下了一大排著作，读过的文字更是不计其数。所以有人认为，天才怎么使用时间，永远都会是一个谜。

我们知道，每人每天只拥有二十四小时，有的人却留下了巨量的事业。这真的是一个谜。所以不要把质量和数量对立起来，只有傻子才会那样想问题。

也说价值观

对于文学的价值判断是一个大问题。我们偶尔出于面子或各种考虑，不愿把狭义和广义的文学区分开来，也没有把“儿童读物”和“儿童文学”区分开来。有一部分是介于这二者之间的，并不清晰。但这种鉴别的工作仍然要有，这个意识要有。文学的核心是写作者，如果写作者自己都没有这样的文学自觉，其他也就谈不上了。

这里谈的当然是“狭义的文学”，而不是中间地带的模糊之物。这种鉴别最终还是要靠常识，靠阅读感受。有一次在大学里讨论类似问题，有人立刻说：“通俗文学有什么不好？中国的四大名著，通俗文学就占了四分之三。”他们在这里犯了一个常识性的错误，就是把“民间文学”当成了“通俗文学”。这二者当然不是一个东西。民间文学是很特殊的一个门类，它在很长很大的时空中经过了无数的创造，趋向了自己的完美，无论是西方的《贝奥武甫》《伊利亚特》，还是中国的几大名著，包括蒲松龄的短篇，都是“民间文学”。

“民间文学”不参与竞赛，因为它如有神助。前些年有一个文化工程叫“三大集成”，出版各地区收集的民间传说之类，有些小地方的内部出版物印得很差，但值得保留，可以和名著一样放在书架上。几乎每一本里都能挑出两三个绝妙的故事，那是专业作家挖空心思也写不出来的。如其中的一本写到两个小狐狸按时去找一个小伙子玩，它们变成少女在月光下行走，最终引起了小伙子的怀疑。有一次他与她们分手时暗中跟上，最后发现林中空地上藏了两张小狐狸皮，两个少女在月光下打一个滚，她们就穿上了，又成为两只小狐狸跑掉了。太妙了，谁也编不出来。

即便是四大名著，也不是完美无缺的，也会有审美和价值观的问题。笼统地谈“名著”是有问题的，会误认为只要是大名著就一定至高无上，无形中当成了模仿崇拜的书：不光接受它的技法，还连同价值观模模糊糊地一揽子接受下来。仔细想一下，这种接受是可怕的。

我们的民族气质和儒家思想有很大的关系，但对族群精神影响和塑造最大的，还包括四大名著。如男女相爱的情感模型，哼哼呀呀的腻气，贾宝玉式的幻想，就来自《红楼梦》；动辄两肋插刀，讲义气，造反，杀人越货，只讲目的不讲手段，可怕的计谋等，这是《水浒传》和《三国演义》所宣扬的。人们在获得巨大的审美快感的同时，有时候连糟糕的价值观一块儿接受下来。桃园结义，结拜兄弟，帮派文化，全出来了。只讲义气不讲真理，“义”一旦和“正”分开，就是最坏的东西，它藏污纳垢。这种“义”毁坏了我们的生活。总是讲一个人多么“义气”，却不问所为何来。这种不分青红皂白的作风毫无理性可言，常常蕴含了最大的野蛮和黑暗。讲义气，拉竿子，战争年代出了那么多土匪司令，他们杀人越货，无恶不作。

《水浒传》中的梁山英雄为了把人逼到自己一伙，多么卑鄙和残忍，把人家一家老少全杀了。就是这样的一些人，却成为人们崇拜的英雄。岂不知“手段”许多时候比“目的”更重要，一路干坏事，最后达成一个伟大的目标，那是骗人的。

《水浒传》《三国演义》都是民间文学，有很高的艺术魅力，倾倒了一代又一代人，它表达的生动、人物的绝妙，都没有问题。但恰恰愈是这样，所包含的低劣的价值观，愈是能够熏陶和影响、塑造一个民族。对于它们的重新判断，是必须要做的。

我们看现代作家，还有古典时期的作家和作品，都存在一个价值观重估的问题。我们谈“经典重估”，其中最重要的还是价值观的判断。在接受上有好多个层面，最终我们要选择清晰而健康的价值观，做出理性的判断。比如说同为民间文学的《西游记》，也可以当儿童文学去读。《西游记》和《红楼梦》可能是最让人喜欢的两部名著。《西游记》中一个个故事都在重复，这可能是它的叙事推动力不足；但又起到修辞学上“强调”的意义，重复中不断有新的元素产生出来，就像看《堂吉诃德》一样：前后故事多有相似，最终却不让人烦腻，却有魅力。我们会在这重复中，存有许多期待。

《西游记》中的孙悟空是追求自由的一个形象，尽管书中也有皇权的想象，开头结尾都有皇帝，这是它的局限；但它整个还是一部造反书、自由书。孙悟空很善良，没有那些糊糊涂涂的义气，没有江湖习气，而是一直追求自由。他在天庭造反乱砸一气，并不是嫌自己的官小，猴子对职级其实并没有多少概念，只因为察觉到“弼马温”是一种侮辱，这才大恼。可见他是为了尊严而战。他的理性、仁慈和幽默，在书中表达得都很充分。整部书很幽默，沙和尚、猪八戒，连同每一个妖怪，都很幽默。有人甚至特别喜欢里面的妖怪，它们要吃人时还那么幽默。其实读者大多数时候并不相信它们真的会吃人。古怪、幽默、偏僻，全书的思维好极了。所以它不停地重复，我们也不觉得有多么讨厌。书中的想象、行为、思想取向，都趋向自由，真的是一部自由书。

入口和推动力

关于构思作品的方式，怎样开始，每个人会有不同的习惯。进入篇章创作时必然有一个“入口”，而且是多种多样的。由于每人训练上的不同，包括阅读的影响，学习当中形成的一些方法，在谋篇布局时一定会左右他。从写下第一行文字开始，讲述也就开始了。这里既是故事的入口，也是其他的入口。看起来只是进入方式的不一样，实际上还可能包括了推动力的不同。用什么作为一篇作品的推动力，这里值得研究。

最多的可能是以“故事”作为入口：先想好一个故事，把这个故事写出来。讲一个奇特的好故事很重要，所以我们说得最多的一句话是“讲好中国故事”。故事作为写作的入口，是最初步的也是最常用的，或许也是最基本的。但它兼有利弊。它的优点是吸引人、好读、好进入：写作者好进入，阅读者也好进入。有人甚至认为，写作无非就是跟读者讲一个故事，讲得好，波澜起伏，即大功告成。将故事当成入口，这是初级的也是有效的。写作者不需经历严格的职业训练，几乎不必选择，一上来就会琢磨怎么讲故事。但让这个写作习惯伴随一生，可能也成问题。因为越写越成熟，越写越多，一直是一个讲故事的能手，就会被故事牵着鼻子走。这是通俗作品的特征。

仅以故事见长，从文学写作的角度看，还处在一个比较低的品级里。选择这个入口不要紧，但随着经验的增长、视野的开阔、整个文学技能的提高，最终就会发现“故事”的局限，然后争取用更多的东西把“故事”包裹起来。意境的、诗性的、思想的、人物的，这诸多元素完成和运用得好，就会在很大程度上超越故事，产生神来之笔，抵达另一个高度。

第二个入口，可能是“思想”。从这儿进入也不错，也容易成为一个习惯动作。我们从小作文就是“通过什么说明什么”，可见主题思想总要有的。这种从小养成的作文习惯，就是在寻找一个“思想”的入口。如果作者想到一个很深刻很别致的思想，就会围绕它去编织故事、组织文字，这个入口也不错，而且很朴素。但是从这儿进入可以，一直围绕它工作，把它作为自始至终的推动力，就有问题了。随着写作经验的丰富和成熟，就会知道文学作品，特别是叙事作品，是没有显见的“主题思想”的，它尤其不能是一篇概念化的、主题先行的、思想裸露的文字。它需要化思想于无形，变成浑然一体的生命。如果是思想大于形象，那就有问题了。所以“思想”作为入口虽然也未尝不可，但仍然有危险性，这比“故事”做入口也好不了多少。

如果再超越一些，大概会以“人物”作为入口。心中有一个或几个有意思的“人物”，他们活灵活现，作者就会把他们写出来。以此做入口，就比“思想”和“故事”高了一级。因为真的把人物写活了，那么“思想”有了，“故事”也有了。只要书中的人物有意思，他一定是干了有意思的事，那就有了故事。这个人物也一定不会浅薄，他的所思所想所行，都体现和表达了独特的思想。这个人物一定是极有趣的，整个作品也就是有趣的。看来把“人物”当作入口真的很好。

想一想，作家为文学画廊中留下几个人物，这真的是极宝贵的。但是我们回顾自己的阅读经历，又会发现让人念念不忘的除了人物，还有更多难以言喻的东西，它们极为复杂地存在于文字之中。不仅仅是人物，围绕着人物，还有更多的元素氤氲于篇章之间，好像这就是生活本身，生活包含了一切。

以展现和呈现“生活”为入口，写出“生活”的真实，并化为叙述的推动力，这显然是很好的选择。作者将记忆中的生活表现出来，既需要情节，需要人物，也需要诸多的思考。把生活写得生动，也就囊括了所有。

但这四种方法之外，或许还有其他的入口，有更加内在的推动力。比如，我们可以用一个词语来表达，叫它“意境”。王国维的“境界说”与此有关。这里边有滋味、颜色、气息，有说不清的诗性的意蕴。为了达到一种“境界”，写作者将付出全部的技能。思想的元素、故事的元素、人物和生活，什么都集中和调动起来，化为一体指引和吸引写作者，变成一种强大的叙述推动力。

写作者要捕捉、感受以至于形成一个“意境”，然后努力抵达那种“境界”。作为一个目标，它是难以表述的，甚至非常复杂；它的色彩是阴郁苍凉还是光明灿烂，它的气息与质地，也许很难一言以蔽之。它只存于心中，需要写作者使用千言万语、竭尽全力地接近和呈现。这是一场空前复杂的调度和努力。

首先要有一个题目，这很重要，相当于正在创造出来的这个文学世界里的太阳。没有太阳，就一片灰暗，怎么生活？要先有太阳，它的强度、亮度和热度，足够照亮这个充满生命的世界，让这里变得人欢马叫生气勃勃，提供能量，让植物进行强大的光合作用，让它们成长。没有题目，就没有意境的形成。从这个入口进去，而且作为最大的推动力，整个写作过程也就获得了更大的自由。

从故事、思想、人物和生活进入，就会丧失了“意境”的推动力？也不一定。因为无论从哪个入口进入，只要抵达了某种深度和高度，都会有超出预料的神来之笔，那是进入意境的瞬间。说不出为什么，只好称其为“神来之笔”。所谓的“神”，就是一种奇怪的引导力和感悟力。

我们现在概括了五种“入口”或“推动力”，也许每个都有其局限。即便以“意境”作为推动力，也会出现其他的问题，比如淡化理性和思辨、减弱故事性，人物单薄等。那会比较空洞和飘忽。造成这种状况的，可能是拙劣地理解了“诗性”。一般人说“诗情画意”，其实并不见得理解它。诗不是一般意义上的漂亮、巧妙、智性和光滑，不是这个。诗是难以捕捉的微妙瞬间，是极致状态，它抵达各个方向，导向真正的深度和强度，是沿着所有方向发射的一种精神能量、神秘的能量。诗不光是美的、光明的，也可能是阴暗的、幽深的，是无所不达的。所以强调“诗性”，不可停留于表层的理解，不能将其庸俗化。

第三种语言

我们的阅读和写作会涉及很多外国文学。在课堂上，长时间做外国文学的文本分析，包括语言分析，这是危险的。因为语言艺术只有读原著才能体味，就算读懂了原著的故事，它的语言层面没有进入，同样不行。语言艺术是生长和变化的，必须在那种语言环境中发生共鸣，才能理解。这需要民间文学的知识，需要熟知口语和方言，还有书面语和口语之间的转换关系，以及它演进的历史和文化，比如说基督教背景等。一个东方人除非在那里生活很久，不然即便懂得那种语言，也不可能顺着语言的门进入它的建筑内部。通过翻译是无法进入的。文本分析意味着什么？意味着评价一座艺术建筑的室内结构和装修、物品摆设等，所以需要进入。

读翻译文学，也许要依靠“第三种语言”。

第一种语言是作家自己的语言，这不是通过译本去欣赏，而是直接阅读原文。这里不是指它写出的故事，而直接就是语言本身，是赏析其语言艺术。这需要具备苛刻的条件，如果读者不是与作家一起成长，不是生长在同一片土地上，对语言的理解就会大打折扣。语言是土地的产物，艺术语言尤其微妙，它传达的不是一般的“语意”，而是更复杂的东西，包含了隐喻和虚指、旁敲侧击、一语多义之类的繁复难测的元素。弄通了基本意思，只等于把一只脚迈进这座建筑里去，整个身体还在外面。大多数情况是连探头都做不到。

第二种语言是翻译家的语言。翻译家国学好，这实在太重要了。一个真正的翻译家，本国语言的技能与修养甚至比外语水准还重要。

因为弄明白了对方的意思，剩下的巨量工作就是转化为本民族的语言。如果缺乏这种语言能力，就没法完成转化。可以说这是一种基本的能力。有人误认为某人外语水平高即可翻译得好，这是卯不对榫的。译者需要面对的不是电器说明书，而是语言艺术。弄懂了意思，还要传达诗性，这就需要进入原作的语言特质，将它逼真且对等地转化为另一种语言。这是一个极复杂的过程，需要解决的问题多到数不胜数。如果翻译者本人不是一个语言艺术家，转化的工作就不能指望。有人算是语言艺术家，汉语修养好极了，只要弄懂对方的意思，就能有一次很好的转换，但是否忠实地传达了对方的神韵，还要另说。这里是说，翻译家相对脱离了国外作家的语言，只独立创造了个人的语言。意思是对方的，语言是自己的。

最理想的是第三种语言。这需要最高的条件。翻译家语言能力好，感悟力还要更好。他对正在译出的国外作家非常了解，熟悉其语言风格，能够感受字里行间的气息和节奏。如此一来，就可以在本民族语言中寻觅一种对应物，尽可能逼真地再现对方：不仅有语意，还有口气、节奏、幽默感等，有不可以为外人道的那些微妙的表达习惯等。这所有的一切都需要翻译。这样的译作，可见不仅是原著的语言，而且是中国化的、贴近对方艺术特质的语言艺术。这部译作，等于他与另一个异域作家共同孕育的产物，一个最好的混血儿，漂亮。这就是第三种语言。我们现在的阅读就指望它了。寻到这样的版本，当然是我们的福分。

由此可知，一个作家的创作，越是没有进入语言艺术层面，翻译起来就越是便捷，因为只把意思翻译过去就行了。作家本身不是一个语言艺术家，也就不需要他人做出艺术的体味。写到一个东西死了，只要不翻译成活的就可以了。写到一只猫，不翻译成一条狗就可以了。只要把意思译出就好，这个任务相对轻松。所以故事化的、简单的、没有进入语言艺术层面的文本，比较容易得到翻译。文学的引进与输出都是同样的道理。

一切都在语言中

这里讲的是语言艺术，它意味着一切。追求语言的极度完美，作家责无旁贷。他唯一依赖的就是语言。故事、思想、人物，任何时候都不能跟语言剥离。举个例子，雅文学作品做成评书演播，通常会是很困难的，如《红楼梦》，做成评书损失会很大，因为它必须贴着文字走。它难言的滋味都在特殊的词语调度当中，在语言当中，是交给视觉的，一旦交给耳朵，意思就大打折扣了。所以评书演播通常都是采用民间文学或通俗文学，它们的内容可以和语言剥离，诉诸听觉并不会有太大的损失。

雅文学主要是用来阅读的，而通俗文学是听的，识字与否并不重要。一些文学作品读起来太棒了，那种快感无法对人转述。书面语所表现的那些意味，那些奇妙的想法，都渗透在微妙的词语转弯处，在词语的缝隙里。这些是无法化为声音去传达的。所以只要听起来特别有意思，能够转述得特别生动的作品，往往不是雅文学。语言里面囊括了一切，一切都在细部、在局部，离开了它们，就一定会成色减半，甚至苍白无趣。所以只要是讲述起来绘声绘色、能够相对脱离安静阅读的文本，一般来讲都不是最好的雅文学作品。

有的作品“语言很好”，讲究而且细致，但是传达的观念让人不好接受，许多观点令人无法苟同。这里说的是“价值观”的问题。有人认为价值观通常是概括与总结出来的，需要通篇观之，起码要从有关的段落里认定才行。这种看法好像是对的，但仔细分析起来却并非如此。“价值观”其实是渗透在字里行间的，要等到一个段落甚至通篇之后再做考察，已经有点来不及了。

“价值观”并非某个观点得到完整表述才得以凸显，而是一直存在于文字之中、语言之中，早就分解在词语之中了。在语言的这个最小单元里，它一直潜藏和隐蔽着。是的，我们要敏感地认识到这一点。这并不需要等到段落完成、等到一页页翻完才可以发现。“价值观”从词语开始，从标点开始。它们如数地溶解在字里行间，从这里发生变化。如果不注意词语的细部，不从这些皱褶处入手，还是粗疏的。

我们细读文本，会发现有洁癖的人某些词是不会用的。起码在有些语境中，一些词是不会出现的。有洁癖者脏词不用，要用，也在极特殊的语境里。脏词、暴力，只会出现在属于它的语境里。有人看到大师对它们也偶有使用，也就不再拘谨，还以为正在经历一次“惊艳”。这不过是盲目和无知。大师确有“粗俗”“暴力”和“血腥”，但最好让我们通读之后再做评价。它们通常在常识和经验中不会引起不适。原来使用一个“黄色”的词语和句子，得巨大的文明修养垫底。

可见“价值观”是从词语开始的，到了句子已经有些晚了，到了一段话，那就更晚了。每个句子里都有一些歪词，邪气横生，到了最后喊几句概念化的高音，已经无济于事了，来不及了。邪恶不会因为喊几句震耳欲聋的漂亮口号而得到掩盖，不健康的灵魂，或者浅薄廉价气，都是从词语开始的。

例如索尔·贝娄的《洪堡的礼物》，这是一部完全放开的自由而放肆的小说，是天才的一场精神和语言的狂欢。如果说他最初的名作《赫索格》还相对拘谨地给我们开了一场中规中矩的文学之宴的话，那么到了这一部，整个创造的灵魂处于最激活的状态。这其中写了一些“黄色”的场面，译过来就是“粗俗”的东西，比如一句令人震惊的粗话、一个场景。但是我们读的时候，却没有一点猥亵、邪恶和不洁感。相反感觉写得那样干净，充满了人文关怀力，有一种引人向上的精神能量。这部现代主义杰作对美国式的荒诞的展示、对畸形的生存状态的表达，简直是淋漓尽致。

可见大师怎样拥有了这一切，获得了某种可能与自由。这通常不是一般人能够做的事情。所以我们要从一开始就非常谨慎地使用语言，对待语言：不是从一个句子、一个段落开始，也不是从整页开始，更不是用全书去证明和完成什么，而是从一个词、一个标点开始。“价值观”要在这里解决，它体现在平日蓄养的习惯和素质中。这种要求不过是最基本的。写作者把自己的生命能量分解在每一个词语里、每一个标点里。说到标点，它跟词语的概念一样，比如一个冲动的性急的人，满篇里叹号很多，他太容易激动了。一个人含蓄了，叹号也就少了。这不是有意为之，而是随着年龄的增长见怪不怪，外在的激动就少了。

有人讲现在的人很粗心也很忙，一目十行翻翻就完了，何必从词语开始。其实真正的读书人很多，即便真是粗粗地看，效果和印象也源于词语。要极度地追求语言的完美，尽力减少失败的句子，这样努力的结果也只能差强人意。当然，不要狭隘地理解“语言的完美”，不做“语言中心主义”者，不能因为只要语言“漂亮”“完美无缺”，整部书就一定是杰作了。这里所说的语言，与花拳绣腿没有多少关系。要持重、严谨、准确，寻找一个词，将其放到最适合的位置上。

“高兴”，放在自己的地方；“痛苦”也是同样。“语言中心主义”者，会把语言表面的修葺当成最终的完美。这不仅无济于事，还会起相反的效果。它出现在那里，是因为唯有它才能表达那个瞬间那个意义。缺乏这种能力，谈到语言的完美就是一句空话。思想、故事、人物、境界，它们都在语言里，很少有什么能够超越语言。

更高一级的文学

有人谈到某些通俗作品，说读后多么愉快过瘾。但也有人读不下去。因为文学审美只能上不能下。长期享受更高的东西，回头再读通俗小说，会觉得稀薄无趣。大读者需要于方寸之间接受刺激和挑战，领略不可言传之妙。这种快感要在心里不停地积累。一部书必须从句子开始就让人折服，必须在局部体现其卓异和不凡，智慧、怪异、幽默，以至于刁钻和不可企及，是这些。

读书就是寻找一些怪才和绝才。读大师的代表作，再回头读一些庸常文字，会极不耐烦。的确，我们现在读了许多现代主义的绝妙文字，一度佩服得五体投地，回头再读《卡拉马佐夫兄弟》《复活》

等，又觉得以前的“绝妙”文字顿失光芒。十九世纪前后的这些杰作有些笨重，却让人久久不能忘怀。它们给人的不仅是赞叹和喜悦，还有深深的感动和震颤。我们被那种崇高，或称之为伟大也好，被那种宗教情怀、神性、自我批判的力量、朴素和真诚，那种追求无限完美的意志，罪感和英雄主义，强烈地打动了。这些元素更多地存在于古典主义时期。

现代和后现代，它们拥有全部的复杂综合而成的征服力。它们绝妙而不伟大。审美是各种各样的，作家也是，不能简单地以一种代替另一种。但是打开我们漫长的阅读史，总会总结出一些东西。无论现代主义多么超绝，多么让人自愧不如，但是一回到《卡拉马佐夫兄弟》，回到但丁，回到《贝奥武夫》的品质与气度，就觉得它们立刻低下来。古典主义所追求的崇高和英雄主义，那种自我追究、神性与罪感，仍旧有高不可攀之感。是的，那是不朽的，是更高一级的文学。

正因为古典主义长时间占据了文学艺术的高地，几乎没有留下闲置的角落，现代主义也就只好另觅他途。它们在一个变异的时代里演绎着自己的偏僻与独绝，并把我们征服。它们属于自己的时代。在今天，我们如果打开眼界稍稍地回望一下，就会再次发现那些高耸的存在。不能简单地理解现代主义，认为它们仅仅是追求激情、地方性和耸人听闻，还有荒诞、滑稽和异化。西方的现代主义经过了整个工业化时期一步步走来，经过了高度发达的物质主义时代，才进入了现代。东方与西方是不同的“现代”，所以我们不能仅仅从形式上去移植和模仿。

从古典主义一路流过来的现代之河里有什么？有古典的元素，它没有流失，而是沉淀在下部。古典主义的悲悯、自我牺牲、英雄主义，仍然在流淌。我们这里的现代主义和先锋之河中，如果不能化验出伟大的元素，也就只能是低一等的文学。

（2019 年 6 月 14 日，于鲁东大学文学博物馆）

逐新与守恒

新的书写

每一代都要遭遇许多新事物，产生新灵感、新感悟。任何时代都有人逐新，有人守恒。新时期文学经过四十年，不知不觉就过了这么久。这四十多年来，大家看到的新东西实在是太多了。世上的所有事物，有的变化很快，有的则很难改变，这都是自然而然的。科技和经济积累很快，人文与道德的提高总是很难的。我们冷静下来会发现，发展变化很快的部分，大多是相对容易的部分。如果我们来谈艺术，就会觉得它是很难进步的；而文学作为语言艺术，它的发展就更难更慢，一些最基本的标准、一些坚持和守护，不可能轻易就改变。在今天，作家会关注更有难度的写作，会去从事、实践和尝试新的内容和新的表达。其中最难的，可能是表现人性与环境这二者之间的对应关系，是这个过程中反复演变的道德及思想面貌。文学用以推动人文素质的提高、人的健全，这是最难以改变的部分，也是最有意义的。

我们的生活日新月异，各种变化令人目不暇接，像电子产品的更新换代、互联网的发展等，国外流行什么，这边很快就能跟上，包括艺术与思想潮流，仿佛都与外国同步起来。然而易变的东西往往也不能持久，语言艺术的探索像思想和道德一样，在人类社会中属于一个最缓慢、最复杂的增长过程，所以最不容易发生变化。比如，孔子的儒家思想影响了中华民族几千年，无论我们愿意不愿意，都将继续影响下去。作家会关注、尝试和实践更有难度、更为深邃的内容，坚守一些亘古不变的东西，探究人性奥秘，思索人的价值，叩问生命的来路与去路。

也可以讲，文学和艺术甚至是不会进步的，从中国的《诗经》《楚辞》到古希腊的史诗戏剧，从王羲之的《兰亭集序》到达·芬奇《蒙娜丽莎的微笑》，从阿炳的《二泉映月》到柴可夫斯基的《天鹅湖》，都是难以超越的文学艺术高峰。中国当代小说在语言和思想的探索、人性经验的拓展、作品的丰富性等诸多方面，也很难说超越了《红楼梦》等古书。所以有时候最难以进步的部分，恰恰是应该咬住不放的，仅仅热衷于求新逐新无济于事。对于新思潮新技术的关注是必要的，却不能因此而忽略一些基本的和永恒的持守。

新书写不是全面适应和跟从网络时代的表达习惯，而是要以更为顽强的实践，去确立更高更严苛的语言艺术标准。我们生活在这个时代，不可能置身事外。今后需要努力去做的，其实是怎样面对席卷而来的文字沙尘暴，开拓出一片片语言和文字的绿洲。要越发苛刻认真地对待自己的文字，一句咬住一句地写下去，是前进而不是溃退，缓慢地、一步一步地抵达，丝毫不能松懈，不能染上这个时代匆忙、廉价、伤感、浅薄的顽症。认真劳动是一种深刻而珍贵的品质。

一笔一画的书写包含了安静与庄重。在当下的网络时代，尤其需要坚持文字的严谨，在这方面苛刻一些，与浮躁的时代、与下笔千言不求甚解的风气划清界限。有人说快与慢、粗与细常常是风格的不同，是的，这个不同会带来其他不同。有时候压倒骆驼的不过是最后一根稻草。钢笔书写已经比刻在陶片、龟甲、兽骨、竹简上的文字大大方便和快捷许多了，所以再去追求无限的快，会担心走向语言和文字的反面。作为作家，要在网络时代比速度、比机灵，可能得不偿失。

当然不能用一种方式否定其他，应该多元和包容，但即便这样，也不意味着要把文学全部归于娱乐消遣。它尤其不是青春时尚和撩拨眼球的，写作不是做这个的。歌德二十几岁就发表了《少年维特之烦恼》，凭借的是青春、激情、纯洁，是对于外部世界不可言喻的探奇心，当然还需要才华。有人六十岁之后才开始主要的创作活动，最后也很成功。文学写作有自身的规律和特点，它强调个体生命的独特体验，需要扩充、延续、伸展人的生存经验，需要进入人性、历史和时代的深处。

让生命处于一种激活状态，这非常重要。任何时代都有一些作家躲在角落里写出杰作，但还是不一样。人性需要与外在环境发生一种对应关系，让心灵不断地孕育和演化，这是不可替代的。整个社会的急遽变动，将带动和激发个体生命的强大创造力。各种融合与对接，有可能产生新的机缘。

文学与进步

人类社会有各种劳动，它们在本质、特征和规模诸方面的差异很大。我们考虑问题不能将不同的劳动自觉不自觉地混为一谈。比如，科技进步与艺术进步是不同的，科技进步可以观察和度量，不要说百年，就是几十年甚至两三年，变化就非常明显。所以不能套用科技思维的模式对待文学艺术，因为后者不能被简单地以新代旧，而且有时还恰恰相反：新不如旧。比如，有人喜欢读经典，因为无法从当代写作中获得满足。有的到旧书网上淘书，寻找那些已经逝去、不再重印的旧作，也是这个道理。苏联阿拉米列夫的《猎人的故事》、英国莫德的《托尔斯泰传》、美国杰弗里·迈耶斯的《海明威传》，以及达尔文的《贝格尔号航行日记》等，都不为商业时代所青睐，但它们好极了。

人类的思想和艺术需要在时间的长河中一点一点淘洗、累积和建立，虽然科学技术也需要淘汰和建立，但基本上是后人站在前人的肩膀上继续攀登，就像今天的天体物理学离不开牛顿等人一样。这大致还不是一个大幅度地推翻、不断循环往复的过程。思想和文学艺术就不是如此，思想可以进步，尽管不像技术那样显著，却会在不停地争论、否定、检验中一点点发展。文学包含思想，但不完全等同于思想。纵观中国历史会发现，思想与文学艺术的发生发展有时并不平衡，也不一致，比如魏晋南北朝时期玄学兴起、佛教引进、道家勃兴，儒、释、道三家开始呈现合流趋势，还有波斯、希腊等文化的参与，思想异常繁荣和活跃，然而艺术却几乎走入了死胡同，近四百年的时间里只出现了陶渊明等屈指可数的几个大诗人。

唐朝的诗歌艺术虽然辉煌灿烂，涌现出李白、杜甫、白居易等一大批诗人，但是这个时期的思想却没有能够同放异彩。所以尽管思想和文学艺术之间关联紧密，但仍然有所区别。由此还可以想见科技和文学艺术，它们之间的差别就更大了。总之，文学艺术的生长更为复杂，它要往前挪动一毫米都是非常艰难的。如果一个时代把技术思维运用到艺术上，将会出现许多荒谬的判断。同样，把一些演艺、娱乐的思维移植到语言艺术上，也会产生很多误解。

有时候即便是相近的学科间、事物间，区别也会很大，所以需要保持理性与分析，不能混淆。现在混淆的状况比较严重。在技术飞速发展的今天，人们的视野很容易被技术主义的东西取代和覆盖，用它们的观念去看取社会和思想，尤其是用来欣赏语言艺术，这会出现诸多问题。尊新、求新、逐新，以新代知，以新代理，也会误入歧途。

关于虚构

人到了一定年龄，或许就不太像以前那样喜欢虚构的文字了，而更愿读写实的文字，像《戴高乐自传》和《托尔斯泰传》等。雨果没有自传，但是雨果夫人阿黛尔和法国作家莫洛亚写过他的传记。有人读莫洛亚的《雨果传》，最后感到非常不安，觉得这波澜壮阔的一生之后，再到哪里去寻找类似的伟大生命？可见传主本身的生命质地和传奇色彩，也决定着传记作品的吸引力。虚构类文字要想吸引人，单凭各种讲故事的技术、刁钻的语言等，似乎远不足以吸引那些上年纪的人。制造再多的噱头都是无济于事的。虚构文字必须是极具个人化的，必须绝妙、独到和不可取代，创造这些文字的生命品格必须强烈地吸引人，足够令人好奇和信任。当我们真的发现这样一部美妙的虚构作品时，就不得不承认：它比纪实文字更精彩也更有趣，更加绵绵不绝、回味无穷。

什么是虚构？有人认为虚构就是编一个故事或杜撰几个人物。实际上虚构从故事开始已经晚了。如果说它是从语言开始的，大概许多人都不能理解。语言怎么虚构？教科书上都在强调向群众和生活学习语言，还举例说某位大作家不会写泼妇骂街，一盆水泼过去，对面骂过来，他就学会了。这只是一种热闹话而已。文学语言不能与生活语言混同起来。其实模仿而来的生活语言，不太可能是好的文学语言，甚至不会是真正的文学语言。语言的虚构是指介于生活语言和书面语之间的一种个人言说方式，是作者在两者之间试图寻找一种奇异的平衡时一次成功的突围。这将进入鲜活而奇异的独有语境。这种语言不是用来听的，而是用来看的，因为诉诸听觉与诉诸视觉大为不同。小说语言的虚构性更高，不仅要贴紧人物的身份、年龄、性格等各个方面，要像生活中的语言，还要打上深刻的个人印记。它只适用于这一次的语境。

文学作品与日常生活之间的关系已经发生了奇异的改变。这个过程非常神奇，近于秘境。对秘境的访问，就是写作的尝试。不仅是虚构作品，即便是纪实作品的写作也是如此。人类历史上产生了多少充满魅力、令人好奇的人物，这些特殊生命本身就吸引人，让人特别想窥见、想知道、想伴随他们的一生去探究。问题是这一切需要通过文字，这就要求写作者具有高超的能力，这才会无限地接近、还原和再现传主，这就需要一种虚构力：它借助于个人经验，舍此便不能进入对方的心灵。

精神叙事

科技的飞速发展，带来了生活中方方面面的改变，使我们不得不面对眼前的物质问题：人际关系、表达方式、生存境遇等。这一切是任何时代的文学艺术都不可回避的内容，关键是怎样做出自己的表达，心中有没有一个更大的精神坐标？有没有能力思考貌似切近的生活背后，隐藏了不同的命题？个体生命与之发生的联系，究竟处于哪一个层面？如果仅仅是纠缠于物质、现实、技术，任由它们的拥堵，满足于这样的呈现和展示，深陷其中，表达就会相当粗疏和油腻。最后就是和物质主义、技术主义和娱乐主义搅在一起，无法打开自己的精神地平线。

这种物质叙事在世俗需求上很容易被接受，爱与恨，励志和复仇，琐碎而绵长的情欲，财富的获得与失去，成功者和失败者，种种故事编得曲折离奇。我们感觉不到生活中人的尊严，这个生命中最敏感的部分，精神的部分，是怎样处于岌岌可危的状态，是怎样放置于随时被碾压和忽略的悲惨境地。肉身固然沉重，除此之外还有其他，还有更重要的部分。仅仅盯住所谓“第一性”的物质，就会理所当然地极度依赖，并承认现世主义是天经地义的。我们满足于非人的生活，并对这种生活给予自觉不自觉的赞赏，是可怕而可卑的，是一种自戕行为。故事很悲惨或很圆满，但就是感觉不到叙事的张力，无法触探生命中的疼痛部分。在网络娱乐的时代，精神叙事的能力几乎完全丧失了。没有人叩问生命何去何从，只有眼花缭乱的炫示。质朴顽强的探寻者不见了，他们成为这个时期的稀有之物。

现代技术发达，信息畅通，孩子们从小见多识广，尤其是生活在大城市的孩子，可以打开更多了解世界的窗口。这使人既高兴又担心。物质生活最集中的表达与呈现，使他们获取这些知识的途径更为便捷，然而这一切又会毁掉他们。他们将被簇拥和淹没，没法呼吸。他们从一开始就远离大山与大河，无视林子、海洋和星空，终将失去大地之子的美好情怀，也不再有追问和思考永恒的能力。

一位哲学家曾经劝诫他的学生回小镇生活，不要跻身大城市，认为大城市里氧气稀薄。所谓的“稀薄”大概还不是指眼前的呼吸问题，而是在说脱离了生命大背景即大自然的生存是多么危险，这里缺少原创的能力与激情，缺少思考大事的静寂。在拥挤喧哗的城市，人们获取的大多是二手知识，触碰的都是时代流行之物，什么时尚、网红、刷屏、穿越、炒汇、理财、新科技新理念之类，这一切正不停地灌输，没有留下缝隙。那些一直伴随着生命的质朴本真、原始鲜活的东西，从此将变为他乡的陌生，永远不在现世和眼前。这样的人生多么局促狭隘，尽管也自得其乐。

某年一个东方人去伦敦，与几个朋友一起走过白金汉宫，那年正好是发生戴安娜车祸的时候，人们正一齐说着这个热火朝天的事件。因为人声嘈杂，那人没有听清，连连发问，同行马上惊住了，说他真是一个“世外高人”，连这个都不知道！不，他听清了，接着也就知道了。因为他仍然生活在大城市，那里同样“氧气稀薄”，热闹当然是跟上的，怎么会有一个例外。

（2018 年 11 月 17 日，于上海思南公馆文学对谈会）

从创意写作说起

创意写作

“创意写作”兴于西方，“创意”二字可能是翻译中的再定义，直译比较难，大概也不是“文学写作”和“写作学”。西方创意写作的授课老师主要是具有写作实践的诗人、小说家和散文家。教写作必须具备创作体验，必须从写作经历和实践出发，不能空谈。在教授过程中，会慢慢概括出一些关于写作学、诗学的问题。中国的创意写作目前还处于起步阶段，是大学文学院设置的一门新课程，还未走远。

写作训练是漫长的。通常讲，如果没有五六百万字以上的训练，一支笔是不会听话的，无法累积出基本的书写体验。写作教学主要针对技术层面，它固然重要，也能够传授，然而决定一个人写作成败的关键部分，却往往不是技术层面。要写出一部好作品、成为一个好作家，需要许多高于技术之上的东西，那些大致是不可以学习的。每个人的先天能力都是既定的，后天学习所能做到的，只是唤起先天的能力。许多写作者面对的常常是技术，即语言表述、结构关系等。这是最基本的知识和能力，没有一定的写作量，也很难掌握。

关于艺术的判断是非常复杂的精神活动，学习写作需要在有创作经验的老师带领下，一边阅读一边实践，看看好作品是怎样完成的、其中蕴含了什么规律。比如，同样是成功的作品，有的气质单纯，有的复杂斑驳；有的浪漫飞扬，有的朴拙内向；有的写得很实，有的想象奇异。艺术自身的复杂性，决定了学习和理解的困难，这就需要非常宽容和通达，需要很深的感悟力，需要有一定写作经历的人来引导。通过个案分析，回到局部、细部，从词语、标点讲起，指出作品成功和失败的原因，并通过进入作品独特的语言系统，回到作家个体，回到个人，一步一步去接近和感受。总之，创意写作就是关于写作技艺的教授，非常依赖写作经验，解决的主要是技术层面的问题。

审　美

有时，一部作品似乎写得很好，有吸引人的情节，有人物，表现的生活底蕴也比较丰厚，但读起来还是觉得缺了很多，令人不能满足。总体上看，它写得还不够“美”，不能给人一种审美上的深刻愉悦，比较粗糙。首先是，阅读中无法让人享受语言之美，而失去了这种美，也就偏离了文学的本质。语言艺术谓之文学。如果作品本身不能够提供审美，是因为它在把握人物、细节、思想方面，特别是语言，还没有进入审美。一部作品从构思到形成，是一个很长的过程，从一开始就要极度地追求完美。一篇万字左右的作品，里面有多少标点、词语、分句、复合句，要从这些细微处开始推敲。词与词之间的调度，每一个标点的含义，都要到位、准确，而且要有个性，不是按照新闻和公文的方法，不取最大公约数。

标点符号在语言表述中有独到的、重要的作用，它们有情感，有温度，有层次感和逻辑关系。不能轻易就来个叹号、分号、说明号、破折号，没那么简单。逗号和分号都是强调层次的，都是平等的关系，但有区别。为什么有人写了二十万字，连一个叹号都没用，三十万字连一个分号都没用，而为什么有人在很短的篇幅里就有了许多叹号、双叹号、问号加叹号？它们自有缘故，有时这是利器，不能随意使用。即使全篇没有一词不妥，没有一句不精，没有一个复合句不恰当，这样的作品也未必就是好的，因为这不过是在解决技术的问题，而比技术更难的东西还有很多，它们更需要解决。比如，感悟力、思想力、情感敏锐度、性格反抗性，不同的生命冲力，这些东西会在更大程度上决定着一部作品的品质。

写作学强调的多是技术层面，翻阅一个时代的文学期刊，会发现其笔调、词语、表达方式、语感语境都差不太多。二十世纪六七十年代的刊物，翻一下就能把握那个时期的文学气质，简单点说就是语言气质。翻看今天的杂志，便可以清晰地把握现在的语言气质。而今，学习外国，一点点欲望并勾兑几滴小资的悲喜泪，就被当成了杰作，被人称道。但这种勾兑和模仿的文字，这种消费和娱乐的文字，无法成为杰作。目前最有市场的就是这种“勾兑酒”，掺一掺搅一搅就是一篇作品。这也算一种能力，有一定文学历练和文字调度能力，写一部大致过得去的长中短篇小说似乎很容易。一个作家写了四十多年，写了上千万字，像这样一个巨量的文学训练，单凭惯性和经验，一年中就能写出许多文字，而且从技术层面上挑不出太大的毛病。可是这些全都没有意义，它们一定会淹没在更巨量的文字垃圾中。

文学写作技术上要过关，此外还有运气的问题。生命在某个阶段的一个激灵、一个领悟，就会产生出人意料的表达。它也许有些神秘，隐在字里行间。然而这种运气只会光顾那些技术出色、有刻苦训练的写作者。所以世界上的优秀作家，技术上都是非常好的。现在刊物上发表的作品，包括一些有影响的作品，仅看技术上就有很多问题，使用语言、调度词语的能力很差。文学阅读市场十分庞大，严格讲还是供大于求。现有杂志砍掉一部分，出版量减去一些，也许才与基本的文学创造力匹配。而且即便如此，能够经受时间考验的、留下来的文字，也只是其中的十分之一。每个人都让文字干净、苛刻起来，文学环境才会清洁和严谨。

一个作家创作欲望熊熊燃烧时，挥笔而就，但冷静下来，就恨不得把写出的东西全部烧掉。一个日益成熟的写作者会越来越苛刻，文字越来越少、越来越好。有人说他出版了几百万文字，今天看有些东西大可不写。那么这其中“可写”的部分，如果没有那些“大可不写”的东西垫底，没有这种巨量的训练，还会存在吗？人在艺术方面的觉悟非常缓慢，不能一下就达到高点。

东西传统

现在流行的文艺理论，什么结构主义、后现代主义、超现实主义等，对于写作用处不仅不大，有时还十分有害。东西方艺术的把握方法存在差异。西方诗学充满理性，讲究逻辑，中国诗学富于感性，捕捉感觉和意象。西洋绘画注重写实和透视，画人物，要有骨骼肌肉的质感，重解剖；中国画用线条勾勒，注重神韵。学习理性地认识和把握非常必要，比如科技就需要严密的理性思维，感性不得，虽然感性也可以启发和辅助，但无法取代理性的具体操作。

中国的这种浑然和感性，在科学领域里也大有用处。比如中医，就是一门科学，许多西医解决不了的问题，可以回到中医。但是中医的望闻问切等，有一些太模糊、太深奥和太感性，无法量化，也不好传授和归类，所以大中医越来越少，骗子越来越多。中医也有属于实践的理性部分，“神农辨药尝百草”这个传说，即体现了理性的一面。像李时珍为编写《本草纲目》，亲自采集药草，辨识、体察、研究，历经二十多年，足迹遍布湖广、江西、河北等地。中医与西医相比，感性的成分还是很大。现代中医里庸医很多，鲁迅先生在《父亲的病》中以讽刺的笔调写庸医误人，嘲笑所谓的名医故弄玄虚：药引子需“蟋蟀一对”，“要原配”。因为父亲得的是水肿病，所以“药引寻到了，然而还有一种特别的丸药：败鼓皮丸。这‘败鼓皮丸’就是用打破的旧鼓皮做成；水肿一名鼓胀，一用打破的鼓皮自然就可以克伏他”。

鲁迅先生所处的时代，国民特别需要摆脱冥顽愚昧、油腻污垢，要移植理性，思考前途，那时的先生是极而言之。实际上鲁迅先生在一个特殊的语境里说事，最反对的东西，却在他自身的实践中表现得很重。如他反对儒家，反对孔子，本身却是一个大儒。他说中国书不要读，看他的《中国小说史略》，却发现他读了极多的中国书，而且理解得特别深刻，许多时候给予极高的评价。他反对中医，是因为对东方文化太熟悉、太热爱，故而发出深深的忧愤之言。所以对东西方文化应全面了解，综合把握，不能偏执于一端。

从事写作和研究学问，须多读多思，广览博取，在文化视野上拓宽自己。因为东西方有着不同的文化质地和背景，绝不能生搬硬套，也不能唯西是从。比如，在有人看来，文学技法最强的是欧洲，俄罗斯没有什么文学传统，居然产生了托尔斯泰、陀思妥耶夫斯基等世界一流作家。实际上俄罗斯是从古罗马分离出来的，其深厚的民族文化并不是突兀出现的，而是拥有深厚的欧洲传统。如同现在说美国历史年轻、朝气蓬勃一样，其实美国文化传统源自英国。欧洲文学技法确实非常强大，特别是以法国为代表，在技法上走得最远，然而走到尽头就会物极必反，开始苍白。文学如此，其他艺术也是如此，比如电影。

现在的文学研究，大半采用西方理论，有些词语是机械的硬译。以世界文学格局来观照本土文学固然重要，但是如果不加分析地硬按到西方理论的手术台上，大概也很危险。离开了西式思维模式、语言套路和批评框架，某些文章就作不下去。许多西方理论不是建立在感性的基础上，所以需要领悟消化其理性精髓。即便这样也不要视为全能的法宝，因为审美需要感性。理论是一种表达，作品是研究对象，有些理论不是为了强化、扩大、延伸文学作品的审美而成立和存在的，只做它自己的事，所以不仅对写作几无帮助，而且是一种伤害。研究者也是一个读者，面对一部文学作品没有被语言、故事、人物、思想所打动，首先考虑怎样将其放进套路中、置于无影灯下，会多么可怕。

艺术批评

我们深恶痛绝打棍子的艺术批评，其方法也出自西方的理论框架。那个时代的文艺批评更多地吸取了苏俄元素，从社会道德伦理层面评价作品的价值，看作品必问“通过什么说明什么”、其“社会意义历史意义”如何，等等。文学仿佛与审美无关，全是社会工具。我们所熟悉的别车杜，那些十九世纪的俄罗斯文学批评，尽管大部分都是高屋建瓴的社会与道德评判，但是与某个年代掐腰斥责的本土批判仍有天壤之别。当时俄国处于历史大变动之期，评论家更多地关注社会与变革，关注陀思妥耶夫斯基、托尔斯泰与门捷列夫等人的作品，站在时代之思的制高点上，进行社会历史与道德的言说，高瞻远瞩，目光锐利，气势如虹。我们今天依然为别林斯基的文学评论、为他诗与美的深深沉浸而感动不已。他从艺术审美的本质出发，忠于诗性原则，而不是生吞活剥地肢解和阉割文学作品。

文学艺术批评是建立于对作品的感受、领悟和把握之上的，是对微妙的语言艺术的捕捉，是一种灵魂的颤动，是在千方百计地还原和表述生命感动过程中，自然而然地流露出社会判断和道德判断。这个过程不能颠倒，不能反向而行，不能直接而粗暴地归纳主题、指斥和论说，不能像读论文一样解读文学。这样的评论难以触及细部，只是草率浮浅地将评论对象与社会两相对应。这一类批评方法、运用的术语，几乎与文学审美无关。

文艺学是一门通用课程，但在这个过程中，也要怀有极大的警惕心，因为这种学习有时也会造成覆盖和伤害，会把一个朴素的、有着很强很敏感的艺术直觉的人，改造成一个木讷的人，扼杀其先天感悟力。一个人看到蓝天白云、林子与小鸟野花等自然万物，会有一种本能的感动力，但这种本能会在学习中不知不觉地丧失。二十世纪六七十代有一个说法，说来自农村的大学生“一年土二年洋，三年不认爹和娘”，现在的文学教育也有这种改造力。到了大学接受名师指导，高朋满座，各路神仙，眼花缭乱，视野倒是开阔了，认识了许多新名词，而厄运也就此开始：对作品失去基本的辨别力，已经认不得美丑。这样说并不是否定良师，他们显然已经培养出许多杰出的人才，这是另一个话题。

现在的评论对当代作品赞扬较多，甚至有一些热烈的赞扬，不过也有恶意满满的批判。其实这与二十世纪六七十年代的严厉批评，在本质上是一样的。它们都离开了艺术审美，只往作品上贴一些社会的道德的标签，仿佛文学写作只有一个任务和功能，就是表达道德伦理态度，是社会表态而不是艺术创造，是附属于物质主义的工具。看不到这些研究文字有多少艺术的诗的感受，看不到一点触摸语言的敏感，有的只是急于得出社会结论。这些似乎十分清晰的理念和逻辑，其实正好掩盖了审美的麻木和无知。文学写作不是递交一份评判生活的论文，而是比这个要复杂得多的生命体验，是感性的灵魂的，也是语言的技艺的。

有一些批评概念是为了作文的方便，完全不切合写作实际。艺术难以被量化或类型化地归纳，而作文者却要制造这些模具和尺子。

不要说一些莫名其妙的新奇概念，就连“浪漫主义”与“现实主义”这样的说辞，都十分可疑。理论上做一下阐述是容易的，具体到真实的情形中，却有些简单和不伦不类了。文学艺术真有不浪漫的吗？好像没有。没有想象，没有作家的生命酿制，没有对现实生活的心灵再造，哪里会有什么文学？这个过程实际上就是一次诗与思的飞翔，而不是贴着地表的爬行。作品会有气质和风格的不同，但内里都是一样的，都有一个诗性的核心。

诗学既深奥又朴实，需要动脑，而不能人云亦云。有人以为文学就是浓缩生活，就是巧妙地拼接生活，这是最大的误解。作家生活在现实生活之中，心灵的接受和冲动化为语言艺术，化为诗，是一个复杂难言的过程。用“浪漫主义”和“现实主义”阐明文学，好像分外条理，却离开了艺术的本质。本质与非本质、专业与非专业、理论需要与实际操作的区别，在这里出现了。

我们常常把一般化的文字表达当成文学，这种表达有时十分巧妙或有趣，有时十分机智，有时提出了近前的社会问题，但仍然还不是文学。文学的本质不是那样，它的核心是诗性。有时候一个作品很快让许多人激动不已，也就称为杰作。真正的艺术怎么可能如此迅速地与大众达成理解？诗性的微妙与难言，一定需要时间去接受，它不可能在大众那里直通通地传达出来。那样的文字有可能真的“现实主义”了，但很可惜，它还不是文学。无论这样的作品看上去多么真实生动，但仍然还不是文学。文学不是这样产生的，也不是这样的面貌。可见，文学不是简单地记录普遍经验和生活情境，而是作家自身创造出来的一个艺术环境、语言环境，它不能等同于现实生活，哪怕是剪辑过的生活。这是一个美学常识，也应该是一个美学原则。

“典型人物”是只能在作家笔下出现一次的人物，是与生活人物相似却绝不会还原的人物，也不会出现在其他的文学作品中。“典型”不是概念化的代名词，不是那种浅表的社会相似性。所以，一部文学作品如果被迅速接受，就极有可能是一种套路化和概念化，它不会持久，不会有时间的魅力。所以，专业研究者的职责不是扩大误识，而是以诚实的专业精神去纠正误识。

文学与责任

任何一个优秀作家都会贴近底层，站在弱者的立场上，这是仁善之美、人性之美，是汇入艺术审美的至美。然而这并不等同于简单的呼号和抗议。有些文字除了描写底层的愤怒、反抗和激烈之外，几乎再也没有其他内容。这种强烈的情绪与意念覆盖了一切，自由、活泼、愉悦、幽默和柔情，全都被压迫被剔除了。它甚至能够覆盖无所不在的爱，变成一种僵化、呆板、肤浅的情绪宣泄。愤怒和激烈压倒一切，丰富与智性变成了干瘪。诗性是丰赡的、深广而曲折的。文学当然有反抗有愤怒，有诉求，但要有一个诗性的品质和基础。

在教科书里鲁迅先生常常被贴上“反抗勇士”的标签，作品不是“匕首”就是“投枪”。其实这是误读，是某些人的一厢情愿。好好细读鲁迅先生的作品，就知道他是一个多么柔软和幽默的人，当然也是一个犀利的人。鲁迅曾致信山西榴花文艺社，信中说既然是做文艺，就不要只急着呐喊和冲锋，先要把文艺做好。有人要你们勇敢陷阵，他自己为什么不冲上去？马尔克斯的政治立场是左派，左派阵营就指责他疏离革命，为艺术而艺术。马尔克斯在巴黎全身心地投入专业技能的训练，汲取欧洲乃至世界的文学营养，学习和借鉴各种文学技法，以提高个人的写作技能。他回答那些可爱的同志说：一个作家既然选择了文学创作，那么他最大的革命责任，就是把作品写好。

作家的勇气表现在许多生活的关节，时时都有考验。但最大的考验、日常的考验，也要交出合格的答卷，这就是忠于艺术原则。这也需要坚韧和勇气，也是最大的担当。放弃艺术原则，其实就是放弃真理的追求。真理不仅仅是社会层面的，也是艺术层面的。真理是普遍的，是全方位的。优秀的小说家既然热爱真理，满腔正义，却要热衷于粗糙的文字和思想，会给人一种不安的感觉。

（2018 年 11 月 18 日，于中国石油大学）

与伟大人物建立关系

一

今天讨论的主题是苏东坡。苏东坡是中国文学史上的一颗恒星，闪耀在世界文化的苍穹之上，他的光辉将一直伴随着人类历史的进程，没有人对此怀疑，没有人觉得这样的界定过分。这样一个伟大的人物，像一片海洋一座高山，我们遥望、敬仰、喟叹，却难以寻觅边界，难以领略最高处的胜景。

一方水土养育一方文化，产生一些人物，像眉山有苏东坡，巴黎有歌德，龙口有徐福，都不是偶然的。一个地方的后来人，与这个地方文化代表人物的关系也不是偶然的。徐福在历史上存在与否没有争议，伟大与否大有争议，属于何方人士也有争议。但是随着徐福研究的延伸、发展，争执会减少，在某些方面会达成一致。比如船队起航地，越来越被认定是不同的地点，因为远古的航海技术不像现在这样发达，要根据天文、地理、潮汐、洋流、季风等变化做多方面的尝试，所以沿着渤海湾一直到黄海边，起航地会有多处。徐福原籍有可能是龙口，他与苏东坡对人类的贡献都很大，但属于完全不同的历史文化人物，在这里不做比较。

生活在同一片土地上，即使隔着上千年，处于不同的时代，也仍然存有深厚的文化血缘关系。这是一种难以割断的文化血脉，在此基础上传播历史人物，虽然占据了天时地利人和，但仍然还需要与他们建立起一种关系。口述和文字就是建立关系的一种方式和路径。在我们表达他们之前，要先走进这些历史人物的内心世界。面对千百年前的独特生命，了解的重要途径就是读他们留下的文字、关于他们的文字，即他们的作品和历代的人们对他们的描述与评论。

我们今天对这些特殊生命的理解、表达和转述，只是关于这些伟大人物汗牛充栋的全部文字中的“沧海一粟”，能够把有价值的表述放进这一“栋”里，当是一次千载难逢的机会，是宿命，也更是历史赋予的一个机缘，应该珍惜。当未来的人们走入这个人物的纪念碑、这座巨大建筑的时候，面对浩瀚的积累，没有把“一粟”从中剔除，没有把我们关于伟大人物的言说当成不值一提的轻率行为，就很好了。人生短暂而渺小，在历史的长空中闪瞬而过，能留下一个光点就是奇迹。

二

首先是珍惜。要问为什么与伟大人物生长在同一片土地上，比如和苏东坡同属眉山，这种概率多么低。再问为什么投入这种传播和研究，这也是很不容易的事。回头看，人们许多时候都在忙一些古怪的事情，而现在我们要走近一个伟大的灵魂。

一旦忘记了所有的人类活动归根结底还要落实在文化、精神、思想方面，忘记了这是最重要的大积累、大存在，文明就会发生退步。究其根本，创造发展，建立国家，所做的一切事情，最终都表现于人类精神文化方面的成果。物质财富不是目的，精神财富才是目的。我们常讲“文化搭台，经贸唱戏”，就是把目的看作物质，这当然不会长久。人类早就脱离了刀耕火种的时代，即韩非子说的“上古之世，人民少而禽兽众，人民不胜禽兽虫蛇”的状况，已进入现代文明时期，这期间最困难也是最重要的积蓄，便是精神的成果。

与伟大人物建立关系的方法首先是阅读，是接近他们的生命记录。不了解伟大人物，就无法学习和传播，也无法继承。最重要的一点，是以什么样的心态和方法去接近，直到走入他们的世界，然后才是记录和传播。接触伟大的人物，读原著是第一紧要的事情。无论掌握多少关于他们的议论，都不如去读他们自己的文字，所以我们一直强调读原典。比如苏东坡，无论读多少关于苏东坡的传记和小说，听多少关于他的演讲和介绍，都不如去读苏东坡的文集。苏东坡留下了丰富的诗词和散文，构筑了一个宏大的精神和艺术世界，要走入其中，就要精读，读出现场感和弦外音，沉浸到那个特殊的社会文化环境里、独特的语境里。

当年的苏东坡为什么如此言说，肯定有许多缘由，即社会、道德、政治和伦理等方面的原因，也有其他原因。伟人生病的时候情绪也会低落，情绪低落便会影响心情，心情不好，语气也会改变。还有穷困潦倒的时候，所谓人穷志短，这时对他的影响也要考虑。总之要还原伟人所遭逢的独一无二的个人境况。苏东坡所置身的时代与今天有很大不同，哪里不同、严重到何种程度，都靠阅读去解决。阅读他的文字、周边的文字，才能了解当年的生活环境如何，政治上宽松与否，经济上是否富裕，精神自由度多大，人际关系的紧张程度等。经过了全面考察，或许才会稍稍了解一点苏东坡，理解他当年为何如此说话，他说话的方式和内容。

关于苏东坡的书很多。关于他的文字更多。离开他十年、百年、千年之后，写苏东坡的文字越来越多，这些可以说是泥沙俱下。写下这些文字的人，在建立与苏东坡的关系上，就像我们今天面临的难度一样，需要对伟大人物努力解读、走近。但由于个人素养、资质与能力的不同，文字的可信度和表现力也大为不同。事实上，在我们与伟大人物之间，经常横亘着一些拙劣的文字，其平庸的视角，肤浅的理解、低级的趣味、概念化的传达，极大地妨碍了我们。可见做一个好的传记家，任何时候都那么艰难和光荣。

三

为历史人物立传，可以找出几个榜样、一些范本来参考。第一个大概要说到司马迁和《史记》。司马迁受宫刑，蓄大志，忍辱负重，写出了一部了不起的大书。《史记》作为首部中国通史，为历史上的杰出人物作传，分为本纪、表、书、世家、列传等，写帝王将相，写圣人游侠，被称为第一部纪传体通史。尽管也存有争议，但极高的可信度是它的首要价值。第二个特点是生动，《史记》中的那些历史人物和历史场景，在语气神态、行为举止、情节氛围的刻画描摹上，惟妙惟肖，活灵活现，让我们如见其人，如临其境。既有丰盈的细节和饱满的局部，又能极概括地写人记事，囊括了数千年的历史，这需要一支怎样的巨笔。

《史记》写历史人物之精细传神，俯拾皆是。如《廉颇蔺相如列传》中的“渑池之会”：“左右欲刃相如，相如张目叱之，左右皆靡。于是秦王不怿，为一击缻。”《项羽本纪》写少年项羽的顽皮善变和眼高手低：“项籍少时，学书不成，去。学剑，又不成。项梁怒之。籍曰：‘书足以记名姓而已。剑一人敌，不足学，学万人敌。’于是项梁乃教籍兵法，籍大喜，略知其意，又不肯竟学。”写刘邦警卫樊哙在鸿门宴上大吃生肉：“覆其盾于地，加彘盾上，拔剑切而啖之。”这些精绝的描绘，几笔便勾勒出人物的性格特征，简直呼之欲出。如此书写，方能真实生动地再现历史，这正是司马迁的伟大之处，也是作为一个正史作家不可推卸的功课和责任。《史记》被鲁迅先生誉为“史家之绝唱，无韵之《离骚》”：虽是散文，却拥有《离骚》的韵致，富有诗意和想象力，具有极高的文学含量。

近代史书与《史记》差异巨大，其中的相当一部分由套话组成，没有人物，没有细节，像刻板无趣的“流水账”，读来十分无聊。历史无细节，人物没神采，等于是应付公事的一张历史白条。没有细节的历史是虚假的、凝固的和僵死的。司马迁开创史书先河，后来的史书却在时间的演进中一代比一代差，比如二十四史以降，文风上越发呆板僵滞，史实上越发可疑。近现代的史书有一部分实在枯燥，还有一些是蓄意编造的文字、极有害的文字。如果想折磨一个人，就让他去看这些史书。

春秋战国是社会动荡不安的一个历史时期，也是中国文化最为灿烂的一个时期，产生了《诗经》《楚辞》和诸子百家。《诗经》作为一部了不起的“有韵之史”，可以当史书阅读。司马迁继承了《诗经》《楚辞》和诸子百家的文化传统，因为西汉与春秋战国相距不远。后来的史书虽然继承了司马迁，却偏离了《史记》这个源头，渐行渐远，到后来变得枯瘪，成为概念化程式化的东西。这里不是否定所有的近现代历史，但起码可以说其中的大部分文学含量太低，已经无法再现生动鲜活的历史，丧失了细节记录的功能。任何历史和生活都是由局部累积叠加的，最后形成了时间的长链、历史的长河，所以说不能进入局部的历史，就是虚饰和大而化之的、不求甚解的历史。社会历史是由人类和自然组成的，不能真实地再现人和自然，只是粗略地、梗概性地记录一些社会事件，就不会成为全面逼真的人类信史。

四

再看外国的史书传记。法国作家莫洛亚是一位现代传记大师，曾为雨果、巴尔扎克、雪莱、拜伦、屠格涅夫、乔治桑、大小仲马、普鲁斯特等人作传，代表作是《雨果传》《巴尔扎克传》。莫洛亚的传记细腻生动，真实可信，具有强大的概括性。《伟大的叛逆者雨果》(《雨果传》)，是可以读无数次的书。雨果是一个大河式、全能式的作家，诗歌、小说、散文、戏剧、评论，无所不能，巨作林立，体量庞大，寿命也长，用文字绘就了一条生命的巨河。像这样的一位伟大人物，一辈子经历了多少事情，可谓波澜壮阔的一生。雨果早年从政，渴望荣誉，获得贵族头衔；中年以后支持共和，当选为国家代表和国会议员，与发动政变的皇帝小拿破仑产生冲突，被放逐国外二十年，流亡到英吉利海峡群岛中的泽西岛，接近七十才回到祖国。这样一个大文人，起伏跌宕、复杂多变的一生难描难画。《雨果传》时而让人流泪，时而让人欣狂，读者与莫洛亚一起感动唏嘘。我们首先是相信莫洛亚，如果抽掉了“信任”这个基础，当然也就不会感动。

阅读一部传记，必要相信写作者的每一行文字。如果没有对作者建立起信任感，那一切全都完了。莫洛亚的《雨果传》《巴尔扎克传》，从生活细节到历史事件，都写得非常真实可信，所有引用都有出处，每一细节都来自目击，在这个基础上，才把最有意义的部分提炼出来，把最能代表雨果精神气质的华彩乐章和暗淡岁月剪裁记录，真实而完整地再现传奇一生。

美国的欧文·斯通也是一位了不起的现代传记作家，代表作《梵高传》，也译成《渴望生活》。《梵高传》曾经激励了很多人。有人尊敬欧文·斯通，但并不认为他是一个伟大的传记作家。斯通还写了《马背上的水手》《林肯传》《毕萨罗传》等，一大排。他为这些伟大人物作传的时候，虚构了不少细节和场景。在他看来，虽然这些事情没有翔实的记录，但完全能够发生，所以尽力写得自然真实，不突兀、不虚幻。无数人热读欧文·斯通的书，如《马背上的水手》多么令人着迷，杰克·伦敦的一生在其笔下感人肺腑，写得太好了。然而这也带来一个问题：事情是否发生尚且怀疑，又怎么让人信任？信任是一个前提，失去它又该怎么办？所以最后还是被打了折扣。

后来有人把欧文·斯通的传记命名为“传记小说”，是不得已而为之。传记就是传记，缀上“小说”两个字，太可惜了。这就像《三国演义》，曹操、诸葛亮历史上实有其人，但虚构成小说，作为历史去看就廉价了。欧文·斯通的人物传记属于“传记小说”，我们要问：它究竟是小说还是传记？

还有一位传记作家是奥地利的茨威格，他写过托尔斯泰、屠格涅夫、罗曼·罗兰和巴尔扎克等作家的传记，其特点与前三位有所不同。茨威格的传记不杜撰，生动而可信，但喜欢阐发议论。对于历史人物的议论多少有点让人不安。在这一点上，罗曼·罗兰和茨威格一样，往往以一己之心揣度他人，而不是自然地呈现。他们两人都是优秀的小说家。茨威格的《世界建筑师》，书店里常常将它作为建筑学专著，放在教学类、科技类书架上。这本书描述了世界上具有代表性的一些文学巨匠、艺术家和哲学家，写他们充满传奇的人生，书名有“建立精神世界”的含义。从严格意义上讲，人类真的不是建立了一个物质的世界，而是建立了一个精神的世界，这个世界才是最有意义的，所以说茨威格对书的命名自有深意。

他们的传记生动可信，但常有滔滔不绝的议论，令人热血沸腾。但这里也有一个问题：尽管生动的议论可以让读者血脉偾张，却常常代替了他人的思考。大量的议论覆盖和淹没了想象的空间，让人透不过气来，不能更自由地呼吸。这可能也是一个弊端。所以比较而言，还是司马迁和莫洛亚这类传记大师更为迷人。他们更多的是客观呈现，忠实地记录人物、事件和过程，引用档案史料和他人的评价，将一切交给读者。

五

谈过这几位杰出的传记作家，目的是比较一下他们的不同。我们传播苏东坡这样的伟大人物，无论形成文字与否，都是在为其作传，在传递。关键是做哪一种传递者？是一个老实质朴的客观记录者，还是一个饶有才华、滔滔不绝的评价者、一个小说家那样的杜撰者？看来这是一个原则问题。海明威是一位有色彩的文学家，关于他的传记很多，大部分传记像写小说一样，生动夸张，但不能令人相信。也有两本海明威传记稍稍不同，一本是《海明威与海》，作者可能是一位电影导演或编辑，写了与海明威交往的最后几年，真实感人。还有一本是卓越出版社的《海明威传》，五十多万字，作者是美国的杰弗里·迈耶斯。他经常引用海明威的日记、谈话、作品和别人的印象，诚实地记录了海明威。阅读这样的文字或许不能热血沸腾，但真实的力量会在后来显现。

怎样建立与伟大人物的关系，还存在个体的差异，比如学识见解、艺术修养、文字癖好和多年养成的习惯等，但有一点是肯定的，就是应该朴素、谨慎和恭敬，这是永远需要的。有一说一，认真探求，并不意味着一定会把文字写得僵固。司马迁极度老实，一定要呈现历史的真实，固执地再现当时的氛围，以强大的还原力去维护真实，这就有了最大的生动逼真，因为真实的生活和历史必然是丰富多彩的。

我们走到今天，越来越浮躁和急功近利，不能安稳认真地做点事情。十年树木，百年树人，提高人的素质最难。现在常见的是造假，从食品到医药，为牟取暴利不择手段；公共场合乱喊乱叫，乱挤乱撞，乱抢乱占；街区建设乱挖乱盖，风景名胜乱涂乱画，文化艺术低级趣味。有时我们会痛苦和困惑：多少年才能积累起如此多的恶相？我们生活在各种垃圾的包围之中：在语言的垃圾堆上坐车，在语言的垃圾堆上看病，在语言的垃圾堆上看书。

做任何事情都要认真。中国人盖房子，一座大楼草草盖完，似乎很漂亮，还要炫耀速度。外国人一二百年才盖成一座教堂，追求不朽。我们不担心速朽，这就是区别。在网络时代，文字这种最为持久的寄托，竟然成为速朽的代表。我们尊崇的那些伟大人物，有的使用毛笔，更早的记在瓦片和龟板竹简上。因为材料难得，也就极节省，养成了文字极其简洁浓缩的书写文明。从古汉语、文言文到白话文的演变，文笔风气发生很大变化，这与书写材料的变革连在一起。网络上的放肆发泄，造成的后果将比我们想象的要严重得多。

对于生活而言，信息时代并非全是优势和正面的。对科技进步太过敏感的人，往往是比较浅薄的人。稍微保守一点，做好手头的事情，这种人或有一点根性。见了现代科技就发慌的人，难以成就事业。网络传播再快，也要传播诚实和文明，也要认真思考，好好经营文字。像司马迁的时代，托尔斯泰和雨果的时代，他们也在经历新科技新事物，但根本的东西不会变。

有人沿着苏东坡生活过的地方走了一遍，这很重要。这也是一种阅读方式。读山水，也是读人。苏东坡当然是读万卷书行万里路的人，虽然在许多时候是迫不得已。他的生活太跌宕了。现代人离开飞机、轮船、火车、汽车等交通工具就寸步难行，失去了长途跋涉的体验。行走过程中会有许多体会，会有际遇和遭逢。沿途可以领略无数风景，看到很多具体的东西，无论询问与否，目之所及，脑海中就留下了印象，心里就会与之对话。比如从四川眉山走到万松浦书院，一路上能看到许多植物和其他，这就有了实感。古人写文章比我们好，其中的一条优势，就是没有这么多交通工具，实勘的机会比我们多，感受更加深切。

我们与苏东坡建立关系，就从追逐他的脚步开始吧。

（2018 年 8 月 9 日，于万松浦书院“眉山考察团”座谈会）

今天的书写文明

人称与叙述

第一人称的叙述确有难度，因为写作者会尽可能让自己远离作品，以防对号入座。从另一方面看，读者真的很容易将主人公与作者对应起来，这就影响了文本的判断，更不要说审美受到的损害了。由于一些特殊的原因，因为一些社会层面或其他因素，作家总是要退得更远一些，让自己从作品中超脱出来。有时这甚至是一种不自觉的意识，即一定要规避“我”，不能把“我”摆进去，无论是虚构的“我”还是真实的“我”，除非是写自传。一部小说把自己摆进去以后，叙述就存在许多心理障碍，会影响想象力的飞扬。明明是一个虚构的人物，却总以“我”来代入，这就很容易把个人写进去，所以叙述中的克制、状态的调整，是写作者经常要面临的困境。

然而有时也很奇怪，构思一部作品的过程，有时必须把“我”融入才行，也才有叙述的动力。这是一个无法解决的矛盾。

如果是离现在很遥远的故事背景，第一人称的忌讳也许会少一些。比如，主人公是清末民初人，读者有了这样的心理设定，知道这是一个清清楚楚的虚构的“我”，这样作者叙述起来就会放松一些。但是如果一部作品就是写当下的，尤其是主人公等人物的年龄及生活背景等与作者相去不远，写作中需要注意的东西就很多了。这种不断从阅读的角度思考、不断从社会世俗层面做出规避的情形，一定会影响创作状态。

有不少读者，哪怕是很成熟的读者，也常常会以为作者是在写自己，写个人的传记。这个阅读的过程就不太正常了，他们会从这样的角度与作者对话。这个文本虽然是小说，是虚构，虽然读者心里清清楚楚，思维也还是要时不时地回到作者那里，以为他是在写自己。

一般的社会读者可以这样，但对于专业评论者来说这应该是常识：“我”只是人称问题，是叙述方法之一。但有的评论者并不比一般的社会读者好到哪里去，他们当中竟然有人固执地将作品中的人物与作者对号，做出极其离谱的荒唐结论。文学研究中的考证和索引是一门学问，但如果不当地引申使用，就会成为懒汉的拐杖。作品与作者的距离，作者的想象力、虚构力，是所有创作者必备的条件。文学审美哪里有考察个人身世那么简单和便宜。审美力的缺失什么都不能补救，知识不能，对号入座更不能。所以在许多时候，那些机械的所谓“研究”，对文学审美有百害而无一利。

普鲁斯特的《追忆似水年华》是一个很长的纯文学范本，叙述角度也是以“我”切入。这种叙述有障碍，也有优势。它的障碍是作者心理上的，也是客观上的，因为不是“我”亲历的事物，就没法涉笔，那就只剩下一个办法，即转述。但是要把这种转述关系交代得清楚，并且转化为亲临现场一样的真切，就很难了。它的优势在于作者个人所想到的很多问题，都可以直接写出来，“我”所看到的、经历的，特别是“我”的倾诉、心理活动，写起来就很亲切很自由，十分自然，与读者的距离也拉得很近，读起来如同直接对话。在读者的感受中，这甚至不是与作品中的人物对话，而是面对一个热情而真挚的叙述者，哪里还会有距离。这种切近感很容易产生感染力。

人称问题是一个写作学问题，也是一个诗学问题。

文学继承

俄罗斯文学对我们这一代中国作家影响很大，尤其是托尔斯泰、屠格涅夫、陀思妥耶夫斯基这三位文学巨匠。即便是苏联文学，像高尔基后期的创作，像拉斯普京、肖洛霍夫、柯切托夫、艾特玛托夫、阿斯塔菲耶夫等人的作品，对中国当代作家也很重要，特别对四五十年代的那批作家影响深远。有人吸收的文学营养稍微有些复杂，一方面受俄罗斯和苏联的影响较大，另一方面又深深植根于本土。任何一个民族作家要走得远，吸收外国文学营养固然重要，但一定要有一个“根”，这才可能蓬勃茁壮地长大。

说到文学和文化的“根”，中国的情况有点特殊：通俗文学十分发达，不乏继承的源头，像话本演义、武侠小说，等等。这些文字烟火气很重，大致是一些评书故事。雅文学中的小说没有多少东西可以继承，只有《红楼梦》和几部笔记小说，可以借鉴的传统十分单薄。所以中国的现代小说必须更多地吸收外国，特别是欧美的文学养料。西方的小说主要起源于史诗、戏剧，其传统与中国不太一样。但无论是学习俄罗斯，还是学习欧洲、拉美，过分依赖舶来品都会有问题。作家还是要与本民族的文学传统紧密结合。既然小说传统单薄，怎么结合？但我们可以深入地问一句，中国雅文学的积累足够深厚，这在世界文学之林都是毫无愧色的，既然如此，小说当然大有继承的基础。

中国雅文学传统主要体现于散文和诗，像《诗经》《楚辞》、诸子散文、《史记》、唐诗等，可以说取之不尽。这应该是中国现代小说精神以至于技法的源头。而中国传统小说一脉对中国现代文学的影响主要是负面的。中国通俗小说的那种“韵致”和“味道”，常常会不同程度地杀伤文学的白细胞。

说到“通俗文学”的正面价值，有人就会搬出中国的“几大名著”。这里其实有很大的混淆。因为“通俗文学”和“民间文学”是不一样的，他们实际上在说“民间文学”。在某个层面上，“民间文学”是可以与“雅文学”相通的。“民间文学”在一个辽阔而漫长的时空里口耳相传，经过无数人创作、修改、完善，不断地累积和更新，形成一种口头流传的文学，最后由一个文人来加以概括和整理，所以它们仍然有诗性写作的纵深感和完美度，有另一种纯粹性。而“通俗小说”是由一个或几个人创造出来的话本故事，质地单薄，基本上没有什么诗性情怀和艺术雄心，不是高超的语言艺术，在转述中完全可以和语言剥离：它的主要目标，不是通过语言去完成和抵达的。

“民间文学”与“雅文学”在内质上可以打通，因为经过漫长的时间的浸泡，无数人的参与，其质地趋近了很高的美学品格，与天才人物的杰出创造具有一致性。虽然有时候“民间文学”是以通俗文学的面貌出现的，但它的缜密、完美、深邃和永恒，远远不是“通俗文学”可以比拟的。

二十世纪中期，东西方文学曾经附属于“两大政治阵营”，二者存在意识形态上的冲突，审美就会发生扭曲，判断失误。在二十世纪初却不是这样，欧美作家对陀思妥耶夫斯基、托尔斯泰、屠格涅夫等俄罗斯作家都非常推崇。后来在否定“东方阵营”的同时，把苏联文学也完全否定了，甚至把它的源头也在一定程度上否定了。这种潮流一定会影响到中国当代文学。

某些充分吸纳西方现代主义种种营养的中国作家，会认为俄罗斯文学厚重、有强大的现实主义力量，但如果“单讲文学技巧”，俄罗斯作家就差多了，欧洲作家“比他们高出好几个档次”。这种看法是多么荒谬。他们把所谓的“技巧”剥离出来，已经不是文学生命的整体论了。我们个人的阅读史中，许多欧洲作家，如但丁、歌德、雨果、巴尔扎克等，印象固然深刻，却还是难以取代托尔斯泰、陀思妥耶夫斯基这一类作家。后者所给予我们的巨大的心理冲撞和强烈的对话冲动，引起的感念与激动，还是难以忘怀。到了苏联，文学写作单薄多了，但俄罗斯的文学传统仍在延伸，根须并未断绝。这一切，对于中国当代文学的影响仍然是显而易见的。

人上了年纪，很愿意把作家的一大套文集搬到家里，有的读得粗一点，有的读得细一点。这时面对的是一条生命的河流，看到一个人从出生、成长到强壮、鼎盛、衰竭，直到终点。一个伟大的生命写出千万字，意味着什么？这是一条生活流、生命流、意识流。一切都呈现在面前，无法掩盖。我们可以触摸这些特异的生命波动，时而激越，时而低沉，哪里难以为继，哪里是暮年的呻吟和喘息：一条生命的河流在流动。

说到文学继承，上年纪的人更有一种达观和冷静。

“气”的决定力

人们现在已经有些害怕很长的小说了，这一方面是因为时间不多，另一方面也是因为碎片化的网络阅读对人的伤害。更主要的原因，大概还是大部头的小说本身缺乏魅力，黏不住人。比如连续几部的长卷，许多时候是第一部好，第二部弱，到后来就很差了。这可能是因为作家的气力耗失了，生命“元气”不足了。不要说多卷本，就是一部长篇，有不少开头还算好，到了三分之一也比较好，到了中间就开始变差，往后竟越来越差。单靠经验、技巧去控制和维持的文字，是不能把作品送到很远的。一切还得依靠强大的生命力，依靠那种生命的激情，让生命的激越把每一个细部都灌注得生气饱满。

是什么决定了一部作品的长度？有人会说是内容、情节，这都是看得见的物理缘由。真正的文学写作对这些东西并不会依赖到这种程度。对作品的长度真正起到决定作用的，可能是中国传统诗学中所讲的“气”。什么是“气”？现在能否找到一个对应，还是一个问题。但它无疑是存在的，只苦于无法准确地用现代学术概念去表述。诗性，意境，韵致，这大概可以接近“气”了。“气”与作品篇幅的关系当然是紧密的，“气”一定有个长度问题，它的长度才能从根本上决定作品的长度。如果一部作品中的“气”是短的，那么作品写得太长，只能是机械地堆积。失去了气脉的文字怎么会是活的？死去的、没有脉搏的文字，也就苍白僵硬起来，好比接上的一段“假肢”。

我们发现，有的“成功”的作品，也不一定是“气”贯全篇的，如有的长篇小说几十万字，只有三分之一是气韵饱满的，剩下的部分则有些松懈。前边能够感受到作者元气充沛，驾驭自如，在词语调动、气氛营造、叙述角度的把握和语言节奏的调控等，都做到了无懈可击。而后面的很长一部分，虽然情节还在递进，故事还在讲述，只是失去了内在的张力，变得稀薄了，不再绵密了。

文学作品的推进方式有多种，一是靠情节，一是靠“气”。前一种我们都熟悉，比如那些故事作品，大致都是这样的。这种推动力是外在的，其长度也一定与故事的完整性有关。而这里的“故事”并非严格意义上的文学故事，而是与说书人的讲述相类似的。文学故事要回到语言的最小单元里去，它和所谓的“细节”是无法掰开的。词语和字里行间蕴藏着生动的转折，情节是这样完成的，丰满绵密。我们所熟悉的写作课程里，总是把“细节”和“情节”分开，好像它们是两种东西，其实在文学故事里这二者不可以拆分。这就是真正的文学杰作，语言和故事不能剥离的缘故了。

“气”是一种内在推动力，当一个作家的这种力减弱的时候，叙述的张力也就没有了，故事也就很难往前推进了。硬要推进，也只会留下一些松弛疲软的文字。而通俗小说并没有这些复杂的需要，它只是运用环环相扣的套路就可以了，不必在乎语言的张力，更不必在乎密度。这些叙述不必得“气”，像一些武侠小说、通俗小说，还有一般意义上的乡土小说，语言和人物、故事、思想，都可以分离。也就是说，无论采用什么语言，都可以复制这些内容。这里的故事情节貌似曲折紧张，实际上冗长而稀薄，只在固定的模式里运行。任何人都可以转述这些作品，并在转述的过程中不会有太大的损失。

我们读托尔斯泰、屠格涅夫、索尔·贝娄和马尔克斯等作家的作品，只能用自己的眼睛和心灵去阅读，从文字里感受那种不可名状的意味。这一切是无法靠别人转述的，即使是最好的说书人也无法完成这个任务。因为一旦离开了作家独有的语境、最小的语言单位，就无法传递其内容，包括故事本身。原来作家的“气”已经融化在文字中，失去语言也就失去了一切。而通俗故事失去了书面语，还可以让“他者”转述。杰出的文学作品、诗性写作，容不下任何“他者”。

书写文明

记录和书写作为一种文明，有一个慢慢形成的过程。从有文字符号开始，记录就发生了。那时书写材料是非常不易获得的，不得不用陶片竹简之类，甚至刻在龟板上。这种艰难性逼迫人们极为慎重地落笔，语言简练浓缩就成为必须。由此开始，一种特殊的书写文明就产生了，它的特点是准确和极简，是以小胜多，是庄重凝练。

后来尽管有了纸，有了毛笔，进而有了钢笔和电脑，记录容易得多快得多，但书写从诞生之日起就形成的特质，也还是被保留下来。严谨和持重、可信、审慎，是对书写的要求。文字要尽量往少里写，而不是往多里写，这是一个行规。这种书写文明大约经历了龟陶竹简时代，一直延续到今天，中间有巩固有破坏，但仍旧还是存在下来了。我们当然明白，它的最大破坏期，就是时下这个网络时代。这个时代对书写文明怎样践踏，是我们大家都熟悉的。

但是今天的文学毕竟还需要由书写去完成，所以这种古老的文明也就必须保存下来。文学这种语言艺术之所以不同于其他形式，就是书写文明在当中起到了决定作用，这是一个核心的约束力，它让语言表述的审慎传统不至于完全崩塌。即便是网络时代的泥沙俱下，那些混乱的文字倾泻也还是被人藐视和排斥。泛滥的文字是不受人尊重的。

书写文明的延续和重建，需要有一批勇敢的担当者，如果仅有很少一部分人在做，将是悲哀的。今天面临互联网的碎片化阅读，混杂芜乱的文字点击量动辄几十万几百万，貌似畅行，其实是最后的呻吟。它们已经与真正的书写无关，是末世的绝望与耗损。不要忘记人类是语言动物，这是人类与其他生物的一个主要区别，如果其他动物也有语言，可能也无法进行复杂的感性与理性论述，更不可能有书写。从某种意义上可以说，语言等同于人类的生命，等于人类本身，人类只要操持一天语言，就离不开书写文明。即便声音的和表演的方式、绘画的方式都存在，甚至优势巨大，却也终究无法代替书写。书写可以更清晰、更缜密和更深入，有着惊人的持久性、引人思索性。语言艺术能够抵达一种极致，其内容的膨胀度、扩散度、延续性、抗挥发性，都远远超出了其他的表述和记录方式，具有永恒的美学意义、认识意义、积累意义和保存意义。

文学是语言艺术的最好方式，因此作为语言的动物，人类只要存在一天，文学就一定会存在。所以就这个意义来说，这个时代的担当也表现在对书写文明的维护与敬重，这体现了人类的勇气。在纵横涤荡、一浪高过一浪的时代潮流中，书写文明需要强大持重，既不降格以求，又不被裹挟。坚守纯净的语言艺术，即使属于最少数，也通向了最开阔的未来，成为最大的历史存在、文化存在和思想存在。语言的存在就是人的存在，人和语言是不可剥离的，生命不能藐视语言，更不能对书写失去信心。

写作是心灵之业，无法被其他替代，坚守语言艺术是人的本分。如果热爱文学阅读，就要恪守书写，这种矜持和自尊是值得敬重的。在混乱的文字倾泻期，没有什么比真正的语言艺术带来的快感更强烈的了。严谨的书写是对人的信任，是对生存的热情，因为这是文明的延续。读完一本细致准确、语言精湛的好书是一件幸运的事情，因为面对海量的印刷物，这几乎意味着一场大海捞针般的寻觅。我们寄希望于再次邂逅。这些文字是为那些极有教养、非常敏悟的生命准备的，它们将植于内心。需要发掘和激活这种天生的能力，而绝不能让那种固有的审美力被阉割和肢解。

（2018 年 7 月 15 日，于哈尔滨工业大学威海分校）

写作中的“赋、比、兴”

“赋、比、兴”最早的记载见于《周礼·春官》，源于中国第一部诗歌总集《诗经》。作为创作手法，“赋、比、兴”被广泛运用于文学创作和诗学理论中。探究它的当代演变，是一个比较复杂的工作，我们很难在短时间内把它阐述得透彻，只是抛砖引玉而已。

赋

“赋”是叙事，把事情讲述明白。当代文学作品无论是小说、散文还是诗歌，都离不开“赋”。“赋”在现代写作中显然处于最重要的地位，是写作的主体方法，没有“赋”，便没有了叙事，没法将故事讲下去。

“赋”作为叙事方式，从开始到现在，几千年里经历了许多变化。中西文学区别很大，比如中国的京剧，角色登场首先是自我介绍，哪里人氏，从哪里来到哪里去，这样的直接陈述。而西方戏剧是通过人物对话和剧情发展，把人物关系和故事情节表现出来。中国古典小说中的雅文学传统是淡薄的，除了《红楼梦》等少数作品，基本上属于通俗文学，叙事方式类似于京剧的自报家门，常有“花开两朵，各表一枝”，或“且听下回分解”等，人物的心理活动和故事发展，都由人物或作者直接讲出来，较少通过故事的发展、人物之间的矛盾冲突自然而然地展开。

当代中国小说受外国文学影响很大，可以说在很大程度上是被西方一些范本塑造出来的。因为中国的传统小说大多源自话本、演义或鼓书等说唱艺术，是曲艺的范畴。我们缺少雅文学的小说传统可以直接继承，所以基本上走了西化之路。就连清代中晚期《红楼梦》的出现也并非偶然，那时中国与西方国家的交流已非常频繁，像康熙皇帝的御用画师郎世宁就是意大利人。这是一部现代小说，它是否从文本上借鉴了西方文学还没有记载，但当时中西方的文化交流，有可能多少影响到中国的叙事艺术。它不写武侠，不写神仙鬼怪这些传统故事，而是取材于贵族生活的日常，有大量丰满的细部，情节密度很高，而且语言讲究，与故事情节融为一体，无法剥离。这都是雅文学的显著特征。

与以往的那些通俗小说不同，《红楼梦》只可以阅读，做评书讲述即会成色大减。因为其中的人物对话、心理活动、环境描写等文学元素精微而细腻，词语和细节调度绵密而独特，诗性含蕴丰厚，一旦转述就会失去魅力。比如宝、黛、钗之间的情感纠葛，从“比通灵金莺微露意，探宝钗黛玉半含酸”，到“情切切良宵花解语，意绵绵静日玉生香”，再至“西厢记妙词通戏语”“诉肺腑心迷活宝玉”等，其中的微妙只可意会难以言传。

雅文学的特质是语言与故事等紧紧在扭合一起，不可须臾剥离，一旦分开了，个中滋味便消失殆尽。所以《红楼梦》等作品逐字逐句阅读才好，这是雅文学“赋”之特征，也是魅力所在。

武侠演义类的通俗小说可以快速阅读，走马观花地翻过也可以，因为只要连上大的情节就可以了。可见在“赋”的层面上，雅文学和通俗文学已经有了很大的区别。

其实中国的现代小说之路，除了接受西方影响，本土雅文学传统仍然是非常深厚的，如大量的诗词散文，特别是《史记》这样的作品，都应该在现代小说这种体裁中得到转化。这条道路的开阔性，既表现于优秀传统的继承，也体现在世界主义的广泛吸纳中。

“赋”作为叙述方式，在西方现代主义写作中的表现可称为“乱花渐欲迷人眼”，如意识流、结构主义、超验主义、荒诞派、魔幻现实主义等。被称为欧洲艺术之都的法国似乎走得更远，频繁的艺术实验走到今天，好像已经走到尽头。阅读现代小说，有时很难搞明白它的叙事头绪，绕来绕去像进入迷宫，要花很大工夫才能厘清基本的故事脉络。当然，在这种艰深晦涩的“赋”中，也可以感受现代小说的魅力。

有人认为主观性太强便破坏了“赋”的传统，其实不然，起码从源头上看不是这样。现代主义运动之初，在海明威那一代看来，作者最好不要过多干涉读者的想象，而要把主观意念压缩到最小，藏到一个角落里。议论是犯大忌的，叙事作品要“呈现”而不要“表现”，不能过于凸显写作者的主观意念。我们不太习惯那些主观性特别强的作品，主要是难以忍受里面的议论。但是到了二十一世纪，法国的米兰·昆德拉等小说家的作品里却有许多议论，而且风靡一时。

还有一本奥地利小说，作者为穆齐尔，国内译为《没有个性的人》，很难读。但是读完之后，又觉得收获很大，仿佛获得了更大的自由：小说原来可以有各种写法。前几年有一部法国小说，名字忘了，出版后就像没有装订，一页页装在一个纸盒子里，每页都写了一个小故事。它就像一副扑克牌，随便从里面抽取，经过重新洗牌，就变成了另一个大故事，人物的结局也都改变了。在行家眼中这不过是一种雕虫小技，但从中也可以反映出“赋”演变到今天，已经变得各式各样，越来越没有定式没有规矩了。

现在，可以说叙述方式获得了空前的自由，但毋庸讳言，那些只求形式出新的大胆尝试，往往是失败多于成功。从过去到现在，一部作品无论在形式上如何变化，其内在品质才有决定的意义。求变求新并不能挽救创造力的枯竭，也不能让糟糕的写作峰回路转。心灵的结晶必要耗费心血，需要交付生命的能量。

比

“比”即“以彼物比此物”，即现在说的“比喻”。“比喻”是一个重要的文学手法，有时候不运用比喻，有些事情就讲不清楚，特别是讲不出趣味。小说、散文、诗歌的写作离不开比喻，因此当代文学写作中的比喻越来越多，有人简直以擅用比喻为能事。妙喻层出不穷，明喻、借喻、隐喻，比比皆是。许多现代诗人和散文家的比喻灵动绝妙，令人过目难忘。

“比”事关“赋”的质地，却常常作用于语言的局部。“比”是为了更好地“赋”。春秋战国时期，淳于髡是齐国的大外交家，史载中的这位滑稽之士特别有趣，说话最愿使用比喻。他曾说：用猪油涂抹棘木车轴，是为了使它润滑，然而如果轴孔是方形的，再滑润也无法转动。以此阐明用人失察后果之严重。他还说：狐狸袍子即使破了，也不能用狗皮去补。仍然在讲用人的原则。他是最会使用“比喻”的人，可尽管如此，史书上记载，还是有人对国王指摘和挑剔这个人，说他的“比喻”用得太多了。

原来“比喻”即便用得很好、很巧，也还是会有一定的负面效果。看来我们在使用“比喻”时，可能还需要有所克制才好。那位最善于“比喻”的古人淳于髡，最后被认为是“滑稽之士”。

现代写作使用的“比喻”越来越多，不仅是因为离开“比喻”便无法阐明事物，而且有时还需借助它来表达一些不便说的话，更为了含蓄和修辞的功用。比如，英国作家乔治·奥威尔的《动物庄园》，这是二十世纪四十年代出版的一部政治小说，在西方颇负盛名。这部寓言性的作品，整个就是一个大“比喻”，用以讽刺东方集团。

前边说过，“比喻”用得太多，会给人一种油滑感。有话直说是朴素的，也是更可信的。过于追求巧妙生动，会折损语言的庄重与可信，反而失去了力量。再好的“比喻”也会有代价，尽可能地让代价少一点，就需要严格地选择语境。“比喻”在使用时，不得有一丝自我感觉良好的炫耀，而要质朴自然。除非是离开它而不能说明的时刻，才可以使用。现在写作中的“比喻”有些泛滥，这大致是现代人油嘴滑舌的倾向加重了。

如果给写作中的“比喻”太多的赞扬，这种手法的应用就会更多起来。就像有人请客，客人赞扬主人汤做得好，结果下次请客时，主人满桌都摆上了汤。

兴

“兴”，朱熹解释为“先言他物以引起所咏之词”：言说一件事物，却要说一下与之不相关的东西，即不直接言说主体，而是从“他物”迂回抵达。

现代写作越来越直奔目的，早已没有那么多的“余兴”。

“赋”与“比”可以理解为一种单纯的写作手法，但是“兴”却有些复杂。当然它也有程式化的因素，是古人惯用的方法，所以被视为“三用”之一，这本无可争议。问题是作为一种“手法”，它的源路和作用值得好好探究。对于它的理解，不宜过于简单。

“兴”显然是一种旁顾，顾左右而言他，由远及近。言说者的状态是不同的，他仿佛不够专注，实际上却是有意为之。也可能是兴致大发，漫无边际，是生命处于特别激活的时刻，于是获得了更大的言说自由。

当代写作中已经很少“兴”了，而是直取目标。这似乎使写作变得更为简洁和集中，避免了芜杂拖沓。然而从另一角度看，也是越来越偏向“实用主义”的结果。当代人是比较冷漠的，物质主义和实用主义的色彩加重，在文章写法上即表现出务实的和非浪漫的倾向。作为一种精神文化现象，这符合现代人的行为方式，即写作中基本没有了“余兴”的位置。

可见“兴”不仅仅是一种写作手法，而在很大程度上体现了生命质地的变化。这里有生命力是否蓬勃旺盛、是否处于激越饱满和联想飞扬的状态，能不能把个人情感投射到自然万物的问题。“兴”

是生命力强盛的一种表现，是自由和松弛，是激越，是天真烂漫。

地处欧亚大陆的俄罗斯作家，他们“兴”的能力真是令人惊叹。比如，屠格涅夫的《猎人笔记》、托尔斯泰的《复活》与其他作品、莱蒙托夫的《当代英雄》、契诃夫的《草原》等，数不胜数。作者在主体故事之外的激越表达，才情飞扬，成为至为感人的部分。这些描述奔涌着一股强劲的生命激流，强烈地吸引和震撼着我们的心灵。这些“兴”的元素融入“赋”的气韵，强化或超越了最直接的表达。这些感性笼罩力是无法言喻的，在它之下，一切叙述、言说、描摹、比喻和象征，都成为一个不可分割的生命整体。

表面看“兴”与叙述中的主体情节和人物事件没有直接关联，却在更深层次上统摄了、激活了整个文学气场。这除了大手笔而不能为。可见“兴”是源于生命深处的焕发和感动，是诗人和作家们最了不起的一种能力。它不是依靠数学运算和逻辑推演，不是单凭理性就可以把握的部分。

一个优秀作家或能写出精彩的人物和故事，却无法表达出令人蓦然心动的弦外之音，他许多时候还要依赖强大的“余兴”。作为一个生命，他与山川河流等自然万物发生强烈共鸣的一刻，将是怎样的情志和心胸。这是一种绝美的诗意，是大地之子无处不在的感激之情，是自然而然的情感流泻。源于生命深处的沉浸和陶醉，表现在歌唱中、叙述中，就是所谓的“兴”。

在物质主义欲望膨胀的时代，一切足以令生命之“兴”窒息。长篇累牍的文字里面甚至没有一抹新绿，没有一声鸟鸣，没有一道波光，没有与自然万物共生共长的喜悦和感动。“兴”是人类原初所具有的一种蓬勃生命力，那时的人类与山川土地上的草木虫鱼朝夕相处、耳鬓厮磨、唇齿相依，就在这种漫长的岁月中，孕育出情同手足的关系。

从这个角度认识“兴”，也是接近源路的方法之一。

当然，“兴”也不是什么一般意义上的景物描写，它远没有这么功利化。比如，我们所熟悉的作品中，人物高兴了，即写晴空万里，阴郁了，即写天低云暗。还有什么“抒豪情，立壮志，面对群山”之类的唱词。这些文字与《诗经》中的“兴”、与屠格涅夫、契诃夫笔下的山河景物，是完全不同的。真正的“兴”是没有这种功利关联的。功利主义总是以自己为中心，不惜损伤万物，境界十分狭小。

我们仍然要强调：“兴”是一种自由。

（2018 年 10 月 31 日，于湖南理工大学）

“活火山”是否喷发

惯性写作

一个人如果有了几十年的写作历史，经历了长达半个世纪的文学长征，将怎样持续其创造力，让这艘航船继续向前行驶，可能是一件非常困难的事情。因为每个长期写作者面临的最大危机，就是惯性写作对他的伤害。一个人即便写了二十多年，有了几百万字的文字积累之后，也很容易自觉不自觉地进入惯性写作。

作家一旦进入惯性写作，就变得悲观了，是一种自我怜悯和同情的可怕状态。如何使自己的创作力不断地生长，保持那种生命原初的“悍气”，是最为重要的。用“悍气”这个词谈文事或不相宜，但确实需要。“悍”是勇猛强劲、百折不挠、永不屈服，“气”指气概、气魄。一个生命有内力、内劲，有一种从内部爆发的力量。这个力量并不完全是强烈的正义感和道德感，甚至也不能凭借对文学的无比挚爱去取得。它是一个综合的推动力，既有责任、道德、政治等社会层面的因素，也来自技术，来自对意境、诗性等因素的顽强执着，来自这一切的寻索和坚守。这些合而为一，成为一种内在的生命动力，表现在文学上，即由非常具体的最小的语言单元，去一点点抵达和实现。创造的过程，不是一个文学结构的简单更新，也不是题材的改变和新的人物类型的确立，而是一种复杂的生命呈现。

作家的重复

一个作家最忌惮的是重复，不停地、不自觉地重复自己。但要做出这方面的鉴定并不容易。有人不理解文学的重复究竟为何物，认为从语言节奏、结构方式到人物故事，一直围绕一个地域去展开，就是一种重复。在他们看来，不停地强调某种思想，进行某种思绪的寻觅、延伸和强化，就是一种重复。实际上这些所谓的“重复”，恰恰是所有杰出作家的一个突出特征，即坚守地域性格、哲思与信仰、诗境的探寻。托尔斯泰一生都在言说“托尔斯泰主义”，都在诠释和强化其内涵。福克纳一辈子都在写美国南方，写他的约克纳帕塔法县，即那个“邮票大小的地方”。海明威不停地写打猎、冒险和硬汉。

看一个作家是否陷入了重复，不要只看他一直在写哪些地方、哪些生活、哪些问题，许多时候这非但不是一个忌讳，反而是一种倔强和自信的标志。重要的是看他笔下是否反映出个体与社会的对应中不断深化和演变的敏感关系，是否体现了一个作家激烈的冲决力和斗争精神，是否在前进的方向上表现出强劲的艺术推动力。他要立足于一个地域，不停地挖掘自己所熟悉的那片心灵的土层。

重复是生命激情及叙述的内在推力的丧失。仍然沿着大致相似的故事套路讲述，几乎无力腾挪，语言和细节也在原有的辙道里行进，文笔还算流畅和圆滑，技术层面仿佛没有问题。一个作家凭借基本的文字功力，随便写下二三十万字不成问题，甚至可以让非专业读者感觉不到差异。但也正是这种滚动式的累积和叠加才是可怕的。从新的作品中感受不到一个作家与时俱进的生命冲动，因为丧失了回答问题的能力。新的生命里程会迎来新的生命内容。一个人如果活到八九十岁，回头看二十多岁的生活已经化为文字之河淌过了，再来一遍也只有干涸。八九十岁的生命包含了更新和更多，面对社会、政治、精神与文化等潮流，必有新的冲动和感悟。即便是技术层面，也将进入一种新的状态，单讲语言的节奏、调性、风格，人物和故事的讲述方法，都将不断地依从生命本身的变化，做出必然的调整和改变。

一个人对生活环境的极度敏感与不安，急于应对新时代新生活的努力，决定了他的关注点、切入点要发生变化。诗人比起一般人，对客观环境的那种敏锐的冲撞要强劲得多。这种生命撞击体现在作品里，就是一种前进和腾跃的痕迹。新冲突体现在新文本里，这将是一系列的变更、兴奋与转移，包括语言风格的演化、故事和结构的调整等。而这些全然不是什么表面化地转移一个题材、一种生活，这反而是容易的。前一部写农村，下一部写城市，再下一部写高校，没有什么困难。上次写一场械斗死了一百人，这次死去一万人，所有外在的形式上的改变，不过是举手之劳。

最难写出的是随时间演进而出现的新质地，它往往是更深的冲动和不安。这一切不是简单的议论，也不是讲述新颖的故事，而是生命本身自然而然的流露。文学是语言艺术，语言囊括了一切，溶解了一切，饱满丰盈的语言的细部，会让读者去感受一个人的全部隐秘。作家一旦在重复自己，就走入了一种不可逆转的死亡过程，成为一座不再喷发的死火山。

情节和主题

文学的专业读者、大读者，不会混同于一般化的社会阅读。真正的文学阅读始终把语言、诗意、思想、人性，最深入最不易表达的那一部分抓在手中。文学作品须做出极其个人化的表述，走入自己的语调、自己的“诗与思”，而不是追求一般的思想转述和语言快感。文学阅读必须是进入语言的最小单位，即字和词，去感受和把握故事、人物、氛围、情与境，碰触或柔软或坚硬的内核部分。

一般意义上的社会阅读就不同了，这有可能以读新闻和读通俗故事的心态，以娱乐、消遣的心态去进行，很难进入语言艺术。有人说雅文学没有激烈的故事情节，不紧张不刺激，这样的感受可能是没有进入语言系统，没有找到语言的门。比如欣赏音乐，只能听通俗音乐和流行歌曲，就难以领略交响乐的妙处。雅文学的情节密度要高于通俗故事。就情节而言，通俗故事太过稀薄，往往是这样一些元素的拼接组合：生老病死，爱恨情仇，悲欢离合，阴谋诡计。这样的镶嵌无论怎样，都离不开一些套路和模式。

雅文学或称诗性写作，其特征之一就是情节密度较大。这种密度体现在字里行间，在一种迷人的韵致之中。写作学中常常谈到的“情节”和“细节”，对于初学者可以，如果进入更深的研究，进入审美和诗学，就远没有那么简单了。雅文学的情节密度非常高，它由一些无所不在的转折构成了情节，是随时都在变化和生长的元素。通俗故事翻看两三页才会有一个情节的变化，而雅文学在一二百字里就完成了丰富曲折的细部调度，一个小小的段落就存在一个大的情节转向。其内在的生命、情感和人性逻辑，是一点点生长出来的，每一笔都意味深长——含蕴、幽默、活泼、俏皮、辛辣、暗讽，还有预示和象征，是一种极其复杂的呈现。

从这个层面理解阅读，一些言情和武侠小说、社会通俗小说，可能无法满足更高的期待，仅就情节而言，它们也有些过于简略了。虽然通俗小说也靠语言来讲述故事、塑造人物，但由于其程式化和简单化，基本上还属于曲艺范畴的娱乐。真正的文学阅读不能仅仅捕捉一个大故事，也不要专注于所谓的“主题”思想。我们从小所受的文章教育，就是一篇文字“通过什么表达了什么”，这样的一种逻辑关系和固定模式，没有想过有些文字是没有什么“主题思想”的。那种教育养成的习惯会自觉不自觉地带到文学阅读中，妨碍我们的审美。如果从一部文学作品里真的找出一个“主题思想”，那么这肯定不是一部好作品。“主题”先行必然是一次失败的概念化的写作，因为深刻的思想和生命的冲动，会融化在语言中，随时变化的生命感触，要变为一个个字词、一个个标点，读懂语言，进入语境，整部书的喜怒哀乐、倾向及情绪、不安和愤怒、悲愤与狂喜，就全在里面了。

比如一个百岁老人，要概括这样的一个生命，大概很难提炼出一个“主题”。它就是一个百岁生命，主题、思想和故事，都在这百年生存之中。一个世纪的生命细节，如此复杂的存在，怎么能用一个简明扼要的“主题思想”来概括？有时我们勉为其难地替作者去做一些他自己都做不到的事情，会陷入一个误区。

杰出的文学作品可能有“思想倾向”，但没有“主题思想”。如果硬要从中概括、提炼出一个“主题”，损失一定是很大的。有人说不必汲汲于故事和主题，那到底要读什么？非常简单，就是读语言。文学作品的灵魂渗透和弥漫在语言里，掌握了语言，就掌握了作品的灵魂。文学是语言艺术，离开了语言这道门，也就无法进入。一部作品如同作家搭建的一座建筑，它真的只有一个门，而不存在其他任何入口，没有窗户也没有旁门，只有语言。

大读者和时间

雅文学（诗性写作）很难成为畅销书，即便一时热卖，也不能认为有那么多人能够读懂和接受。他们不可能在诗与思的高点上达成一致，也很难获得核心内容。只有浸泡在漫长的时间的河流中，它才会一点点缓释出宝贵的元素。一年两年、十年百年，这个时代和下一个时代，它拥有很长的时间。所以真正的名著都是在光阴里一点点消化和理解的，它思想和艺术的内涵太丰富了，它所描写的人物、表达的个性、人与客观环境的对应和演化，这一切太复杂太微妙了，需要慢慢地感受。这个过程将不断出现一些领悟者，有相互的诠释和引导，由此逐步走向深处，达成共识。我们需要“专家”，但这不是一般意义上的学者和研究者，而是天生具有审美力的那些大读者。

比如，文学史中的一些不朽名著，都由天才的大读者先一步认知，然后再告诉大家，渐渐走入准确的、更高一级的把握。我们把真正的文学作为阅读对象，那种享受将是无与伦比的。如果读到一本非常好的书，再转而去看那些通俗的娱乐文字，就会有些不耐烦。因为领略了高处的风景和境界，对次一等的文字便无法产生兴趣了。一本特别的杰作，它所创造的意境和世界，将在长时间里把读者覆盖，令其如痴如醉，不愿走出它的世界，生怕失去这种精神享受。许多读者都曾有过这种经历：在入迷的阅读中度过一段时间，享受一种幸福，这个印象会一直镌刻在记忆中。经验里，只有雅文学的阅读才能达到类似的境界。有些书在上大学时已经读过，步入中老年再读，不仅会重温年轻时的那种欣快，甚至还要超过它，因为岁月和杰作一起成长。

那些十九世纪的伟大作家，在我们置身的二十一世纪再次复活，让人觉得他们离我们并不遥远。现代人经历了完全不同的生活，社会环境和生活经历不断地冲击和淘洗，改变着人的趣味和兴奋点，但是几百年前的那位老人或青年的作品，却仍旧能够打动我们。我们又把它读了一遍，长达几个月，脑子里还要闪回书中的场景、滋味，沉浸其中。这就是文学的魅力、心灵的魅力、由语言传达出的不可抵御的美。一个嗜读者平时读了很多书，他没事就翻书，似乎一双眼睛就是为书准备的，可是大部分读过的东西即便感觉良好，一两天也就忘掉了。因为有更多新东西阻断了思路，把兴奋点拉到新的方向。可是那些真正的杰作，却能在长时间里不停地把人拉回，让他在那里徘徊。

同一个人的作品、同一部作品，也会读出一些奥秘。一些多卷作品会让我们体味什么叫重复、什么叫魅力。读前边的一部分文字，兴奋得不得了，顺着语言之门走入深处，或者会发生一些变化。读到三分之一时，发现已不像开始：虽然故事情节比前边还要紧张，环环相扣，但最初的那种绵密感、语言的张力、丰赡的情感、绝妙的细节所带来的震慑和愉悦，正在变弱。于是我们知道，一部很长的作品，要从头到尾都一样激越和饱满、对客观世界始终能够做出强烈而敏感的反应，直是太难了。

作家开始重复自己的经验，生命的内部冲动减弱了，深刻的妒忌、爱、不安和痛苦，也在变淡，绷起的心弦在松弛。作者的心灵是否在场，是否真的一直关心他人、关心世界、关心永远不能摆脱的命运，细心的读者能够读出来。读完剩下的部分，也许让人非常失望，但前边的文字因为太好了，它在心中仍然难忘。这样的作品本来应该更好。

一个人写了许多年，写下了几百万字，一根心弦能否一直绷紧，当然是一个问题。一直写那么好，每一个点都盯紧，都激动人心，或许得绷断。那种内在的紧张感，情节的密度，到了某个时候就会放松。伟大的作家也存在这样的风险：他或许没有重复自己，而是在重复所有人。这正是活火山消失的原因。

写作中的“修正主义”

就每个写作者而言，最大的危机就是在漫长时光中的演变。所以有人会像盯住对手和敌人一样，盯住自己不可克服的宿命般的顽症。写作者会修正自己的初衷，那曾经是志向和雄心，是自主自为的勇气。可惜演变还是发生了，这往往是自己说服自己的过程。这就是文学写作中的“修正主义”。最初的那种生命冲动，余波蔓延到后来、再后来，就像疯子一样不可救药，简直有一种燃烧的感觉。伟大的长长的诗章就是燃烧，生命就是一截长长的蜡烛。

同一部书里，如果中间地带较为开阔，整个生命的冲突是拉开了的，或可缓一口气。但这种喘息是不能长久的，作者还要紧张起来，还要准备冲锋。文字生涯会这么紧张？是的，这是一场精神的决斗。有人会列举一些懒洋洋的歌，指出它们令人喜欢的另一种面貌。但这只是审美中的延宕和调节，伟大的杰作不可能一直是那样的品质。在同一作者不同的几部书中，它们之间需要尽可能地拉开距离，这将付出艰辛的劳动。这的确是辛苦的工作，但即便这样读者也未必都能满意，因为他们还要找到新的适应感。

有人谈到自己的写作，常常说一句自谦的话：因为对现实的无能才有纸上的选择。这当然是一种谦辞。人类科技的进步可谓一日千里，但比较而言这些进步较易积累，看得见摸得着，而精神之域却全然不是这样。文学艺术要有一点点进步都是困难的，如此困难的事业当然会挑战更高的心气。

不是耐得住寂寞的人才要写作和阅读，而是经常触摸到寂寞的人才要写作和阅读。写作似乎是非常寂寞的，但是寻找和捕捉那些最为丰富有趣、与众不同的生命，也就驱赶了寂寞。对一部分人来说必须写作和阅读，必须让内心所有的喜怒哀乐、喧哗不安追随倾诉，沉浸在最为热闹和繁华之中，如此而已。就因为不能忍受平庸的人生，精神的创造和共鸣也就发生了。

表面看，创作者与阅读者有很大的不同，实际上并没有那么大的区别。优秀的作家一定是优秀的读者，平庸的作家一定是平庸的读者。不要把创作和阅读对立起来，二者是统一的，或者说，首先是一个大读者，然后才能有好的创造。

（2018年7月8日，于佛山“阅读北滘”读书会）

三　辑

硅时代的读与写

一

就文学而言，日常生活中的、业余的读与写，并不一定就是平易浅近的，倒更有可能抓住文学的本质。就写作来说，在现代，专业写作更多地被纳入诗学和写作学的范畴去研究，这是时代变化所致。业余和专业二者在本质上是相通的，只在形式和仪式感上存在一些区别。比如阅读，现代生活中有越来越多的阅读方式，特别是人人拥有了一部智能手机之后，就把大量时间花在了电子阅读上。如果说现在是一个缺少阅读的时代、我们是一个不愿阅读的族群，很多人都会不以为然：多少人都忙着阅读，连小朋友都在使用手机阅读了。

既然电子阅读也是一种阅读方式，那么可以说我们进入了人类历史上阅读群体最为庞大的一个时代。

然而，如果撇开电子阅读，我们每年用来阅读的时间又是多少？大家一年又能读多少本书？这是另一个切入问题的角度。

可能答案并不令人乐观。之所以这样区分，是因为电子阅读与纸质阅读的区别还是很大的。在考虑某些指标时，电子阅读是不能一并归在一处的。随着时代的发展，阅读方式变得多样，我们不可能永远按照传统的阅读方式去做，实际上使用电子阅读器和多媒体之类既不可避免，也理所当然，比如查询，比如临时完成某些校对和索引等工作。它的确方便了日常的工作和生活，所以数字出版在全世界呈急剧上升的势头。纸质出版物曾一度亏损，但一些著名的出版机构的统计报表显示，大多数纸质出版物开始扭亏为盈，特别是学术、文学类书籍的销售量上升。这至少说明：纸质阅读的传统方式得到了巩固，并在此基础上增加了数字阅读；而数字阅读又进一步激活和补充了传统阅读，这不仅稳定了纸质出版物，还使其有所提升，这当然是好事。

与过去相比，现在的娱乐方式花样繁多，并且不断地翻新和扩大，像旅游、影视、表演、网游、网红、淘宝、微信、竞拍、抖音等，这么多引发兴趣的事物，人的眼睛被吸引到传统纸质书的阅读上，该是多么困难。传统阅读方式退化起来很容易，要取得一点进步就困难了。人人都觉得生活节奏太快，时间不够用，哪里还有时间读书。随着科技的进步，在电子数字时代能够节省出大量时间，好像做什么事情都方便多了；可越是节省时间，越是觉得没有时间，几乎还没来得及好好着手干一件事，一天、一周、一个月甚或一年便飞逝而去。就在这种空前的匆忙中，传统的纸质阅读被手机阅读所替代，深入的欣赏与领悟被碎片化的浏览所击溃。人们开始不停地看手机，随时随地，乘车、散步、吃饭、等车、候机，甚至坐在马桶上，都在阅读手机。可见不是没有阅读，而是方式变了，完整的时间被一再切割，割成很小的单位。

这种切割是有代价的。任何一种事物的进步，一定伴随着许多退步。电子阅读的确方便了我们，可是对于视网膜的伤害是很重的，对记忆力和专注力的破坏是长久的。我们的审美领悟力、对语言艺术的敏感判断力，都会在这个过程中慢慢流失。

显而易见，电子阅读无法从根本上取代传统的纸质阅读。为了开发、提炼和巩固思想与创造力，许多时候还是要倚重书籍。要从事文学写作和学术研究，就更不可能放弃传统阅读，尤其还要专注于经典阅读。经典的力量在于积累和融汇了人类最强大的生命力和创造力，是精神的结晶。这是人类流传了几千年的经验的保存和传递方式，蕴藏着人类文明的遗传密码。

阅读不仅仅是一个方法和形式的问题，而必定与内容紧密相关。事实上闪烁和冷漠的荧屏很难容纳和沉淀深邃厚重的思想，它需要一个人在相对安静沉默中，甚至是孤寂中，面对一个朴实的文本。这个过程是一个整体，不能分解和割裂。那些经过人类长期摸索而产生的生命感悟，那一刻的汇聚和凝结，当转化为一些电子符号被接受时，会发生不同程度的耗损和衰减。对于许多人而言，他们仍然无法从荧屏中触摸那些炽热柔软的心灵。现代读者并不拒绝数字阅读，而只想利用和转化，使之成为有益的辅助。这作为一个问题横亘在每个人面前，谁都无法回避。

我们身处一个技术时代，会因为离得太近而看不清它的局限、它与人文的关系。所有杰出科学家的人文修养都很高，都是一个时代里最富有人文情怀的人。他们那种强大的创造力也来自强大的人文关怀力。我们可以读爱因斯坦文集，从他极具文学价值的演讲与其他文字中，感受和领略高不可攀的境界。他是一个业余的文学写作者，但他的表达力和深邃度都不是一般作家所能抵达的。居里夫人是唯一一位得过两次诺贝尔奖的科学家，她女儿的回忆录中写到其感人至深的最后岁月：由于镭的辐射，手指甲裂开，不停地流血，拿不住东西，但直到最后还坚持读书，读得最多的就是文学经典。原来杰出的科学家是如此锻造淬炼出来的，他们都不是简单的技术主义者，而是一些具有广博气度和超常审美力的人，始终高度关注人类的精神状况。

我们的眼睛牢牢地盯紧技术，盯住芯片、医药、空间技术之类，却不能忽略产生这些的人文土壤。这是一个长期培植的工作，是一个族群的精神信仰以及原动力，尤其要重视全民的阅读状况。以色列是一个人口与面积很小的国家，却是阅读力极强的民族，这片土地上产生了那么多科学家、思想家和作家。一个族群的人文素养如何，从人的神情气质、举手投足间便泄露无疑。一个族群的基本素质存在问题，即使拥有一流的技术也不能持久，更不能转化为巨大的创造力。提高整个社会的文明程度，这既是民族尊严所在，也是一个民族创造力的基础。我们进入了硅时代，这个时代将对人文水准提出更高的要求。

二

观察和检验一个地区的阅读品质，图书馆是一个重要的窗口。调阅一个月或半年的借阅记录，便可明白该地区纸质书的阅读比例，通常可视为一个重要的指标。还有一个指标，就是要看借阅了哪些书籍，比较文学经典和通俗文学的比例。武侠与情爱小说、社会谴责小说、市井小说等当然都可以读，只要价值观正确，用来娱乐无可厚非。但如果把大量的阅读时间都花在这一类书籍上，也会是一个问题。

应该珍惜阅读的机会，因为有时候会觉得这是一件奢侈的事。如果能关上手机，独自安静地坐一会儿，不被各种事情打扰，一杯茶一本书，是多么难得的幸福。时间宝贵，属于个人的时间和空间就那么多，如果在这样的时候读一些非常肤浅的文字，就有些不划算了。所以第二个指标，即借阅哪一类书籍也很重要。前段时间一个公众号平台发布了一则信息，把两个地区一年借阅图书的名单相互对应列出：一边是通俗流行书目居多，另一边则是大量的经典。

还有一个窗口，就是看候车室和候机厅的阅读情况。去国外，有些国家较为贫穷落后，但会惊讶地发现，这里读书的人也很多，而且都手捧书籍，看手机的人很少。这与我们所预料的情况大不一样。我们平时看到的是，各个候机厅候车室里的旅客基本上都在摆弄手机。手机读经典很困难，大多是碎片化的文字，是新闻八卦之类。事实上，日常生活中的阅读，更能呈现一个族群的人文素质水准。

前段时间我们听到有人在大学里讲话，谈的是技术的飞速发展给人类带来的无限希望，从北美和欧洲一路讲到国内。其中的一个主要观点，就是技术决定一切，决定人类的未来，而不是其他任何东西，尤其不是文化。不知这里是怎样定义“文化”的，将科技排除在“文化”之外，就有点怪异了。讲者向听众提了一个问题：现在大学里还能找到大师吗？为什么过去产生了那么多大师，现在没有了？要回答这个可不是一两句可以说得清的，但马上给出的答案是：凡是大师一定记忆力好，占有资料多，一般人不可能做到；现在完全不需要了，因为我们进入了硅时代，一个小小的芯片就可以存储海量信息，每个人都可以随时查到。这就是硅时代与纸时代的区别：“纸时代即将告别，硅时代已经到来，所以现在大学校园里再也不会有大师的身影。”

这样的判断，方法与立场，还有价值观，令人惊讶。将技术决定论推到如此极端的地位，以前人们连想都不敢想。人们当然知道技术的重要，也知道在一个时期集中力量解决某一方面的技术瓶颈是大事情。现代生存与生活不可能离开技术，这对于一个民族、一个时代和一个国家当然重要。但是我们也要提出一问：既然技术决定了一切，那是什么决定了技术？

唯技术论者没有回答这个问题，甚至专门指出“文化”不是决定的力量。把技术凌驾于文化之上，就忘记了技术只是文化中一个很小的单元，是文化之母的一个产儿、一个分子、一种文化现象而已。文化不能决定其他，反而由技术决定，这是多么大的昏聩与混淆，其实不过是我们所熟悉的那种“技术主义”。技术是好东西，但“技术主义”一定是坏东西。“技术主义”相信技术能决定一切、解决一切。他们忘记了一个拥有强大技术发明和创造的民族，一定是具备了良好人文素质的。

学习西方先进的思想和技术，中国知识界从清末民初就有过一个“体用”之争：一部分人认为“中学为体，西学为用”，只学习其他民族有用的技术就可以了，让它为我所用，比如学来西洋的船坚炮利就可以获得强大的国防，而中国的传统文化则是不可改变的本体。其实，只要是人类优秀的文明成果，借用鲁迅先生一句名言，就是“拿来主义”，都要学习。东方的现代化离不开西方的先进思想，如果只盯住技术，就只能学到皮毛，永远跟在人家后面爬行。

先进的技术一定是建立在强大的科学思维基础上的，如果偏离了理论基础，一味地追求技术，最终一定是失败者。西方如果没有牛顿、爱因斯坦等著名科学家的理论建树，没有基础科学的突破，现代技术便无从得来。短视的目光只会盯住人家某一门先进技术，而忘记它是经过了一个族群千百年的活泼创造力的培植与锤炼，是不懈追求真理的结果。这种巨大的发现力源于一个群体，表现出来的只是某一些个体。最高的科学目标绝不是机会主义者可以抵达的。无论是一个民族还是一些个体，其创造力和认知力必定来自上下求索和日积月累，来自对真理的热爱。

有人认为跨入“硅时代”即可告别博学与记忆，大学校园里不会再有大师。“硅时代”竟然意味着不再需要阅读与领悟，意味着知识唾手可得。大师固然要博闻强记、占有丰富的资料，然而大师之所以是大师，其根本原因绝不会是仅仅占有更多的资料，而是在此前提下具备罕有其匹的创造力、洞察力和发现力。“硅时代”让全球信息资源共享，每个人都可以进入网上搜索，却无法拥有大师的那种创造力。把大师简单地归结为资料占有者，与技术决定论的观点同样浅薄。如果把整个社会和人类比作一棵大树，不能只看到地表之上的壮硕和繁茂，却忽略土壤之下纵横交织、密集发达的根系，忽略了这个广布深入的吸纳系统。所以我们不仅要看表面，还要知晓根本。一个族群的生存与发展最终取决于人文水准，而这是一个艰难持久、沉重缓慢的积累过程。

无论是高超的技术还是丰富的物质，离开强大厚重的人文土壤，一切都将得而复失。在人类几千年的历史进程中，某些族群的经济与科技曾经不止一次领先世界，可最终还是不堪一击，其深层原因即是丧失了最重要的人文积累。

三

阅读包含的内容很多，深刻地理解阅读并不容易。观察一个读书群体，比如到大学图书馆浏览一下借书目录，看看本科生、硕士生、博士生和教授们都在读一些什么书籍，就能了解这个时代知识分子的精神高度。如果连这里也成为通俗读物的主要集散地，其他方面又会怎样，一切也就可想而知了。济南有个“周三读书会”，它已经坚持了十年之久，每个星期三晚上都有一些读书人聚在一起，十年来风雨无阻。别说一周一次，就是每月一次，能够坚持十年也是困难的。有了这样的读书会，我们就可以无愧于杜甫那句有名的鉴定了：“海右此亭古，济南名士多。”

济南有很多民间读书团体，以各种形式自发组织，从事文学哲学研究。这不是提倡与否的问题，而是一个地方长期人文积累的结果，是文明传统延续至今的自然呈现，是非常了不起的。没有强烈的求知欲，没有精神追求，没有对真理的向往，就不会有此类现象。

阅读是一次又一次的选择。我们知道，“开卷”不一定“有益”，阅读也会造成伤害。事实上大多数人都有被阅读伤害的记忆。一个写作者文字中的许多毛病，包括日常生活中的某些缺点，有可能就来自不好的阅读。劣质读物破坏人的判断力和审美力。经典的意义就在于经过了漫长的时光，可谓历尽曲折，逐步认知，在循环往复的过程中逐步积累下来，更有可能包含一些最有价值、最能体现人类智慧、最具警醒意义的重要记录和启示。它们能让我们在短时间内领略几千年智慧的结晶，使我们与无数人的生活经验、生命体悟发生交流、比较、交换和印证，可以看成一场场丰盛的人生大宴。

纵观古今中外写作史，难以计数的个人言说、创造，只有极少数能够成为经典，经受时光隧道的熔炼磨砺而得以保存。这意味着一个时代最高的认知，具有巨大而强烈的表现力和说服力，是一种相对完美的呈现。这些经过上千年淬炼的思想精华，与一个人发生对接，是一次多么重要的人生机遇。

思想的认知，特别是艺术审美，有时候需要时间来决定。“大众喜闻乐见”，这从一般意义上看是对的，但仍然还要等待更严苛的检验。一个时期的流行读物未必是好的。俄国的赫尔岑曾应邀出席一个晚宴，席间被轻佻的音乐弄得心烦，不得不用手捂住耳朵。主人说：“今晚演奏的全是俄国最流行的曲目，您怎么会厌烦？”赫尔岑反问：“流行的乐曲就一定高尚吗？”主人有些疑惑：“不高尚的东西怎么能够流行呢？”赫尔岑问：“那流行性感冒也是高尚的了？”

当然，流行性感冒和流行音乐毕竟不同，但也可以从某个侧面说明：被广泛接纳的未必就是最好的。事实上，那些深邃的思想和高超的艺术，很难在极短的时间内同这么多人达成共识，那些需要更高的智力和心力、经过长期探索才能挖掘到的精神与思想的矿藏，也不会如此迅速地普及到千百万人中间。

可见文学艺术经典不一定是浅显易懂的，在它们刚刚问世时，常常并不为大众所关注，而只被少数人认可，或依靠口耳相传，在相当长的时间内得到诠释，直到为更多的人接受。比如，打开现代阅读史，会发现绝大多数流行读物都是短命的，像民国初期的章回小说、鸳鸯蝴蝶派们，大众知名度和影响力远超鲁迅等人，其作品的印数之大可想而知。但不到一百年，情况完全反转过来。

一本书十年间的印数远超百万或几百万，不必作为一个重要的指标。就阅读史而言，十年短暂得简直可以忽略不计。一部经典需要经过百年或几百年的鉴别。由此看阅读要有一个高远深长的眼光，绝不能一拥而上追新逐时。有人认为读书无非就是打发时光，可是我们的一生有多少时间？随意消耗一次性的生命，没有精神的成长和进步，是至为可惜的。

四

一部杰作的产生，好像只是一个现象和结果，通常人们对它们产生的细节并不在意。这中间一定有一个复杂的过程，要具体认识和分析，不能代以简单化、抽象化和概念化。创造者看取问题的方法与立场，日常生活内容与恪守，都需要关注。比如，当人人都沉溺于碎片化的阅读而不能自拔时，有人却能关掉手机，塞住喧哗的门窗，保留一块静思之地。这就非常了不起。有人阅读的书籍，是许多人没有听说的十分偏僻的著作，而更多的人正通过手机电脑寻找一些快餐读物，这与沉淀了几百年几千年的精神与艺术的结晶当然不同。

阅读如此，其他方面又怎样？能够自觉地与那些不健康的、荒谬的与恶俗的东西保持距离并不容易。作为一个人可以沉默，但不能尾随和苟且。同情弱者，拥有正直的朋友，对勤奋的劳动者充满敬重；远离热闹时髦之地，躲避无聊的聚会；追求洁净的精神生活，保持朴素的人际关系。具体分析下来，会发现自己的弱项。不能只看结果不问过程，认为一切只是偶然和幸运。不会那么简单。

怎样度过生活中的每一天，怎样对待眼前的诸多问题，怎样处理它们，积累下来，决定着一个人的生命品质。

每个人都面临生活中的大小是非，必有立场与判断。是否疾恶如仇，有无热爱和愤怒，心灵向何倾斜，必有自问。一切须从眼前做起，这关系到每个人的坚持。从眼前做起，从点滴做起，从阅读做起，这就是生活。

阅读的改造力非常大。年轻的时候读林语堂先生的《苏东坡传》，这本人物传记占有许多史料，通过它可以眺望遥远的时代。我们发现过了一千年，人性仍然是相通的。一千年来的社会状况、人际关系、是非善恶等方面，仍有很强的一致性。从这本书中会发现，古代的官场应酬十分有趣，那时的仕人饱读诗书，相互间常以诗词赠答。苏东坡每到一个地方，都与当地的官员名士们唱和，诗篇中留下了生活的足迹，构成了绚丽迷人、波澜壮阔的一生。不仅是苏东坡，陶渊明、李白、杜甫、白居易、韩愈、杜牧等莫不如此。这让我们想到一个问题：如果今天的人也能够这样该多好，这样的生活真是浪漫雅致，记录的方式又多么有趣。我们从事文学专业，却大多没有这种能力、欲望和兴趣，这是一个问题。

古代的人为什么能够那样对待语言文字？他们的写作伴随日常生活，比如苏东坡的《食雉》《试院煎茶》《湖上夜归》《无锡道中赋水车》《谢郡人田贺二生献花》《月夜与客饮杏花下》《杜介送鱼》《豆粥》等。文学的力量可以教化人、指导人、规范人，画一道底线，提醒一个人在文明社会中哪些事情可以做，哪些事情不能做，哪些事情必须远离。有些事情做了或许谁都不知道，但会引起个人内心的长久不安，这就是文明的作用。所以如果我们只是将文学当成一个专业去对待，就大错特错了。“自古文人多良吏”，在古代真正意义上的文人并不是专业作家，但他们有非常严格的遵守与节操，往往是一个清廉的官吏。他们个个学富五车，文明也就日夜帮助和训诫他们，一代代传递下去。一个没有教养的官场、没有教养的权力阶层是非常可怕的。读书会发现，古代的贪官污吏大多没有才华，缺少教养，当然也有极少数例外。所以我们强调文明的教化，提倡全民阅读，起码是为了保证我们能有一个好的生存现状，更有一个好的未来。

古代没有专业作家，名篇大多是官员们为政之余写出来的。当时的官员们主要写诗和散文，基本上不写小说。雅文学传统就是这样形成的。文学在漫长的时间里发生了一些有趣的变化，小说成为主流。但一个初学写作者，开始往往还是要写诗，后来散文渐渐多起来，最后才写小说。诗歌晦涩不容易为读者接受，但少一些功利。业余作者常常会写一些散文，记录自然景观和风土人情，累积下许多游记和随笔。有人随着年龄的增长就更多地写诗，每到一个地方会留下几首短诗，篇幅短小却内蕴丰厚，回头一读会联想起许多情景。诗不仅记录彼时彼境，还记录了难以言喻的思想情感。文字缩短了，记录的内容却扩大了。这个时候我们就更能理解那些古代文人，他们为什么见面和分别的时候要写诗，因为重逢实在不易，也只有诗才能够表达、尽兴和囊括。可见写作最好还是从诗开始，以培养深刻的表达力。诗是最接近音乐的文字艺术。当我们欣赏音乐的时候，让心灵与旋律得到沟通，思维会飘向遥远的地方。遐想不只为音乐旋律所规定和引领，还会渗入个人的生命体验，最大限度地激活想象力，引领精神。

五

诗的含蓄凝练，使其言有尽而意无穷。写诗可以炼字炼意，拓展精神空间。写作从诗起步是幸运的。有人业余写下了许多文字，散文和诗占去了大部分。写作，关键是质量不是数量。一个人可以用文字表达自己的虔诚和谦虚，他的自我感觉并非时时良好，常常有几分谦逊气。谦虚不是一种姿态，也不算多么崇高的品质，或许还是一种“自私”的表现：为了追求更大的进步，获取更多的经验和智慧，就必须询问、倾听和吸纳。

勤奋学习的人很“自私”，总是利用一切机会向书籍、向他人索取。写作从短诗短文开始为宜，而不必写大部头，不然文字就会粗糙。只讲一个曲折的故事，文学品质不会高。作为语言艺术，离开了高品质的语言，其他就谈不上了。作品的思想、情节和人物塑造都需要语言去完成。所以学习写作一定要盯住语言，从语言开始。

在日常阅读中，首先入眼的也不是故事情节和思想观点，而是语言。一切优秀的文学作品都是语言的实现和完成。最高的阅读还是语言的阅读，读懂了语言，便能进入作品的深处，被其思想、情节和人物深深打动，才能审美和感悟，获得更高一级的阅读体验，感受独有的思想内涵和艺术魅力。高素质的读者不太读通俗作品，因为相对来说故事稀薄，缺乏饱满丰盈的细部，人物塑造也过于简单，很少揭示人性的曲折幽深，思想没有紧扣时代之弦。真正意义上的文学写作，高超的语言艺术，极小的篇幅内就充满引人入胜的细节，是一寸一寸抵达情节单元的。

无论是阅读还是写作，未必是一个人生活最顺畅、物质最富裕、精神最愉悦的时候。古今中外许多文章大家都是在苦难的人生阶段里写下了巅峰之作，像杜甫的《登高》《春望》《北征》《春夜喜雨》《闻官军收河南河北》等，就完成于颠沛流离的“安史之乱”；苏东坡最为人称道的《念奴娇·赤壁怀古》、前后《赤壁赋》，是经历了残酷的“乌台诗案”之后。还有美国的杰克·伦敦，在生活最贫困的时候阅读量巨大，并写出了《荒野的呼唤》，这是他一生中最好的作品；当拥有了名声和财富，买下个人游艇、盖起豪华别墅，那穿行于字里行间神秘而巨大的力量，竟然像水汽一样蒸发了。

的确如此，一个作家对于生活与人性的深刻洞察和理解、感悟和表现，往往生成于最困难的时期。随着生活的改善、地位的提高，在轻松惬意之下还能够写出激动人心、心弦紧绷的文字，那就更加伟大了。判断一个作家，也包括其他领域的人士，既要看他在艰难境况下能否做出有意义的事情，还要看他取得成功之后能否挺住，这是非常重要的指标。

文学写作既是一门专业，又是生命最基本的属性。不能把文学当成物理和数学来对待。北宋年间有一篇影响广泛的启蒙读物，叫《神童诗》，开篇就是："天子重英豪，文章教尔曹。万般皆下品，惟有读书高。少小须勤学，文章可立身。满朝朱紫贵，尽是读书人。"可知古代的官吏大多写有一手好文章，都是业余作家。追求美和诗，既是一种高雅情怀，也体现了抱负。"穷则独善其身，达则兼济天下"，文学是每个读书人必须具备的能力。文学囊括了政治、历史、哲学、美学诸多方面，文学修养越高，实现个人理想抱负的希望就越大，它作为生命综合能力的体现，审美力和创造力的高低，也意味着施政管理能力的高低。

"妙笔生花"这个词，通常指文笔生动优美，实际上还包含了另一层意思。手中的笔是听大脑指挥的，有时候会发现它自有能力，这是一种神秘的惯性。这种能力有益也有害，因为文笔娴熟能让其生花，然而这种"花"却没有生命力：没有心灵的浇注，徒有花的形体。所以当一个人练就了一支生花妙笔，又能认真思考，全力以赴，让笔与心紧密结合，才有杰出的创造。

通过写作把尽可能多的事物记录下来，十分重要。它是我们生存的证明和依据。生命是一次次记忆和体验过程，阅读与写作能够拓宽和延长这个过程。阅读可以领略另一种生命风景，写作能够贮存生命的记忆。二者相加，才是饱满丰盈的人生。

（2019 年 3 月 15 日，于济南文学讲堂）

文学的兴与衰

谈文学的兴与衰，其实是一个超越专业的社会性话题，它常常近在眼前。人们有时要问起，现在正处于文学发展的哪一个阶段、文学与当代生活的关系、文学的未来，等等。

关于这些，让我想起一位八十六岁的老友，他是一个文学评论家，现居加拿大。在二十世纪五十年代，他曾接受了一个光荣任务，就是每天带着一条麻袋，去机关工厂和乡村收集文学。当时的形势实在不错，他一个星期大约可以收集到两大麻袋。今天来看，会觉得这种事情不可思议，但在当年属于一种十分正常的工作。那个时期，一些领域存在“大跃进”，文学也不例外。我不久前曾见过一本淡绿色封皮、印刷精良的五十年代的正式出版物，它堂而皇之印出的书名为：“亩产水稻七万斤栽培技术手册。”这本书就是关于实现它的具体步骤和方法的科学著作。今天我们会觉得有点黑色幽默，可在那个时候就能出现这样的印刷物。

从二十世纪用来装文学的几条大麻袋，到今天网络上奔涌不息的海量文学作品，写作者从数量到其他各方面，包括出版发表的方式，都发生了巨大变化。有人说今天不得了，也许有一百万个写作者。其实何止一百万，要有数百万。记忆中，二十世纪七八十年代，国内一年要出版几部长篇小说，而现在年产一万部都是平常的。可见我们的文学写作仿佛又来到了一个“麻袋时期”，不同的是这“麻袋”变得更多也更大了。

我们能否据此给出判断，说当代文学正处于一个空前的兴盛繁荣期？

当然不能。因为文学属于个体创造，它是非常个人化的，不能以群体、以数量来论断，一些表面现象完全构不成衡量和判定的标准，尤其说明不了它所达到的高度。有时候，某个时代似乎真的产生了许多了不起的作品，出现了一些激动人心的作家；但是过了许久之后回头再看，当年的结论大多不能成立。原来那些作品并无更高的文学价值，当年的“轰动”或“影响”，只是一时的；它们也许会被当成一种文化事件和文学现象记录下来。显而易见，经过一段时间的沉淀，冷静下来之后，就会有另一番评价。所以文学不能够仅仅以一个时代、一个时期的道德标准和审美趣味去评定，因为时代会发生变化，对文学作品的判断，一定会因时代的变化而发生变化。原来文学存在一些恒久的指标。

文学的兴衰同整个社会的经济发展、环境安定以及其他，必会存在某种深刻的联系，但是如果把诸种因素作为具有决定性的力量去看待，由此得出一些规律性的结论，还需要相当复杂的分析和鉴定。比如，中国历史上有一些非常昌盛的时代，所谓的“盛世”，像唐代、北宋、明清的一些时期，当时的科技水平、经济发展和城市繁荣，许多方面都被一再地说到。这几个朝代的国民生产总值在世界上占比之高是惊人的，社会的宽容度也为人称道。那时的确产生了许多杰出的作家和作品，我们一开口就可以列出一长串名单。

如果以此为据，将其作为社会与文学关系的断言，作为通论，还要谨慎一些才好。因为我们还会发现一些截然相反的例子，如战乱频仍的春秋战国、三国两晋，这都是民不聊生的时期，人民蒙受着极大的苦难。但也正是这样的时期，竟产生了《诗经》《楚辞》、诸子百家和建安七子，出现了孔子、孟子这样伟大的思想家，更有陶渊明、谢灵运、鲍照这样伟大的作家。甚至像军阀混战抗击外辱的民国时期，也产生了繁荣而杰出的现代文学。

放眼世界文学也是同样。以苏俄为例，托尔斯泰、陀思妥耶夫斯基时期的俄国，白银时代的俄罗斯，在这些严酷的社会环境中，都产生了难以逾越的文学高峰。战乱与安定，冷酷与宽容，似乎既无法阻挡天才的光芒，也不能保证时代杰作的问世。

由此可以发现，文学的兴衰虽然有迹可循，却相当曲折和隐晦。在这方面，教科书的表述还嫌简单。它大概取决于一些极复杂的因素和条件，甚至不完全由社会体制和人类的生存状态所决定，要理解它，可能需要更高超、更细致、更耐心、更复杂的把握。

我们作为当事人或专业研究者，极愿意总结和归纳出许多文学的规律。我们将从社会、政治、经济的因素及诸多的综合当中，去寻找常理和原理，发现一些必要的条件以及相互间的关系。这甚至成为我们的文学史赖以存在的基础，是文学和文化的理性把握，更是一个无法改变的方向和路径。这些都在情理之中，因为没有这样的努力，就过于消极了。事实上，我们仍然可以有所作为，有自己的学术空间。

不过令我们多少感到尴尬的是，只要总结出一个典型的案例，便有无数相反的案例出现在面前。结果只能是自己跟自己争执，最后发现，要得出一个不可更易的结论或判断，原来如此之难。可见文学的兴衰在很大程度上并非取决于我们的意志，也常常很难从某个局部、某个时代去判断。许多年来，不断地有人讲文学的黄金时期来临了，从二十世纪五六十年代到现在，不知出现了多少次类似的“时期”。

同样，我们也会时不时地听到“文学即将死亡”的预言，还有人戏剧性地召开了“诗和文学的追悼会”，通过这种行为艺术来表达绝望和悲观的情绪。如果我们看一下文化的历史，又能发现在欧洲，比如世界艺术之都法国巴黎，有人早在几百年前就做出了类似的判断：文学已经死亡。

许多年过去了，可见无论是说“黄金”还是“死亡”，都未免言之过早。造成这些失误的原因，既在于我们的判断过于局部，也过于冲动和自信。这就需要我们一再地拉长焦距，站到更高更远处，把参考的坐标放得更大。

看看我们绘制的地图或地球仪，上面布满了纵横交织的经线和纬线，有点像修葺整齐的田垄。是的，地球不过是宇宙中的一片土壤，它有各种各样生长的机缘和可能。由此我们会联想到，何时何地、缘何在这片土地上播撒一把天才的种子，这个主动权并没有掌握在人类的手中。那或许是一种未知的力量：什么时候播种，播种在哪一个空间，我们并不知道。但是这种子一旦播撒下来，就会生根发芽，朝着预期的设定生长起来。

这就是伟大作家和作品产生的原因。或许有人会认为这是虚无主义的“唯心论”，是消极的不可知论，但又苦于无奈，因为这的确是一个客观事实。其实宇宙由物质组成，探究物质运动的奥秘，正是有人认可的唯物主义“科学”。人类尚未把握蕴含其中的某种规律，却不能否认它的存在。由此看，这也算作一个唯物主义的思维方向。

我们既然无法左右那些发生在宇宙间的大事情，也就只能管好自己：努力地写好每一个字。

文学是一个至大的事物，而作为个体的人类，是非常渺小的。以极小判断极大，往往是卯不对榫的。所以具体到个体，完全可以不必过于紧张，不必惶恐不安，只要做好自己就可以。要学会从容，习惯于把那些天大的判断和结论留给具有宇宙意识的、目光宏巨的人去做。作为一个写作者，既然选择了文学，就只好诚实谨慎、脚踏实地去工作。

写作是一种心灵之业，它需要正义感，需要勇气和抱负，需要至死不渝地追求真理的信念。尤其是技术飞速发展、日新月异的时代，什么网络新媒体等，4G 完了来 5G，一切似乎都不得了。但是我们沉静下来就会发现：所有变化快的东西，都是相对容易的那一部分。文学艺术的变化就非常慢，直到今天，我们也很难看到它发生了什么根本性的进步。像屈原、李白、杜甫、苏东坡、陶渊明这样的大歌者，像曹雪芹、鲁迅、莎士比亚、雨果、托尔斯泰这样的大作家，都是一座座难以逾越的高峰。文学不可以奢谈进步，因为它属于精神道德和艺术的层面，这是人类社会中很难进步的部分。

人们难免对技术感到恐慌，有人见过身边的例子：一个天赋很高、前途不可限量的文学少年，到大都市读了几年书，就被信息时代的飞速变化吓坏了，结果再也写不出东西。甚至个别具有相当成就的作家，也受到了“信息时代”的惊吓，一时不知所措，以至于长时间无法动笔。被所谓的“信息爆炸”窒息了灵感，从此再无艺术冲动，看来真的会发生。

其实什么时代都需要诗，需要诗性表达，这是科学技术不可能取代的。从事文学者不能杞人忧天，他只需努力工作，写好自己的每一个字就好。

前边谈到的抱负和勇气，今天看就尤其重要。如果说年轻好胜，随着岁月的流逝，功利心也该淡下来了。文学的抱负不是那些世俗功利，那毕竟是不可靠的。文学对于个体来讲，可能就是不停地通过这种特殊的劳动方式，不断寻找和印证个人存在的意义。这既是一种心灵的安慰，又是阶段性的实现方式和生存方式。辛苦而快乐地面对自己的文字，有时候会不自觉地达到一种目标，那个目标或许才是很高的。为奖赏和荣誉去写作，未免太过功利化；为所谓的永恒去写作，也是一种功利。只要奔向功利，就会拘束飞扬的才情，折损诗性。

文学有自身的特殊标准，也就是说，首先应该是文学的，然后才是更好的文学。但是伟大的文学不能光凭文学标准去判断，也许还要超越文学。但这种超越一定是建立在文学的基础之上。更高的抵达往往是不自觉的，太清晰的功利目标只会适得其反。放松和自然一些，比如通过一生的劳作，一步一步抵达、一步一步提升，这大概才是更高的文学抱负。

文学的确离不开勇气，比如经常说的勇敢和正义，它们总是摆在每一个作家面前。面对社会问题，个体与客观环境之间的紧张关系，焦虑和愤怒，热爱和痛苦，强大的生命张力，存在于任何一位好作家的身上。但这一切的表达需要是“文学的”。有时候我们判断一个作家的勇气，不需要看很多，只要看语言就够了，因为这里讨论的是语言艺术。一部作品写了那么多的愤怒和呼号，如果语言是粗劣不堪的，就很难说具备了“勇气”。浮浅的机会主义者是没有时间和耐心经营语言的，而没有这样深沉的勇气，也就难以接受时间的验证和磨损。

判断作家的勇气，首先要看其语言是不是进入了自己的旋律，是不是一如既往地、像奋斗初期那样忘我地、苛刻地对待每一个词语和标点，是不是还在呕心沥血地工作。如果一改常态地溃散，不再能够保持和进入个人的语言系统，没有始终如一的较真与工心，就谈不到文学的“勇气”。因为这需要付出生命和心血，需要数十年如一日的坚守，这种坚守其实正是一种道德原则。

这里说的勇气是与信念连在一起的深沉，而不是一时的尖叫。这与对待真理的态度是完全一致的。鲁迅先生的一篇杂文叫《致山西榴花文艺社的信》，或许是触到了真谛。他说：“新文艺之在太原，还在开垦时代……别处不明情形，或者要评为灰色也难说，但可以置之不理，万勿贪一种虚名……非真勇也。”波兰诗人切斯瓦夫·米沃什谈到自己那些“愤怒的朋友”时，说道：“他们除了愤怒什么都没有了，就像一枚空心的核桃。”鲁迅所说的“别处”，米沃什所说的“空心”，都值得我们深长思之。

文学家的勇气就是一生坚持追求真理，与各色机会主义界限分明。这是一场十分漫长持久的事业，首先需要面对自己，这需要极大的勇气。

一般来说，那些“盛世”的受益者是写不出好作品的，可也的确有“桂冠诗人”写出了不朽的杰作。同样，再严酷恶劣的社会环境也不能压制天才的诞生。苏联的索尔仁尼琴、帕斯捷尔纳克，在极其艰难的情形下写作并有杰作产生。也许索尔仁尼琴算不上是一个伟大的作家，却是一位不可或缺的大劳动者、一位勤奋过人的文学记录者。他曾把写好的书稿藏起，时时冒着生命危险。帕斯捷尔纳克郁郁而终，《日瓦戈医生》和一些诗篇却成为令人瞩目的时代经典。中国历史上发生过著名的“乌台诗案”，那是北宋年间一场荒谬残暴的文字狱，曾有三十多名文人被流放、革职、责罚。当时苏东坡正在湖州任上，堂堂太守“如驱犬鸡”，被五花大绑拉到京城，精神和肉体经历了难以言说的凌辱和折磨，差点丧命。然而这之后他却写出了千古流芳的《念奴娇·赤壁怀古》和前后《赤壁赋》。

可见个体生命是多么顽强，有些种子一旦播下，就要完成自己的使命。伟大的生命无可遏制，真正的天才勇往直前。

所谓文学的兴衰，实际上既是在谈一种不可预测的命运，也是谈个人的坚守。对于一代作家而言，他们面临的考验不仅是年龄和身体，还有一个惯性写作的问题。到了一定的时间，生活阅历和创作技能会有相当丰厚的储备，这时笔下或能“生花”，也就是说，只凭惯性就可以写出大致不错的作品。就今天的文学交流而言，外国技法再加上自己的一点苦难经历，像勾兑白酒那样制作一部小说，可能并不困难。不过这种简易，也埋下了最危险的隐患。

作家到了中晚期，也恰恰走到了奋力开拓之期，不仅需要变得“凶猛”，而且更加需要沉着，需要蓄养中气。这时候或许不必热衷于文学潮流中的时髦，更应接续和消化中国几千年来的文化积累。这是一个非常艰苦的持守过程。

虽然中国小说的雅文学传统十分单薄，但传统中有诗，有诸子百家、《史记》，还有一部《红楼梦》和《西游记》《水浒传》《三国演义》。后三部是民间文学经典：代表一个民族最高水准的文学，不可能是通俗文学，而只能是雅文学，它们是个体文人的写作。但民间文学也应该在这种价值体系之中，因为它还不是通俗文学，而是经历了漫长的时间和无数的智慧。不能笼统地谈四大名著，而要进入具体的分析。就此，刘再复先生有过论述，是极具发现意义的：《水浒传》和《三国演义》作为民间文学有了不起的文学成就，但这两部书对于中国民族性格的塑造有很大的负面作用。一个讲“义气”，一个讲“计谋”。“义”一旦与“正”分离，就变成了极坏的东西。只讲计谋和机心，只讲目的不讲手段，那只能是流氓强盗所用，而绝不应该是一个优秀民族的价值观。

当下处于一个全球化时代，我们可以广泛吸纳世界文学的宝贵财富，同时也不能割断传统文化的联系。而今正值这样的时刻：无论文学之“兴”“衰”如何，只有让个人的劳作变得深长久远，远离各种机心和机会主义的腐蚀，才是一条正途。

（2019 年 4 月 17 日，于香港科技大学）

小说的两个问题

小说家是各种各样的，不能简单或轻易地论断哪一种更好。但具体到一部作品或一个人，仍然会感受气象的不同、格局的不同。写作者心中是否装了大事，并不完全表现在题材的选择上，不一定选择所谓的宏大叙事、涉猎重大的社会问题。

今天的写作者也许不得不考虑文学与人、文学与社会，还有个人的文学实践与古典主义、现代主义潮流之间的关系。文学是心灵之业，它要求作家打开精神的地平线。狂热地追求技术实验，并不意味着淹没其中，而是要浮上水面，极目远眺。

民族性和世界性

“越是民族的越是世界的”，或者说“地域性即世界性”，这种说法长期以来都得到了认可，几乎没有什么争论，教科书中也不断地引用，好像很少有人去质疑它们。通常认为一部作品越是充分地表达了地域特色、风俗人情、日常生活，越是特异和鲜明，就越是能够融入世界文学的格局之中。有一个简单的道理：重复注定要被剔除，它们不会被人注目。我们都明白，作为东方写作者，其作品不可以与西方呈现同质化倾向，这样既写不好也留不下，更不会成为世界文学的组成部分。

如果把范围再缩小一下，不讲东方与西方，只具体到一个人的写作，他的生活场域，会发现许多当代作家，正紧紧咬住福克纳所说的家乡那个“邮票大的地方”，写个不停。因为通常认为，只要把它写透，就是写了整个世界、整个人类。那块不大的土地上发生了什么，只有这个作家才有讲述的权利，因为他知道得最多。这一小块土地上的人性奥秘、生活奥秘，最终将被他用各种方法不断地诠释、不断地表现，仿佛倾其一生都难以写完。它可以具体到一个县城、一个小镇，甚至是一个更小的村庄。这在外部世界看来真是有趣极了。所以这里好像真的能够证明：越是地域的越是世界的。

然而今天要谈的，正是这个命题中的荒谬部分、不准确和不全面的部分。实际上，对这个命题哪怕稍有误解，就会发生极大的误导，所谓的“差之毫厘，失之千里”。

正因为关于“地方性”与“世界性”的说法已经成为教科书上的一个“原则”、某些人口中每每援引的一个“尺度”，所以就变为了作家笔下的一个“法宝”。东西方的部分写作者都在运用，他们牢牢地记住了这句话的奥妙，心知肚明，认同它所包含的毋庸置疑的真理性。然而这就导致了一个偏向：作家在整个文学实践过程中毫无警觉地、不加选择地、放肆甚至完全依赖这种“地域至上”，倾其一生或大半生，来突出这个“地域性”。由此一来，他们忽略掉的却是另一些更为重要的东西：对整个人类文明发展真正有益的、向上提升而不是向下沉沦的这样一些元素，是这样的一些价值观。

把突出“地域性”视为毕生追求的、文学生涯中最重要的风格与内容，一定会泛滥出毫无节制的“地方特色”，于是所有的奇闻陋习，粗卑与色情，脏腻与暴力，闻所未闻的骇人怪异，都将囊括进来。文学没有什么不可以表达，也无须刻意回避，只是仍有自身的禁忌和分野。文字背后仍然时刻存在一个潜在对话者，他作为一个生命，他的心地、正直与悲悯的气质，诸如此类的不同呈现。

事实上，那些违背人类共同向往的美和善，戕害或割伤被认为是普遍持守的生存价值的部分，最终一定是无法融入世界文化与文学的精神格局之中的。仅仅是惊悚和肮脏的传奇，充其量只能逞一时之快。世界文学和人类文明不会接纳愚顽与丑陋的“地域性”或“民族性”。

那种依赖“民族性”和“地域性”博取功利的策略，不过是一种机会主义。写作者有更重要的功课要做，那就是贯穿一生的对真理的专注、对美善的追求，这些都需要于质朴劳作中去不断地寻索。进入这样的过程，才会自觉不自觉地触碰到永恒。这是一种可能性，这种可能性一旦降低，作家的文学抱负也就随之降低，所谓的勇气也要大打折扣。

说到文学抱负，有人认为不为眼前的荣誉和利益写作，而只为“时间”和“永恒”去写作，那总算很大了。为“未来”与“人类”，这真的足够大了。可是“未来”和“时间”中含有哪些标准，这一定需要在写作中具体化，于是也就带来了新的问题：时代和个人都是有局限的，而我们所选择和制定的那个远大目标，接下来还要有落实的步骤与方式，它将引导和制约我们的行为。我们难免陷入盲区，然后失去自由。

就艺术创造来说，没有什么比放松和自由再好的东西了。有所追求，却不被它紧紧束缚。秉持一种开放和质疑的态度去设定目标，始终怀有一种严肃和敬畏，这样长期实践下去，也许会触碰到那个“永恒”。这时候也就产生了杰作。将写作的目标明确地定为“永恒”和“未来”，说白了也是一种功利心，尽管它很大。所以要有所警惕。不能因为甩开了市场和金钱、名誉和地位，就一定是甩开了世俗功利：某些时候，绝尘脱俗的“功利心”也会束缚生命。

小说家各种各样，道路纵横，但真的告别机心，拥有诚实和质朴的劳动精神，才是最重要的。也只有如此，才可能与“永恒”不期而遇。个人对文学的至高追求和自我苛刻，一旦贯彻在诚实的劳动中，才会不停地修正自己的工作目标，修正诗学意识和生活态度。在这个过程中，尤其不可以盲目地相信所谓的“地域性”，它真的不是一个万能的“法宝”。

说到底，“地域性”也可能是一种机会主义，成为逃脱和藏匿的一个角落。我们不能侥幸和天真，认为一些地区经过了强势放大之后，就会变成“世界性”，这肯定是大错特错的。他们会以某些国家为例，认为那完全是因为经济或其他方面的强势，所以某种声音就变成了“世界性”。由此推及，如果小地方的经济或其他的什么变强，声音就会自然放大，于是也就成了“世界性”。

这也过于乐观了。

单纯强化势力和放大声音，就可以让“地域性”变成“世界性”，这至少是一个误解。精神与文化艺术、价值观范畴的“世界性”，不但不能靠强势获得，而且一定是站在了恃强的对立面。它须经过漫长的时间的甄别，由人类长期的生活实践所筛选，最后形成属于整个人类的价值。对于这些，我们不能心存侥幸。无限地放大“地域性”和“地方性”，提高它的音量，而不去考虑关乎整个人类的生存、不在意其文学和思想的含量、不去探索和触碰永恒，只相信和依仗强大的广告效应，依赖所谓的“崛起”和“强盛”，以融入和替代“世界性”，这是不可能的。即使偶有“成功”，也会是虚幻和短暂的。机会主义的文学，一定是中空和干瘪的。

作家经常遭遇的一个陷阱，就是误解“地域性”“民族性”与“世界性”之间的关系。

当今地域小说的解决之道，可能不止于借鉴拉美经验，因为这种理解不能是片面的或狭隘的。由于拉美作家的杰出表达，这块土地上的声音一度变成了世界文学的强音。但是其他地区即便真的像拉美，像它一样落后偏僻和不入主流，生活呈现出类似的特异样态，一旦转化为文学表达，也很难取得同样的效果。

表面化的模仿是肤浅的。拉美“文学爆炸”对东方写作者的激发意义是显而易见的，它所促进的积极性和创造力，使这里一时变得空前活跃。但其中仍然有不容忽视的问题，即从接受上看，拉美与西方在文化上的差异并不大。拉美有长期被殖民的历史，基本上是天主教或基督教国家，二者的文化土壤相同，思想理念和审美趣味容易沟通交融。在经济发展和社会管理上，拉美落后于欧洲和北美一大截，但置身于那片土地，就会强烈地感到它与西方同属于一个文化板块，具有十分接近的文化特质。诚如拉美的代表性作家马

尔克斯所言："拉丁美洲是由欧洲的残渣堆积而成的。"（见《我是一个现实主义作家》）

阿根廷、古巴、哥伦比亚等国家，很多建筑都是欧洲或北美风格。作为精神的建筑，比如宗教，也是如此。这里文学的地方性一旦被强化和放大之后，很快引起了西方世界的接纳和认可，成为一个时期最受欢迎的文学主潮。这是同一种文化的交融。

在同一时期，欧洲和北美文学要孱弱一些，特别是欧洲，就是美国人眼中的"老欧洲"，实在是苍老了。欧洲的文学实验走入现代主义之后，逐步陷入了一种烦琐和畸形，无法自拔，越来越追求形式主义，内容空洞，没有什么张力。对于欧洲和北美来讲，拉美文学中有那么多的贫困和政治独裁，那么多血淋淋的耸人听闻的事件，这种强刺激是欧美文学长时间缺少的。虚构的能力不是凭空而来，它需要写作者身临其境，感同身受，这才能做出强有力的表达。就此而言，拉美作家做到了。

拉美文学在欧美乃至世界文学中所占份额的突增，自有深部原因。它所体现的价值观能够融入人类共同的文明，对生活的发现和表达并非一些虚妄、荒谬、愚昧和迷信的集合，而是生气蓬勃的挣扎与开拓的记录。我们在借鉴拉美文学的"地方性"和"民族性"的时候，不能简单浅近地只取"魔幻"和"荒诞"的表象，这是皮毛。拉美文学的成长，远不是一个弱小之地的声音放大的结果，而是有着深刻的历史和文化的原因，有着强烈动人的诗性特质。

古典主义和现代主义

西方十九世纪前后的古典主义，有一种崇高感和优美感。它崇尚英雄，具有强烈的震撼力，在表达上被评论家分为“现实主义”和“浪漫主义”。代表性作品有英雄史诗，有后来的但丁、歌德、雨果、巴尔扎克、狄更斯、普希金、托尔斯泰、屠格涅夫、陀思妥耶夫斯基等代表性作家。美国是个新兴国家，但有古典主义余韵。古典主义的代表人物还要从欧洲、从俄罗斯去找。艺术也是如此，从法国卢浮宫和奥赛博物馆的收藏便可以看出，随着古典主义艺术大师的逐渐退出，绘画风格越来越走向现代。古典主义庄重沉闷的色调开始减弱，画面显得明亮，笔触变得粗犷，题材走向日常，不再拘泥于宗教、英雄和重大社会历史事件。

作为语言艺术的文学，现代主义的代表作家在内容选择和表现手法上发生了重大变化，既不像莎士比亚和但丁这一类，也不像歌德、托尔斯泰、陀思妥耶夫斯基、屠格涅夫等人，更远离了《奥德赛》《贝奥武夫》之类的英雄史诗，少有描述一个民族的大历史和大传奇。耳熟能详的代表作家如乔伊斯、普鲁斯特、卡夫卡、福克纳、海明威、博尔赫斯等人，作品如乔伊斯的《尤利西斯》和凯鲁亚克的《在路上》，都是典型的现代主义。作品内容开始琐碎无序，变丑变形变异，貌似审丑而不是审美，鲜见古典主义那样刚健清晰的笔触，有时候甚至是粗糙的，像现代主义绘画一样，变得非常“不讲究”。

这种粗疏当然是打引号的，它自有其内在法度。进入现代主义艺术的内部，捕捉一些内在规律，以感受它的特质。它当然不止于胡涂乱抹。像绘画一样，当代东方画家深受西方现代主义的影响，以为胡乱堆砌颜色就是后期的毕加索了。没有那么简单。

现代主义文学从自然主义、意识流到自动写作、无意识写作之类，一路走来，终究产生出自身杰出的作家和作品。他们不是自天而降，而是资本主义高度发达之后的精神现象，是它的产物，是现代物质生活、科技生活作用于当代文学表达之后，产生的一种必然变异。这实际上是对资本主义物质世界的一种反叛、对现存秩序的一种颠覆。西方现代主义来到东方，稍稍有点变味，因为中间缺少了一个环节，没有经历资本主义从物质到技术的那种高度发达。东方的现代主义不是自然形成的那种叛逆，从表现手法到精神内质，都缺少一个衔接和过渡，更多是形式上的借鉴、移植和模仿。

这对于唤醒东方艺术当然起到很大作用，但也隐下了诸多问题。这与理解“地域性”与“世界性”之间的关系一样，时而走入片面化和简单化：看取表象，专心于表层的实践。两大问题，一个误区，它们重叠在一块儿，产生出更大的问题。

现代主义许多时候是“反道德”的，它充分地书写“丑恶”。这个特征被东方的“地域主义”嫁接过来，很快产生出可怕的后果。正因为没有从根本上进入现代主义的内部，没有其内在的规则和法度，没有顾忌，只一味模仿“怪异”和“乖戾”。文字可以和现代主义绘画一样不拘小节，随意泼撒，修养的浅薄、粗俗以及不讲底线，种种恶习混为一团。

实际上古典主义与现代主义，二者并不存在一条泾渭分明的界限，并非一刀切开：前面是古典主义，后面是现代主义。古典主义所追求的崇高和优美，特别是价值观和表现方法，仍然一路走到了今天。这些古典主义的重要元素在现代生活中不仅没有抽离，反而作为重大的思想道德和审美原则保存下来。没有人简单地划开一道线，从此隔离了古典主义。古典主义的精神和艺术准则依然存在于当代生活中，无法躲避和割裂，它与当代生活有机地结合在一起。那些激进地告别古典主义，一头扎进所谓的“现代”，实际上扎进了一条无知和荒谬的死胡同。

不仅是东方，即便今天的欧美，文学艺术所表现出的现代主义的尴尬，总是与简单化和形式主义地对待古典主义有关。现代主义的演变延续了古典主义，这是在漫长的人类文明进程中形成的一整套美学规则。只要人类存在，就会感受到古典主义高大的身影，它离我们并不遥远。几百年算不了什么。彻底隔断古典主义？人类不具备这种能力。古典主义的那种优美感、崇高感，依然在杰出的现代主义作品里得到回响，那种强烈的道德力量与精神价值，依然在其中得到保存，并强烈地感染和打动人心。

有人可能说，现代主义作家像卡夫卡、博尔赫斯、索尔·贝娄、马尔克斯，包括略萨和米兰·昆德拉，哪一个是以强烈的道德感、靠精神力量来引导并紧紧抓住读者的？他们更多的是依靠现代主义的全部复杂性，甚至以某种奇异和怪诞引起思考，产生一种纠缠难言的审美愉悦。它更多的是让人沉迷，而不是让人感动。现代主义艺术的特征是有趣而迷人，古典主义艺术则是凭借强大的道德力量和英雄主义让人震撼。在现代主义艺术中，那种鲜明的道德感与崇高感基本上已经退却，变得更为多解多趣、模糊游移，因此而令人着迷。

可是具体到作家和作品，却很难与过去断然分开。现代主义不是凭空出现的，它是生活演变的结果，比如碎片化的生活、高度发达的物质与科技，这一切所引起的一系列精神异变。生活在文学家和艺术家那里总要产生反射和投影。既然如此，东西方的现代主义也就有所区别：演变的路线不同，面貌不同。现代主义不可以简单地作为一种艺术手法，在第三世界大面积地研习和复制。

现代主义的源路可以追溯到很远，古典主义就在当中，虽然二者存在许多区别，却来自同一个源头，既代表了不同的区段，又是融合在一起的同一条河流。现代主义的水流一定是从古典主义那儿流淌过来的，而这一点恰恰被一些人忽略了。东方的“现代主义”在移植和沿袭所谓的“变异”“芜杂”和“疯狂”时，可以大把地掺入自己的“地域性”而毫无节制。这种泥沙俱下、混乱而蒙昧的第三世界的写作，其实是非常可怕的。

从网络到书店，成吨的海量文字散发着刺鼻的气味。这样的忧虑，不是呼唤那张道德的脸，不是聆听一番崇高的宣言。文学不像论文一样须有“主题思想”，但仍旧无法掩藏自己的价值观。无论是时髦的艺术还是传统的审美，后边都有一个显赫的、无法躲闪的存在，那就是作者。

如果凯鲁亚克的《在路上》真是一片荒诞，一片黄色粗俗，没有节制的宣泄，真是那样颓废和丑陋，也就不会成立。这部作品蕴藏的仍是青春的蓬勃向上和躁动不安，它充满了改造世界的欲望，具有强烈的生长性、青春性和当代性。它非常有力量，那是一种向上的力量，这种力量与古典主义的宗教感和英雄主义是殊途同归的。而我们今天所看到的某些所谓的“现代主义”，缺少的恰恰就是这种力量，触目皆是绝望、毁灭、号叫、血腥和污秽。这算什么？

先锋和现代意味着进步和超越，它不仅囊括了这个时期艺术形式上的新元素，还表现在精神和思想方面的积极。它大不同于古典主义的表达，时而迂回、模糊、变相、荒诞、颓废、琐碎和絮叨，但它也还是强悍和生长的、反抗和进取的。

当代小说不能重复古典主义的形式，不要幻想在当代产生一个伟大的古典主义小说家，即使写得像但丁、歌德、托尔斯泰一样。但它仍然需要拥有不朽的、属于整个人类的价值观。现代主义的核心部分与古典主义是接通的。先锋和现代不是强加给这个时代的某种怪兽，而是人类生存至今必定诞生的一种生命形态。

伟大的现代小说一定是属于今天的，包括形式与内容。但它不会彻底告别古典主义，不会与之剥离，它内在的崇高感、优美感和英雄主义，作为一种价值观的意义是永远存在的。所有抽掉这个内核的所谓“先锋”和“现代”，总是令人生疑。古典与现代，这二者不是简单的组合与相加，而是继承、前进和延续。

总之，“现代性”和“地域性”一样，都不会是另一些逃匿的角落。

（2019 年 4 月 25 日，于香港科技大学）

再谈两个主义

“现实主义”和“浪漫主义”这两个文学概念，可能一直左右了当代作家的写作。写作者会自觉不自觉地困惑和纠缠在这两端，想着自己的写作究竟属于“现实主义”还是“浪漫主义”。既是不同的道路，也就有选择有比较，考虑它们孰高孰低。

我们不由得要问，这种被遵循至今的文学理论，它们依据的文学蓝本是什么？又从哪些实践中获得了确凿的支持？是不是一种假设，或直接就是因为对文学写作的隔膜造成的？

“现实主义”和“浪漫主义”是十九世纪末提出的概念，是对古典主义文学艺术的一个总结，先是出于理论家，后来又有创作者有类似表述。如席勒谈过“朴素的诗”和“感伤的诗”，就接近于这两个概念。从当时的创作实践来看，它们是否贴切还有待分析，到了现代主义艺术萌芽之后，这两个概念就更加难以完整而准确地概括全部的文学艺术了。教科书上又把“浪漫主义”分为“积极浪漫主义”和“消极浪漫主义”，把“现实主义”分为“批判现实主义”和“社会主义现实主义”等，开始进一步细化，好像更深邃也更周密了，其实不过是更琐屑更复杂了。无论这些概念怎样翻新和诠释，

“浪漫主义”和“现实主义”作为文学艺术的两种最基本的创作手法和审美方式，在表述上还是有点裹缠不清，在实践中更是令人疑虑。

如果从文学教学、文学研究和文学批评的角度去谈它们，似乎自然而又明晰，显得十分有条理。理论研究总是需要量化，需要归纳和总结，需要建立某种学术规范和批评体系。但就文学写作实践来看，就真实的呈现方式和艺术的本质特征来看，一切又并非那么简单。过分地强调和区别二者，并将自己的工作纳入两个概念之中，常常会造成写作的局促甚至根本性的误解。

事实上要判断一部作品究竟是“现实”还是“浪漫”，是颇为困难的。如果无法区分，就会选择另一种说辞，认为它们是“浪漫主义”和“现实主义”相结合的产物。这仍旧是十分牵强的，是按照一种模式、一种理论框架去套用文学作品。文学艺术是心灵的映象，许多时候微妙精微且极为复杂，对它的理解不宜太过机械，否则只会造成一些审美障碍。颇为怪异的是，越是到了近代，越是将“现实主义”当成了一个褒扬的概念，甚至替代了文学艺术的优劣标准，不免令人费解。

从写作学的角度去考察，会知道诗性的表达与审美活动，难以行之一律，不可能像某些文学批评那样，使用一些术语和概念来简洁明了地量化、区分和概括，虽然它们听起来既系统又富条理，但就是与创作实情相去甚远。它们甚至在不同程度上掩盖了事物的本来面目。

真实的情形是，正常的创作进行中不会考虑自己正在写下的文字是“现实主义”的还是“浪漫主义”的，而只是尽己所能写好。两个概念的定义其实似是而非：“现实主义”强调真实，“浪漫主义”也同样强调真实；“现实主义”认为要按照事物的本来面目去描写，但同时又认为它并不等于机械地直接地照搬生活，需要艺术地表现、需要想象，这又和“浪漫主义”是一致的。看来这两个主义的命题至少是不准确的，更有可能是混淆了的。

在中国，人们习惯上把《诗经》和《楚辞》分别称为“现实主义”和“浪漫主义”文学的源头，把盛唐的两大诗人李白与杜甫作为这两方面的代表。然而实际的情形要复杂得多，比如《诗经》中的“风”诗，像《君子偕老》《硕人》《蒹葭》《月出》《绸缪》《淇奥》《终南》等篇章，就充满了浪漫瑰丽的想象，可以说足够“浪漫”。显然，把《诗经》的主体“风”当作“现实主义”文学的代表十分牵强。还有杜甫的名篇《登高》《望岳》《春望》等，都洋溢着强烈的“浪漫主义”精神。可见文学审美与创作是一个极为繁复的现象，还不能因为热衷于追求学术的条理和清晰，走入简单化的误区。

按照某些教科书上的说法，“浪漫主义”在反映客观现实上，侧重从主观内心世界出发，以奔放热烈的语言和夸张变形的想象去表达。这里强调想象、直觉和感性。就此看，这哪里是什么“浪漫主义”才有的特征，而是所有杰出的创作所共有的。哪一部优秀的作品放弃了想象，没有强大的感性把握，没有强大的主观力量，根本就无法创作。

可以说，真正意义上的文学写作是没有什么“现实主义”的。

如果制造出这样的概念是为了区别不同的写作风格，那么“现实主义”到底包含了哪些要素？据说它一定是“客观冷静”地观察现实，按照生活的本来样式“精确”地加以描写；它来源于生活，但“并不等同于生活”，“艺术的真实远远高于生活的真实”，而且要“再现典型环境中的典型人物”，等等。什么是“典型人物”？据说是“熟悉的陌生人”，“他”或“她”都必须让人觉得特别熟悉，特别生活化，就像刚从现实生活中走出来的人一样，同时又很“陌生”。这种别扭而费解的描述，不过是为了说明“现实主义”方法并非照抄生活，而必须是作家心灵的创造，也就意味着在实际生活中很难找到作家笔下的人物，这种创造出来的人物，除了“这一个”，没有第二个。

然而这又等同于“浪漫主义”的表现方法了。既然是经过了作家的心灵创造，它们与生活本身就不会是同一个东西了。这里显然谈不上什么“按照现实生活精确再现”的问题，而一定是诗性的创造。显而易见，关于“现实主义”的创作理论，并没有提示出与“浪漫主义”的根本区别在哪里。无论什么“主义”，没有强大的直觉力、感受力，哪里还会有什么文学写作。将作家异常复杂的心灵酿造过程说成“源于生活”又“高于生活”的“真实”，这不但没有厘清问题，反而更加混淆了问题。

“现实主义”强调“典型人物”的塑造，强调他们是“熟悉的陌生人”，这里的关键词是“陌生”二字。既然“陌生”，就是指它的不能重复性。真正意义上的文学写作，不管是什么主义，其独特的描述基本上在生活中不会百分之百地发生，或只是某个生活局部的相似。有时候我们会看到一部作品非常令人感动，觉得与身边发生的、听说或看见的事物完全一样，那么它们极可能只是运用文学手法，将现实生活简单地嫁接组合的结果。这就不再属于作家个人创造出来的一个世界，它足够“熟悉”，但并不“陌生”。由此可见，只要是“按照客观生活精确地再现了生活本身”的所谓“现实主义”，根本不可能是什么真正意义上的文学，而只能是经过需要剪裁或提炼而成的某类报道文字。

真正意义上的文学，其内容在生活中是不可以复制的，因为从人物到语言到故事，都源于作家的心灵，它们也只能是“浪漫主义”的。如果把丰富而复杂的文学表达简化成一分为二，即偏离了文学和审美的本质，只着眼于写作中的某些表象，一味夸大了风格与笔调的不同，将朴素平实一点的文笔划为“现实主义”，大胆夸张或变形一点的判为“浪漫主义”，这是极表面和极粗疏的。因为无论写得多么“朴实”，一定还是作家心灵的产物，它同样需要创造出属于作家个人所独有的艺术气象，不然就不是真正意义上的文学。反过来也是一样，一个作家再“浪漫”，也不能离开真实去追求虚妄，而是要更深刻地表达事物的真相。

一谈到“现实主义”的代表作家，书上首先会列举莎士比亚、托尔斯泰、巴尔扎克、鲁迅等，实际上这一类作家的想象更为大胆瑰丽，语言更为精妙，风格更加显著。他们的思维极其偏僻、奇特，是不可复制的个人表现，而不是刻板地“再现”生活。可见“浪漫主义”和“现实主义”并没有清晰的一条界线存在，更不是两种互相对立或补充的文学方法，而只是理论家们为了阐述的方便而制造出来的两个概念。真实的情形是：所有优秀的文学作品的内在品质都应该是浪漫的，其浪漫程度的高低，一定决定了品质的高低。

我们呼唤杰出的文学写作，然而荒谬的是，时下评价文学作品的杰出与否，却要强调是否为“现实主义”的写作。以前还倡导过“现实主义”与“浪漫主义”相结合，而今连这些都省略了。更有甚者，认为“现实主义”直接就是“写现实”。作家本来就是各种各样的，具备独特的风格才是正常的，如果全都分门别类地加上各种“主义”，那一定烦琐到可怕的地步。评价文学首先需要独特的标准，即首先必须是文学的标准，其次才是其他的标准。如果只是按照生活的原样去“再现”和“组合”，那就一定连最基本的文学写作都没有进入，其他的标准也就不需要使用了。

有人在文学上套用拿破仑的名言，说不想当将军的士兵不会是好士兵，所以不想写出“伟大的现实主义作品”的作家就不会是一个好作家。但文学创作与打仗还终究不同，虽然写作者都多多少少有一点功利心，但如果让文学化为工具的用心太强，更大的可能是写不出好作品，也成不了好作家。写作是一个生命自由挥洒的过程，目的性太强只会导致动作紧张、僵硬和变形，激活生命中的灵性就很难了。如果一个人写到了五六十岁，功利心依然炽盛，那就很成问题。古代的大诗人像屈原、陶渊明、李白、杜甫和苏东坡等，都没有过强的世俗功利心和工具性。

屈原是楚国的三闾大夫，出使各国，政务繁忙，《离骚》《九歌》《天问》等斑斓诗章都属于业余创作。陶渊明躬耕田园，不问世事，

"采菊东篱下，悠然见南山"，是为自己而唱。到了唐朝，虽然以诗文闻名于世也不失为一条进阶捷径，但李白和杜甫都不是仕途上的得意者，他们辉映千古的名篇也不是求仕所用。苏东坡曾居高位，但"致君尧舜"才是他的理想，那些传诵后世的名篇都是业余的移情遣兴之作。古代刊印诗书是一件相当困难的事情，李白在世时曾出过一两本诗集，其他人就很难了。苏东坡所处的宋代还好一些，有了毕昇的活字印刷术，所以他在世时有好几卷诗集在流传，但这种情况太少见了。古代文人的写作完全是出于一种个人情感宣泄和倾诉的欲望。苏东坡曾对朋友说："某平生无快意事，唯作文章，意之所到，则笔力曲折，无不尽意，自谓世间乐事，无逾此矣。"正是这种生命的自由挥洒，才产生出一系列杰作。这是基础和前提，也是写作的实情。

现在科技发达，人类登上了月球，还有了卫星和宇宙空间站，但是描写星星和月亮的诗篇并未超过古人。"星垂平野阔，月涌大江流。""海上生明月，天涯共此时。""但愿人长久，千里共婵娟。"这都是心灵之物，是人类文明中的宝贵财富，属于人类创造中最难以进步和积累的部分。所有伟大的艺术创造无一不是浪漫的，而不可能是对生活的直接"再现"。这里肯定是"表现"，是想象力的飞扬。所以把"浪漫主义"与"现实主义"并置甚至对立，当成不同的文学思潮和创作手法，有可能是对诗性、对文学的误解。

古今中外所有的大艺术家都是拔地而起的天才。曹雪芹的《红楼梦》、塞万提斯的《堂吉诃德》、雨果的《悲惨世界》、陀思妥耶夫斯基的《卡拉马佐夫兄弟》、托尔斯泰的《战争与和平》、麦尔维尔的《白鲸》、马尔克斯的《百年孤独》，无一不是浪漫的飞翔。

将文学写作化为简单而机械的工具，就会削弱其心灵的属性，并取消创造。这是非常荒谬的。

（2019年5月24日，于四省文学培训班）

再读《诗经》《楚辞》

穿过文字的丛林

读古典的难处，在于语言障碍。所以从古到今那么多学者为破除障碍付出劳动，青灯黄卷，夜以继日，像对出土文物一样，怀着虔敬之心。像《诗经》《楚辞》，大概很少有一部中国典籍，比它们的诠释文字更多，似乎不再需要后代人添砖加瓦了。谁再搬动这样两本文明基石一样的文字，就有些冒险了。尽管如此，还是很难遏制对这两部经典的好奇心。

怀着一种景仰和探究的心情，走进两部伟大的著作。任何一个大读者，都会读很多古今中外的名著，比如这两本书，忽略它们是不可思议的。怎么读？如果离开了那些大学者的劳动和积累，也就没法进入。它们好比出土文物，所以必要借助前人的研究，站在他们的肩膀上，往前挪动一寸一毫。

大多数学术停留在文本穿凿的层面。杰出的学者最终穿越文本，与创作者直接对话。最好的阅读，最后还是要穿过文字的丛林，走到作家面前。

尽可能地理解《诗经》那些无名的作者，走近他们，透过历史的苍茫，看到他们的眼睛。一双双眼睛望过来，才能读懂他们。《楚辞》稍稍好办一些，因为它是中国历史上第一部个人创作的文学作品集。这不同于《诗经》，它是由一些无名的散在遥远时光里的人创作的。这是屈原的作品。透过这些文字走到屈原面前，比走到《诗经》的作者们面前要方便。《诗经》的作者是无数的、分散的，他们更为陌生。

第一次深入读《楚辞》，是在二十年前的山里，那是三线时期废弃的一个供电所。当时年轻胆大，在山里待了三年多，只偶尔回城。带去好多方便食品和书，专心写作和阅读。山里冬天没有暖气，好在自身火力旺。下大雪时出不了山。在山里读得最多的就是《楚辞》。在那个地方，慢慢地感受屈原的那双眼睛，像星光一样闪烁在午夜里。跟诗人对视，觉得这时候读懂了许多。曾就此写过一篇文章，叫《迎对屈子的美目》。

想象中屈原的那双眼睛太美了，于是喻之为“美目”。这次阅读的体会在大学和书院里交流过，留下了六盒录音带，整理成二十年前出版的《楚辞笔记》。

它只限于具体的篇目解读。当时还没有能力对《楚辞》做全局的关照和分析，那需要具备一种概括力。时间过去二十年，再看这部书，有了深深的不满足。而今觉得不仅需要对具体篇目进行感悟，还需要对《楚辞》所产生的时代、人、社会状况等加以探究。这需要进入诗学的中心地带。这个工作太沉重了。

二十年之后，已经读了几十年《楚辞》，有一点点能力做一下全局的把握，所以就开始重新讲述和研讨。这就是今天的版本，它加厚了，与当年有了很大的区别。重新增订的这一部分，使用了另一种方法，关注了新的方向。

《诗经》也是如此：先有一个总体的把握和分析，然后再开始具体篇目的赏读。总之不能满足于一些具体的、局部的探寻，而是更多。感受文本的主题，厘清一些内容，这一步不能越过，它当是一个基础。古往今来的那些大学者的劳动令人尊敬。在借鉴与学习中，穿过文字的丛林走到更深处，与作者四目对望。这大概是最终的目的。

算是读懂了一点

我们读古今两种文字，有许多不同的感受。新的文字给予我们另一种审美愉悦，它和古典当然不一样。人在两种环境里生活，一是社会环境，二是自然环境。社会环境受制于自然环境，因为人性的形成、审美的特质、整体的精神风貌，总要受到山河土地的制约，是被它塑造出来的。

当代文学中有一个明显的特征，就是关于大自然的描写大幅度减少，有时候很厚的一本书里，竟然见不到一棵树和一条河，甚至听不到一声动物的喧哗。当代人生活在网络时代，抬眼就是水泥丛林，并没有置身于生气勃勃的大自然中。

《诗经》和《楚辞》的世界则不同，它的作者就生活在那样的环境里。大家可以想象，那是怎样的场景，如古人所讲："人民不胜禽兽虫蛇。"那时的人置身于鸟兽、高山峻岭、沙漠、莽林之中，是十分脆弱和渺小的，是在绝对强势的大自然面前、在其缝隙里求得生存。

这样的一种人类生存，由他们组成的一个社会，与今天差异巨大。他们的好多感受，对世界的感受，必然跟我们今天完全不同。他们生活在蓬勃旺盛的大自然里，创造力极其特异，将与无所不在的蓬蓬勃勃的大地万物、与那种顽强和茂密相谐相同。这是不可阻挡的、让人恐惧的茂长，是这样的一种野性的创造。

所以，今天如果能够迈过《诗经》《楚辞》中坎坎坷坷的古词，去领受那种创造力，感受激情的爆发，必会感到阵阵惊讶。古人原来是如此生活，并发出这样深长的感慨。我们现代人写东西，写点黄色和血腥，写点暴力，就觉得很生猛了。可是这种生猛已经大打折扣，他们从根本上缺乏《诗经》和《楚辞》这一类文字的气势，那是真生猛。

鲁迅当年讲，将来的文学期待一个“凶猛的作家”。凶猛指有悍气，即“悍然入侵”的“悍”，“强悍”的“悍”。当代作家有时看起来也够放得开了，也够勇猛了，但是真正意义上的开拓力和生猛性，生命的那种撞击力，比起古人还是差多了。

所以几千年前就有人讲，文学作品，秦代以后的就不要读了。这要求未免太高也太苛刻了。秦代以后都不要读了，这可能是极而言之，用来表达对先秦文学的崇拜。先秦人物在蓬勃粗粝的大自然里生长，由此形成的生命勇气，却凝聚在极为节俭的文字当中。强大的创造力遇到了困难的文字和原始的书写工具，这成为一对矛盾，于是就产生出巨大的表达张力。

那个时候的文字写在竹简上，写在瓦片和龟板上，笔墨纸张这些东西都没有。这就迫使记录者要极其节省地使用文字，而且要非常庄重和认真地表述。后来发明了纸张和毛笔，更不要说再后来的钢笔和电脑了，书写与记录也就随之走入了随意和放肆，极大地改变了我们的纪录与言说方式。我们今天看到，一份县市级报纸恨不得一次出十多个版，这还怎么想象文字的品质？

网络上的文字沙尘暴让人恐惧。这就导致今天阅读的盛极而衰。因为文字泛滥到根本读不过来，也只好化作碎片化的阅读。这种状态是畸形的。

最终人类要生存和发展，仍要继承自诞生以来形成的深厚文明。现代人也是人，他们仍然要在一种文明里生存，这种生存，需要我们不得不寻觅它固有的源流、固有的轨迹。这就回到了《诗经》《楚辞》、李白杜甫陶渊明等。没有办法，中国人，现代人，无论享受5G或100G，都不能舍弃这些，因为谁也没法从根本上撼动人类文明的基础。这就是现代人走向古典阅读、痴迷它们的一个原因。

人类没法离开文化传统，最终仍然要不断地回返。回返的最好办法，就是回到古人面前，与之对视和交谈，而不仅仅是停留在文字的层面。

这样讲可能不好理解。举个例子，比如说我们今天读一位作家的一本散文或一本小说，喜欢得不得了，这只是对文本的喜爱，还局限于这个文本。再读更多，很多很多，最后就会读到一个主人公，那就是作者自己。但是我们没有见过作家本人，最后是通过众多的文字与之熟悉起来的。熟到什么程度？今天他坐在这里，会说怎样的话、怎样回答问题、看人是什么样的目光、怎么开玩笑，等等。

这就把一个人的生活细节拉到了面前。这样，才算最终穿过文本走近了作家。

我们对于当代和古代、中外所有的作家，都是这样去接近的。随着年纪的增长，将越来越愿意读作家的全集。看看这个时期和那个时期、这一段和那一段，在不同的生命时段里，一条巨河是怎样流淌的。最后我们觉得自己很熟悉作家本人了，不再感到陌生，他的目光，他怎么说话，怎么倔强和幽默，怎么对待这个世界，无数的生活场景我们都能假设，好多细节跟着充填起来。至此，我们才算读懂了一点。

对《诗经》《楚辞》这样一些古代文字，对其作者，道理完全是一样的。要通过文字走近作者，把他们的特质，如脾气、怪癖、优点和缺点，什么样子，给想象出来。如果能感受到他的声音，他的气息，这才是读懂了他们的文字。

乐队撤离之后

一个读者须具备两种能力：沉迷的能力，超越的能力。

沉迷就是迷进去。每一本书都有自己的气息、自己的场景，要迷入其中。没有沉迷就没有浑然一体的感受，很难深入理解。但同时又要超越，有放松疏离的一刻，这时可以手抚文本，让思维游走，没有界限。就像屈原那样，让思绪在宇宙里遨游，无论过去今天宇内天外。这种放松带来了距离，有一种远远打量的冷静目光。

只有沉迷而没有超越，有时候会忘记在读什么。比如说《诗经》，忘记了它是几千年前的书，会自觉不自觉地把它当成今天一样的文本，像对待一般的文字一样，忽略了一个重要基础，就会错位。不能忘记，《诗经》不是一般意义上的诗，不是自由诗也不是现代诗，不是唐诗那样的独立文字，而是一些歌词。

我们现在读到的是撤掉了某种基础的文字，这个基础就是音乐。它的所有文字在当年都是用来演奏的，要随着旋律往前走。透过这些文字，我们要想到观众，想到音乐，想到仪式，是这样的一种场合与气氛。这样一想，感觉就不一样了。

现代人去参加一个演唱会，会发现自己在现场并不重视歌词，而更注意演员，被强大的旋律牵着走，注目于舞台的绚丽多彩。舞台综合的声色效果，许多时候会淹没歌词。歌词不可能在一场声情并茂的表演中显赫地独立出来。所有色彩绚烂的东西，都比文字本身更直观更通俗。歌词溶解在一场演奏中。还有一个更重要的原因，就是歌词一般来说都太廉价了，不值得留意和记忆，现场唱完算完，根本就无所谓。

好的歌词也令人难忘，可惜太少。当代歌词一般来说都不太用心，比较浅近，其中很大一部分没有什么切实的内容，甚至没有基本的语文能力。这些歌词一旦独立出来，像《诗经》一样脱离了当年的演奏场景，离开了笙琴和打击乐的陪伴，就全完了。而《诗经》则不同，它离开了那么复杂的协作，脱离了演奏，乐队撤掉了，今天看还是那么有魅力，特别是《风》，真是令人感动。

今天歌词的品质完全不可以同日而语。我们不要忘了，而今读到的《诗经》只是演奏里的一个陪衬，像今天一样，很容易被五光十色的舞台所淹没。一旦曲调丧失了，文字和音乐剥离了，繁华的舞台移开了，也就只剩下我们眼前这一行行的文字了。它们读起来坎坎坷坷，看上去斑斑驳驳，需要极耐心地领会才行。不过，一旦我们真正走进诗意之中，就会惊讶于它的瑰丽和深邃。

我们要记住，这不是今天意义上的叙事文字，与后来的诗词也有很大的不同，后来的诗词没有这样的独立性。这些歌词是在宫廷或其他祭祠中，或民间节庆时使用的，不同的场合配以不同的音乐。今天我们看到的“诗三百”，每一首在当年都不能随便演奏，都有相应的规定。也曾有过混乱之期，那时孔子就急了，这就是常常说到的“礼崩乐坏”：应该在皇宫里演奏的，随便放在家里过生日演奏，就乱套了。可见它包含了严格的礼法，有政治社会的法度意义。

时至今日，所有礼法的作用与功能都取消了，乐队散了，演员没了，灯光与浓妆都卸下来，欣赏这场演奏的宫廷人物也全都离场了，留下来的就是我们今天的读者，要面对赤裸裸的歌词。仔细看一下真不得了，这些歌词原来这么棒。

它们与今天的歌词完全不同。一个社会，一代人，到底怎样，需要考察精神的标本。歌词就是这样的标本。歌词写成什么样子，整个社会的人文品质也就清楚了。我们会拿今天的歌词去对比《诗经》。这种对比是自然而然要发生的。就在这种比较中，我们会进一步理解经典：既有技术层面的，又有道德品质和人文精神方面的。

当然，无论是《诗经》还是《楚辞》，它们都不是完美无缺的，里边也有可被称为糟粕的东西。

我们作为一个读者，对待这一类中国典籍，可能跟某些学者不太一样。我们既受惠于前人的学术，又要回到个人的感知、个人的审美。我们也可以从写作学的角度、诗学研究的角度、理论评析的角度去理解它们。这将是一次综合。

在网络时代做古典诗学，必要克服身上的匆促浮躁，有足够的克制力，更大的自省力和批判力。总而言之，要具备个人能力，运用个人能力。这其实并不容易。

最终的享用者

这些古典大致是用来默读的，像读其他文字一样。实际上朗读最好。不过古人的这些文字，今天许多读音变了，有时真的没法读出来。有时候看到电视上的老学者用古音读，那调子像唱一首怪歌，既让我们羡慕也让我们困惑：他怎么知道当年的古人是这样读、采用了这样的调子？我们真的不解。可能是老学者用心琢磨出来的。我们不敢这样读，只好默读。

屈原是一个苦难者，不光是屈原，包括《诗经》里的许多作者，都是苦难者。看来写得欢乐，实际上是底层人的吟唱。《风》的主体部分都是由劳动者苦难者写出来的。可见文学从来不属于扬扬得意、志得意满的人，不属于他们。活得很好的那些人，他们过得很滋润，平时家里放几本精装书，不过是点缀。有时候他们也读一点，就像喝酒，陶醉其中。但文学真的不属于他们。有些修养很好的人，有自己的书房、自己的阅读生活，但不能说扬扬自得。总而言之，文学属于受压抑者、贫困者、不得意者，是送给一些极不完美的人生享用的。

有人可能问：是这样的一个人才能写出好作品，那么诗人的生活一定不完美、一定贫困吗？这不好回答。大概还不能表面化地看待一些现象和指标。创作者的心境与立场不难考察，因为全部的文字就在那儿。杰出的作品，作者必须跟文学的最终接受者站在一起，何时偏离了这个立场，文字就会轻浮，就会写出一些浅薄廉价的东西。

综观一个作家所有的作品，那些稍好一点的，一定是受压抑、不痛快、弱小无援、没有力量，是这样的时段或状态里写出来的。比如李白和杜甫写得最好的那一部分诗，比如苏东坡写得最好的那一部分文字，都是个人生活最为不幸和压抑，而且对自己的才华与前途并不自信的时期产生的。一个人只要得意扬扬，极自信和极自满的时候，写出来的东西都是二三流的。

所以说，一个写作者“混出来了”，必要警惕自己。某些写作立场和精神状态是可怕的。如果不随时准备去维护弱者，就不太可能维持写作状态。无论一个人的能力多么小，在日常生活中没有那样的一种勇气、没有那样的一种冲动，还是不要写作。我们知道，文学最终还是能够安慰那些无助者的。

至今打动我们的所有古典文学作品，莫不如此。刚才谈到的苏东坡、杜甫、李白等，大致都是辛苦奔波了一辈子。屈原更不幸，最后投江自尽。中国文学最高的那一部分，都产生于苦难者、写给苦难者。

（2019 年 5 月 25 日于山东书城，《楚辞笔记》《读诗经》读者见面会）

写作与出版趣谈

一

本次“贝壳文学周”学术事项之多，质量之高，都是少见的。有二十四场演讲和座谈，安排得密集，学者和作家们来来往往。海明威有本书叫《流动的盛宴》，可以借用这个书名来概括“文学周”。

中国的儿童文学出版业，在世界上可能是规模最大的。因为人口基数大，作者多读者也多。从文学写作这个角度看，有人把儿童文学概括为“入口”和“基础”，这里甚至可以更进一步，把它看成一个“开关”：按动这个“开关”，我们整座文学大厦才能变得灯火辉煌。

实际上儿童文学的阅读，对所有写作者都是有益的。整个的少年时期，包括后来阅读的大量儿童文学作品，都会留在心里，成为宝贵的积累。不光是少年文学，包括所谓的“桥梁书”，那些低幼的、配以图画的文字，对一个作家的成长、对他们后来的影响都非常深刻，对整个的文学生涯、文学品质的提升，都会起到长远的作用。

优秀的儿童文学是写给所有人的，它跟我们读过的那些美妙的广获赞誉的当代成人文学精品比起来，所给予的震撼、留下的余韵，都有过之而无不及。我们常常思考什么才是好的、什么才是真正的儿童文学，它又对我们这个民族意味着什么。如果我们能够跟世界上最优秀的、品质最高的儿童文学的创作与出版处于同一个水平，甚至做得更好，该是多有意义。这也是举行儿童文学周的重要目的之一。

我们同时面对了创作、研究和出版三方面，最后还要落实在出版上。这里需要作家和编辑的共同劳动，需要插图画家，三四方面的通力合作，才能打造出一本优秀的图书。这次文学周有一个重要的节目，就是BIB（布拉迪斯拉发）童书插画双年展。我们看多了目前童书市场上的一些插图，再看这次展览上的作品，就会觉得许多出版物中的插画在品质上还需努力。童书插图和成人书的插图不一样，如果是绘本，图画要成为主体。如果使我们的画家和作家互动良好，沉下心来，少一点商业化，多一点艺术追求的虔诚，进入那种自由的、放松而痴迷的状态，该是多么理想。

儿童文学出版物的文字创作，和插图创作大致在一个水准上。品质较高者只占一小部分。物质主义和娱乐主义对书界的腐蚀和影响，一定会留下深重的痕迹。如果匆匆忙忙地完成，匆匆忙忙地印出，只追求商业利益，就很难留下什么隽永之作。那将是一种泥沙俱下的局面。

正因为儿童文学出版的商业前途远大，才需要更高的文学目标。畅销不是主要目的，有时候它会引诱和毁坏我们。出版当然追求利润，但在整个事业中，金钱不过是微薄的利益。上个月在书店里看到好多写猫的书，知道几乎所有写猫的书都卖得不错。现在的人爱猫，可能和网络时代有关：我们太需要一个温柔的、徘徊在身边的生命了，相互依赖。这样一种生命的慰藉不可取代。一个爱猫的孩子写了一本猫书，一口气发行了一百多万。书店里猫书摆成一片，外国的中国的，写好写差都能够卖一些。也正因为这样，难度就来了。

假设我们今天要写一本猫书，挑战有多大？真的把它做好，需要克服的障碍太多了。它要满足多少条件才有理由留在书林中。它必须属于个人，而不是集体的、他人的趣味和风格。除了娱乐性，它一定需要思想，拥有高雅的情趣。作家对猫要有个人化的感悟，有心灵约悟，而且需要优秀的画家、一家优秀的出版社。这几方面的组合，找到一个好的交叉点和平衡点，然后成就一本优秀的猫书。它在众多相同题材的读物中能够留下来，就要不同凡响，有恒久性。这些讲起来容易，提出一个目标容易，要实现它，走到那个高点，是很难的。独特的思想、卓越的表述，一系列挑战摆在那儿。写作者要安静，要有胸怀和抱负。越是这种通俗的、眼前的、跟进了热点的题材，越是需要高阔和辽远的心灵。

二

畅销书对于出版社当然是好的，但如果把握失度，也会出现负面效应。出版家刘海栖将其比喻成“桉树效应”：桉树生长需要的营养特别多，所以周边连草都不长，别的树也不长，可以说占尽了资源。作为可爱的“考拉”（出版人），吃了它的叶子，还要花大量时间解除镇静作用。

出版社也许该记住这个妙比。一个出版团体的资源和能量也就那么多，发行，编辑，资金，各方面的精力除了照顾“桉树”，还要分出一些用来发现和培育新晋作家，将出版社办成一座“百花园”。这是最理想的状态。

桉树能够长成很大的树，而且是绿色植物。它肯定有价值，有经济效益。畅销书在价值观、思想性、语言文字诸方面往往只取公约数，不一定是杰出的。卓越的文学往往成为长销书，而不是畅销书，需要相对长的培育过程：经过专家的诠释、时间的浸泡，逐步被更多的人所认识。

作家与出版社的关系是微妙的、有趣的：既互为朋友，又带来一些苦恼。编辑的辛苦，他们对作家的援助和付出，可以说出许多感人的故事。这里只说一点别的：文稿改动的问题。有时候作家认为有些改动是可以商榷的，编辑还可以多考虑一番。

就因为匆忙，还有长期形成的工作习惯，许多时候作家辛辛苦苦写出来的文字，对的给改错，优的给改劣，甚至留下了常识性的错误，这种情况还是有的。每个人都有认知的局限，有盲区，不能太自信，这方面作家和编辑都是一样的。作为一个编辑，他首先要问一句：自己固执认定的所谓问题，确凿无疑的认定，这一次是否可靠？如果连一点都不怀疑，很可能正在犯下一个错误。他以为毫无疑问的，结果却不一定。

一个真正意义上的作家，对文字大多是苛刻的，交稿之前不知要修改多少次，很可能要挖空心思才弄好一个词儿，这其中包含了汗水、修养和知识，以及长期的专业训练。编辑由于太过匆促，或者还有疏忽，竟将写作者的心血结晶，在作品问世的最后一刻给割伤了。

这种伤害是很遗憾的。

如果将对的改成错的，或改成差劲的、蹩脚的文字，却由于各种原因而没有一丝察觉，就是麻木不仁了。对文字的处理，需要进入特定的语境。一个稍稍严谨的作家或编辑，由于长期的职业训练，很少会犯下低级的错误。

在编辑的过程中，即便是遇到一些非常明显的、显而易见的错谬，也要反复核实，最好与作者沟通。这种谨慎还是必要的。

在这里举几个简单的例子算作趣谈。比如，有一位老作家出了一本文集，其中大多是再版多次的文章，这次竟被改动了无数处，甚至连标题都给改掉了。关键是改成错误或拙劣。严重的是，文集中的每一篇都被细细改过：这种认真态度是值得赞扬的，却大大超出了专业底线，更超出了职责范围。

每个人都有自己的责任、权利和义务。一本在老作家看来无法忍受的、经过频频改动的出版物就这样面世了，署名还是作者本人，他要自己承担这一切。

对一位严肃的写作者来说，经营文字是十分辛苦的事情：每一个词都非常仔细，用这个不用那个，当有全局的、多方面的考虑，尽管理由非常复杂。总之对心灵之业要慎重，可以拒绝，但不可以代劳。凡改动都要与作者商量，而且这大致会是一个美好的过程。

作家与编辑有机会相互提高和启迪，比如明白了为什么要这样、为什么不能这样。如果作家采纳了编辑的意见，哪怕对方只改对了一个字，他都会高兴的，称其为“一字师”。

有一次一位作家在书中引用了鲁迅的一句话，“丧家的资本家的乏走狗”。这是许多人都很熟悉的一句话，可是编辑压根不知道，也不做商量，抬手就把这个“乏”字给去掉了，认定了是衍生的多余字。一句耳熟能详的、多次收入中学课本的名句，他竟然不知，这就毫无办法了。

由于这种工作的性质是如此的特别，那么最好的做法，就是即便遇到了“确凿无疑”的错误，也还是要怀疑一下自己。哪怕是面对了一个老眼昏花精力不济的写作者，也不要太过自信。

还有一个作家写到了一种小鸟，它跑得很快，腿很长，学名叫“沙锥”。“锥”是“锥子”的“锥”，属于小型水禽。在一个编辑那里，给毫不犹豫地改成了“沙鸥”。他认定作者这一回准是错了：一种鸟怎么可以与铁器发生瓜葛？

其实要避免这个错误很容易：随手翻翻工具书就行了。

作者当然会感谢正确的修改。认真的编辑才有质疑，也才有纠错，但前提是谨慎。比如，可改可不改的就不必改了。有时候大幅度改动作家的文字却不商量，理由是“来不及了”。时间如此紧迫，真是令人无语。

怎样使用“的地得”通常也是一个问题。那些写了半个世纪，有着长期文字训练的人，偶尔还要犯下这方面的错误，所以谁都不能太自信。

谈到语言表述，这里可将作家比喻成乒乓球手：球来了，他不需要反复计算，不必考虑用侧旋还是其他方法，只在一瞬间就完成了。这一挥，无比复杂的计算都在里边了，凭的是感觉和经验。漫长的职业生涯中，感性与逻辑的把握，还有肢体记忆，在眨眼之间就综合完毕，一切结束。

这里说的是职业能力。作家对文字除了直觉力，还有理性的判断，有诸多准备，有各种仔细权衡。比如一个词语，刚在上段用过了，这里就要回避。前后照应和关联，都要考虑。如果编辑只看局部，就无法察觉这些细微处。语言在发音和节拍上重叠与否，也要照顾到。这是职业特征。

长期以来有一种畸形的出版，出版社不得不选用一些文化层次很低的作者的作品。因此编辑常常需要改动“大作家”的稿子，而这位作家的名声可能大到震耳欲聋，就是连基本的话语都写不通。结果也只能让编辑放手去改，弄得满篇都是红字。不改不行，这是工作。在很长的时间里，只有一部分缺少基本文化的人才有写作的权利，这就苦了编辑，久而久之也形成了一种工作习惯：放手改稿。“作家”写出了那么粗糙的文字，却又名声很大，编辑不改就无法出版。这就是那些年代出版现实之一种。

但是那样的时代毕竟过去了，我们有了真正意义上的作家，这些作家需要用另一种方法去对待。

这也是事关权利和责任的事情。作家们一有机会，就把写作生涯中遇到的最大痛苦告诉编辑。除了如上的例子，还有人提到了一件更麻烦的事：一个很有名的诗人，在一个很大的出版社出了一部诗集，印出后给吓了一跳。

我们知道，诗就是长长短短的句子，因为它需要节奏，需要音乐性，这很重要。可诗人看到的成品是，编辑把每一行都改得长短差不多，理由是：这样改更整齐更好看，也省纸。

真是没有办法。

（2019 年 6 月 13 日，于鲁东大学“贝壳文学周”出版座谈会）

“齐鲁文化”之异同及其演变

“齐鲁文化”作为一个众所周知的概念，指的是儒家文化，即中国的正统文化。“齐鲁”是中国山东地区的指代，在春秋战国时期是齐国和鲁国的所在地。齐国疆域辽阔，曾是“战国七雄”之首，当时它在政治、经济、军事、文化诸多方面都是非常强盛的。鲁国与齐国相邻，国土面积较小，却产生了主宰中国思想文化几千年的儒家文化。如果把齐鲁文化等同于儒家文化，实际上就忽略了齐文化和鲁文化的不同。

鲁文化是指鲁国文化，其代表人物是孔子、孟子、曾子、子思等，他们是儒家文化的实际创立者。齐文化是指齐国文化，它没有具体或集中的代表人物，起码没有儒家文化那样的集大成者，没有脉络清晰的传承人物。但齐文化是存在的，并且具有极其明显的特征。

齐国临海，享有鱼盐之利，当年经济发达，富甲天下，还修建了稷下学宫，汇集起天下第一流的学者，有道家、法家、墨家、兵家、农家、阴阳家、纵横家等各种流派，他们聚集一堂，著书立说，畅所欲言，形成了“百家争鸣”的自由言说的思想格局与学术氛围。

这是中国文化与思想发展史上一个了不起的壮举，书写了世界文化史上灿烂辉煌的一页。

但是，尽管如此，齐文化重实践而少著述，在学术上缺乏自己的标志性人物，缺乏像孔子那样的大思想家和系统的总结者，也缺少后继者。稷下学宫汇聚起各种学派，但并非创立齐国独有的思想与文化。虽然这种宽容的气派本身即体现了齐国思想的一部分，却仍然构不成清晰的学术理路。关于它的总结还要等待后来，这将需要许多人的共同努力，需要长时间的诠释，而不是由某几个代表人物集中完成的。

据《史记·孔子世家》记载，当年“孔子以诗、书、礼、乐教，弟子盖三千焉，身通六艺者七十有二人”。这里就有被后世称为“孔门七十二贤”者，他们是孔子思想学说的坚定追随者和实践者，积极倡导和传播了儒学，所以儒家学派能量巨大，自汉武帝开始，就被历朝历代的封建帝王奉为圭臬，成为中国传统思想文化的主流。

齐国在文化方面没有如此巨大的影响，它更多地作为沿海的一个物质强国而骄傲。鲁国虽然是内陆小国，却是当时思想文化的输出国，称得上是一个思想与文化的大国。齐文化与鲁文化最大的差异，既在当时的传播中表现明显，又在后来的发展中进一步走向极端。齐文化似乎日益隐匿不彰，没有强有力的概括者和发扬者，没有在学术上得到确立。而儒家文化逐步被奉为正统，世人皆知其核心是“仁”，讲究等级秩序、礼义尊卑，具有强烈的道德理性和精神价值取向。

齐文化作为一个概念，是由后世学者概括而成的，体现了齐国的实践指向。它被归纳为一种极富实用主义色彩和冒险主义精神的商业文化与海洋文化。简而言之，如果说儒家文化侧重于人的道德和精神，那么齐文化就偏向商业主义和物质主义；儒家文化恪守封建礼法和等级秩序，齐文化就趋向开放和浪漫。

中国秦汉时期产生了一部名为《管子》的著作，内容博大庞杂，包括儒家、法家、道家、阴阳家、名家、兵家和农家等诸多学派的观点，被视为当时政治家治国平天下的经典之作。《管子》似乎成为齐文化的集大成者，是承载主要内容的代表作。因为管仲是历史上的名相，是齐国最重要的政治家和军事家，是其繁荣兴盛的决定性人物，所以他的思想是重要的。但极为可惜的是，《管子》一书是一部伪托之作。全书尽管黄老思想突出，但儒家的民本思想、仁义德政以及尊贤授德等学说仍占主导地位，基本上还是一部儒家文化的汇集。齐文化的内质与核心，比如物质主义和重商主义，更有其开拓性和冒险性、浪漫与幻想的性格等并没有得到充分的表达。可以说，这是一部被儒家思想改造过的齐国经典，显然与管仲本人关系不大。

儒家思想之所以被历代王朝奉为正统，皆因其强调礼法与等级秩序，这对于国家统一和稳定是重要的。其强烈的入世精神被诠释为忠君爱国思想，所谓的“穷则独善其身，达则兼济天下”的知识人格。然而儒家文化又是晦涩和艰深的，有着很大的解释空间。这从当年鲁国的政治状态、从孔子主要思想的诞生和缘起中，即可以看出端倪。现在我们所熟悉的孔子“克己复礼”之意涵，就与其本意南辕北辙，也与其“仁”之精髓相去甚远。

孔子的“克己复礼”“天下归仁”，实际上是针对当时礼崩乐坏的社会政治局面而提出的一种改革主张，其主旨为限制和约束诸侯新贵权力的无限扩张。他以恢复周公之礼为目标，即维护西周时期的社会规范和政治格局。要维护正统，回到周礼，其必然的路径就是克制私欲，从而达到“仁”的理想境界。这种强烈的政治主张被泛道德化所遮掩，其实隐含了剧烈的变革志愿。它貌似传统守旧的主张，实际却有着激进和冒险的倾向。

这要从孔子所在的鲁国现实出发，以厘清其政治思路。当时的政权由季氏掌握和操纵，其飞扬跋扈，不仅控制了国君，甚至连周天子也不放在眼里。按照《周礼》规定，在礼乐方面只有周天子才可以享用“八佾”，而诸侯为“六佾”，卿大夫为“四佾”。季氏只能享用“四佾”，却直接将“八佾”搬入自家庭院。孔子曰：“八佾舞于庭，是可忍也，孰不可忍也？”

孔子晚年从卫国返回鲁国后，所做的最重要的工作就是订《诗》，把诗与乐一一对位。这看起来不过是一个文化事项，实际上却是一个政治举措，是为切实的“克己复礼”做出的一个基础性工作。它以保守和复归正统之名，行的是改革与进取之实。这必将有一场剧烈的政治对峙，有进攻和反抗，内容是十分尖锐的。它的真正内涵其实正是变法。

我们经常在习惯上把“儒家”与“法家”做对立观，却忽视了法家的源出，也忘掉了儒家的初衷。其实法家最初正是从儒家当中派生和发展演变出来的，但最终突破了儒家“仁”的持守，走向了不无酷烈的改革，既不“仁”也不“爱人”，只提倡“王道”和“霸道”，给国家带来了长期的震荡，给百姓造成了巨大的苦难。我们在这方面的典型代表人物商鞅和李斯身上，便可有所洞悉。民众生活在酷刑峻法之中，不能够安居乐业，这哪里还是孔子所倡导的“仁”？老子说“治大国若烹小鲜”，也对翻来覆去的剧烈震荡保持了警惕。老子的“无为而治”“不与民争”，与孔子的“德政”“仁政”都有相通之处，但不同处，是儒家的入世思想中仍然包括了变革精神。

如何变革，怎样掌握一个度，这是困难的，也是儒学的晦涩之处。也正因为需要更多的理性辨析精神，需要从现实出发处理具体问题，所以儒学在几千年的应用与解释中，总是充满了争执。否定儒学或推崇儒学，许多时候都打上了利益集团的印记，而并非真正的儒学，不是它的本来面目。

孔子主张社会变革，但强调回到秩序和稳定之中，目的是这样，手段也要兼顾和适可而止，但并非永远要温吞水。孔子在鲁国任司寇一职不久就杀掉了少正卯，可见也是一位有言有行、有勇气有担当的政治人物，不只是做书面文章的人。他的政治理想中的典范人物就是周公，是他治下的西周，然而那毕竟时过境迁，离鲁国已很遥远，当年的社会状况、一些具体指标已经很难量化。由此看来，要准确理解孔子当时所提出的一些改革措施，也非易事，这里面既有真实的向往，有理论的依据，也有为改革所寻找的托词。

恢复周礼，等于“述而不作”，这就使得孔子的改革理由变得冠冕堂皇。“名不正则言不顺”，要举事首先就要“正名”。也正因为这种“正名”，后世人就望文生义地将儒学看成守旧之学，将其与改革对立起来。这是极大的误解。同样如此，那些反对变革者、维护既得利益的某些集团，也总是愿意充当积极的尊孔者，以卫道士的面貌出现。

这真是孔子和儒学的不幸。

儒学的晦涩性，决定了它的贯彻和把握具有相当难度。普天之下，总是那些简单而直接的学说最容易施行，而施行中总是偏执一端而不顾其他，后果常常是可怕的。儒家学说的真谛运用落实起来非常困难，当它演变为封建专制的御用工具时，实际上就受到了最大的阉割与歪曲。这正是儒家学说几千年的悲情命运。

历代统治者为了巩固政权、安定天下，必要采纳儒家思想，强调君君臣臣、父父子子的等级秩序，而对于孔子的民本和民主思想割舍不用。他们对于儒家的名言“民为重，君为轻，社稷次之”，绝不会好好解读，甚至也永远不愿意面对。

法家作为一种投身社会和政治变革的勇士形象，已经相当的概念化了，一度成为不可置疑的正面形象而存在。其实他们也是各种各样的，有的已经不知以法家还是儒家来命名更好，如荀子这一类人。正因为在一定程度上法儒同体、法源于儒，我们不可能将入世的政治理想与变革之志分离开来。要进取，就要变革，这是所有理性的儒生都明白的道理，由此产生了许多奋力实践者。

与鲁文化相比，齐文化就容易理解多了。齐文化更是从人性中自然生长出来的学问，如口腹之嗜爱，耳目之声色，追求奢华，喜欢玩乐，享受和追求物质财富等，这一切欲望就成为齐文化生长的沃土。根据史料记载，齐都临淄的市民生活相当繁华富庶：“临淄甚富而实，其民无不吹竽鼓瑟，弹琴击筑，斗鸡走狗，六博蹋鞠者。

临淄之途，车毂击，人肩摩，连衽成帷，举袂成幕，挥汗成雨，家殷人足，志高气扬。”（《史记·苏秦列传》）从临淄出土的文物马车，上面铺着深红色地毯，置放有酒具，以便行驶中可以随时饮酒。临淄的官办妓院比古巴比伦还要早上半个世纪，真是无比开放。

当年齐国怎样“搞活经济”，记载得颇为详细：带马车到临淄经商，根据马车数量能够得到不同的优惠，四辆以上不仅包管吃住，而且有官妓陪伴。在通过消费拉动经济的理念上，它与现代西方的凯恩斯经济理论没有太大区别。齐国人拥有鱼盐之利，三面环海，于是探海寻求的具体努力以及想象，都不断地发生。这里有过世界上最早的海洋探险船队，如《史记》中记录的徐福一行的出海史实。这里仙人文化盛行，关于海中“三仙山”的记载就源于这里。这里还发明了炼铁术，是丝绸业的繁荣地，很长时间里在政治、经济、军事、国防、科技诸方面走在了最前沿。

儒家文化不谈怪力乱神，孔子认为：“未能事人，焉能事鬼？”“未知生，焉知死？”（《论语·先进》）而齐文化是方士文化，大谈妖魅鬼怪、神仙道术和猎奇冒险。中国清代短篇作品集《聊斋志异》代表了古代文言短篇小说的最高成就，这部书产生于古齐地绝非偶然，它写的都是花妖狐魅和幽冥世界的故事。源远流长的齐文化在近代也呈现出一种强烈的色彩，显然有一种继承性，有不灭的因子在。凛冽湿润的海风与虚无缥缈的神仙文化赋予齐国人一种幻想气质和冒险精神。秦代齐人移民至日本和东南亚一带，近代则有东北三省的开拓，那是北闯关东、筚路蓝缕的过程。

齐文化中的冒险、浪漫和开拓精神，更有海洋意识，是儒家文化所不具备的。它代表了一种积极进取的非凡勇气，但也与无止境地追逐物质利益的欲望连带一起。这自然导致了物质主义和商业主义的急遽膨胀，形成了很强的腐蚀力，造成的严重后果就是齐国的衰败和最后灭亡。

就是这样一种植根于物质欲望的文化，尽管没有代表人物，但是归纳总结起来还是比较容易的。孟子所指斥的齐王“好利好货”的特性，其实也是人类的特性，它需要以强大的理性精神去加以制衡。任凭物质欲望的熊熊燃烧，最终必会烧毁这个世界。

进入二十一世纪之后，在改革开放的洗礼之中，有人突然恍然大悟般说道：如果两千多年前命运的指针稍微移动几度，指向齐国而不是秦国，如今中华民族的状态风貌、经济发展和整个格局就会大不一样了。他们把目光投向了齐文化，虽然稍晚，但自认为是一种省悟。这是“吾将上下而求索”的精神，当然是可以理解的假设。

与此同时，也有人提到了现代性进程中要发生一场“儒家精神的创造性转化”。可见齐文化和鲁文化都面临新的起点，它们都是人类思想文化宝库中最重要的积累。齐文化无止境地倡扬和开发人的欲望，产生了糜烂的物质主义，结果就是一个繁盛的东方大国被相对落后愚昧的西秦所灭。人类无限制地追逐物欲，一定埋藏了巨大的隐患。而儒家文化在几千年的封建历史中成为一种超稳定的基因，它使一个民族沦为一头“睡狮”。

于是，有人自然而然地想到了鲁文化与齐文化的组合与互补。如果各取其长，其本身就算是儒家文化的“创造性转化”，这好像必将成为现代化的必由之路。既有“新儒学”的概念，也应有“新齐学”的概念，那么将两种文化合成从而完成一种再造，未尝不是民族之福音。如果齐文化和鲁文化真的可以取其精华、相融相合，问题也就简单了。实际上我们在几千年里一直在这两种文化中打转，它们不是不想融合，而是无法融合。它们各自拥有自身无法祛除的痼疾，已经病入膏肓。

纵观中华民族的思想史，儒家文化的“创造性转化”其实一直在进行中，只是坎坷颇多，时而被实用主义所淹没。这大致是向实用主义和物质主义的一场转移，骨子里就是一次次接纳和应用“齐文化”中最危险的部分。简单点说，这两种文化的融合，在实践中更多的不是将二者的卓异元素综合起来，而往往是把它们的劣质部分相加一体。这是一条通向悲剧的道路。

齐文化与鲁文化都带着一个民族与生俱来的鲜明胎记，承载着民族性格中的全部优点和缺憾。在全球化和世界一体化的现代进程中，民族文化需要勇敢地吸收对整个人类文明做出重大贡献的世界文化，这已经是不容怀疑和否认的一场思想变革。鲁文化和齐文化作为中国的传统文化，一个显在庙堂，一个潜在民间，两股力量都非常巨大：一个被社会视为正统，一个是在人性中不可遏制地茂盛生长。如果把它们放在当今世界范围内加以观察，可以发现还是齐文化的力量更为强劲，而且不仅现在如此，未来也是如此。原来所谓的“齐文化”早就属于世界了，只是没有那样的称谓而已。

齐文化的劣质部分飞快成长，当年葬送了一个雄踞一方、代表着人类高度文明的东方大国，今天又会怎样？答案不言自明。不加分析和鉴别地推崇齐文化，认为它拥有一条符合人性发展、通向未来的完美弧线，那将是一种极危险的思路。它极端的实用主义在当年就被揭露过：当时儒家学派的重要代表、具有法家精神的荀子就批评管仲，说他“力功不力义”。齐国之强盛，管仲具有不二之功，但荀子却大胆而尖利地指出他不过是“小人子贤”，理由是他只“力功”，“不力义”。这里的“功”是事功，而“义”，却不能简化为“道义”，其中还蕴含着人类至高的精神追求。

管仲为了物质的丰盈强盛，不择手段地刺激经济，让齐国在短时间内达到了鼎盛之期。与之同时，“娱乐至死”的倾向也就突出起来，什么官妓之类全都来了。孔子至齐闻《韶》，竟“三月不知肉味”，可见它的表演艺术也达到了相当高的水准。当时天下人到临淄一次，就好比第三世界的人到了曼哈顿。齐国的富裕及时尚都令人震惊。管仲把人的原始欲望撩拨起来，也亲手按下了齐国灭亡的开关。

今天讨论齐鲁文化的异同及其演变，具有非常现实的意义。这严格讲不是一个民族话题，而是一个世界话题，关系到人类的未来和走向。我们不能拒绝和排斥几千年来积累下来的文明，对其中某一部分要剔取或吸纳，而不是照单全收。荀子当年谈到的“义”之内涵，极为丰富，当为我们用心领会。它当然不仅指儒家的“仁义”，还体现了一种更为开阔的胸襟气度。显然，今天需要接纳和吸收全部人类文明中最宝贵的成分，即最有利于人类未来和发展的高度文明。

（2019年5月3日上午，于澳门大学）

持续写作及其他

一

写作时间越长，就越是要总结和回望了。我文集里的第一部短篇小说《木头车》是一九七三年写的，到现在已经过去了四十六年。可是当年写这篇作品时用的稿纸和笔，好像都在眼前，那种喜悦和新鲜感也在眼前。仿佛只过了十来年的感觉。网络时代的时间更快，也许上帝给我们施了什么魔法：看上去用来度量时间的工具好像没变，实际上早就在暗暗提速。

从彼时到现时，已经走过了一条很长的路。生活足够艰辛，常有不同的风景，有难以预料的崎岖和坎坷。文字生涯终能持续下去，如果说依靠了奖赏和鼓励，还不如说是一个接一个的困境，是设法怎样走出困境。它的耽搁让人喘息，也给人磨砺和激发。这一切意味着什么，只有跋涉者自己才能更深地体味。那时候只有默默地将它磨碎，也不得不独自面对。这大概对于每个人都是一样的。

每来到一个关口，都得踌躇一会儿，这正是用来缓冲和总结的时刻，然后才能往前走一程，这样一步步往前。

随着时间的推移，文字一定会积累起来。但即便积累了一百万字或更多，也仍然不一定能够积累起十足的信心。这是正常的。一直到后来，失去自信的情况还是时有发生，也许每过一段时间就会这样。这是实情。写作陷入低谷是正常的，通常来说这是一个折磨期，不过也非常宝贵。

我最早不停地写诗，甚至到了入迷的程度。可是身边好多人认为这并不合适，而且似乎也不必再做努力，应该马上改变了。因为不止一次受到这样真诚的规劝，当然要考虑了。好在那时要改变还来得及。

最后让自己相信这条路是走不通的，源于一次退稿。那时已经读了无数新诗，也写了很多。当年最大的诗歌刊物就是刚复刊的《诗刊》，发行量极大。就是这份刊物，通知很快就要发表我的一部“组诗”。很期待，一直期待。可惜最终这部组诗还是没能发表，原因是社会形势变化太快。这让人失望甚至沮丧。

这个记忆很深。几十年来对诗一直热爱，并且认为应该做一个很好的诗人，这才是心心念念的文学理想。作为一个目标尽管忘不掉，但也真的到了放下的时候。几乎与此同时，我喜欢上了音乐。

与文学写作一样，先拜有名的老师，练习多种乐器，倍加努力。这稍微比文学起步容易一些，还只差一点就做了专门的演奏者。这段经历给我的体验是：在多种乐器中，手风琴和扬琴比较简单，而弦乐是最难的。比如，许多人都熟悉的民乐二胡，极有可能是最难的。

由于二胡演奏本来就难，一旦荒疏就更不成样子。它需要每天操练，每个星期都不能间断才能保持一定水准。从受到挫折之后，琴盒一直蒙着灰尘，就这样彷徨下去。让人尴尬的是后来：如果知道有一天要用它迎接一位自己敬重的人，就会经常操练了。

很久没有动过这把二胡了，再次拾起它来竟然拢不住，觉得十分别扭。就是这样一次令人遗憾的演奏，使人很久以后都忘不掉，总是记得那个黄昏和夜晚。

我当年如果真的当了一名职业演奏者，大概会欣悦幸福，可是也许就失去了接待一位宝贵客人的机会。诗是一个奇怪的东西，一旦爱上就难以戒掉，所以总是忙里偷闲写一点，总是寻来阅读。长长短短的诗行就像河对岸的一片丛林，发生神秘的吸引，让人不畏艰险地泅渡。

就因为诗的关系，几十年后竟有幸见到了诗人公刘。他的名字早就熟知，其人格、才华与勇气都让人钦佩。当时他住在合肥，我因一个会议到了那座城市，立刻去拜访他。他年纪已经很大了，身体不好，躺在炕上，只有一个女儿陪伴他。那是我第一次见到公刘先生，一边断断续续地交谈，一边回忆读过的诗。

他有一首写张志新的诗，名字忘了。只记得张志新烈士受难的地方叫“大洼”，于是诗中有一句：“大洼就是大不平！”每一段结束时，都有一句：“可怕啊，可怕！”

这首诗，至今想起来还很激动。

结识诗人公刘十多年后，我在济南竟有一次接待他的机会。他是来济南开会的，会后要到我这儿来玩。那是一个初夏的夜晚，他和另一位诗人一块儿来了。他进门后先是看了一遍我的书房，然后坐在客厅里。不知是在书房还是在别处，他看见了屋角的琴盒：那是闲置了许久的二胡，是搬家时带过来的。同行的诗人说到了琴，公刘先生就一直看着。再后来，我不知怎么就打开了它。

在他们的鼓励下，我试着调弦，磕磕绊绊地拉了一会儿，开始演奏自己最喜欢的名曲《二泉映月》。

多么蹩脚的一场演奏。记得刚刚开始，公刘先生说一声“慢着”，然后起身把灯关了。在黑影里，我的胆子稍稍大了一些，好不容易才把一曲奏完，已是通身大汗。

这是怎样的一支曲子，许多年来不知听了多少遍。它凝聚了盲人阿炳的一生。坎坷，欲望，对生活的绝望、悲愤和自我疗救，都在其中了。这是深深打动我的音乐作品之一，自己还曾根据这首曲子的结构，写出了长篇小说《柏慧》。日本的音乐指挥家小泽征尔认为，此曲不应该坐着听，而要跪着听。我能明白他的意思。这是一部用生命谱就的伟大作品。

我不想看到任何人轻慢它。有一次听了某人的《二泉映月》，对方完全把它当成了一支娱乐曲，拉得光滑轻快。还有一家电视台的中秋晚会播放了《二泉映月》，竟让一男一女在月光柳絮下曼舞。一曲类似于贝多芬的《英雄交响曲》或柴可夫斯基的《悲怆交响曲》那样的伟大作品，就这样被糟蹋着。

在那天漆黑的夜色里，我为诗人演奏，忐忑而激动。曲终，诗人把灯打开，长时间一声不吭地坐在那儿。

就是这样一些难忘的经历：围绕音乐和诗发生的一些珍贵记忆，直到现在还是崭新的，就如同发生在昨天一样。

当年我因为诗路坎坷而学习了乐器，并用仅存的一点演奏技能，迎接一位自己喜欢的诗人。

二

音乐之路没有走通，又一次处在了人生的十字路口。仍然因为文学的吸引，继续尝试下去，这时写得最多的是散文和小说。这就有了一开始说过的那部短篇小说。从那时到一九九六年，我不停地写着短篇小说，一共写了一百六十多篇。开始的十多年，它们几乎让我投入了全部的热情。

在二十世纪七八十年代，当代作家们大多把精力放在短篇上，当时的全国优秀短篇小说奖影响极大，自己二十多岁有幸两次获过此奖。这本来是很大的鼓励，却仍然没有让我一直写下去。说来难以置信，从一九九六年到现在，我连一个短篇都没有写出来。有人可能认为这是将力气投放到了其他题材的缘故，只有当事人知道并非如此。真实的情形是这期间看过了太多的短篇，恨不得搜尽国外国内所有的杰作。就像突然发现似的，我认为自己长期以来所倾心的短篇，原来写得并不好。

短篇真的太难写了，回头看这一百多篇，竟然没有多少真正满意的。而当时写它们时，每一次都倾注了全部的热情，施展了全部的能力，是一笔一画刻在纸上的。我陷入了困惑。

短篇小说是那么迷人。曾经看过一部外国短篇小说集，就因为它的完美，读后竟然觉得满室芬芳。我认为自己没有掌握短篇的要领，一切还要从头做起。二十多年过去了，常常在这种状态下徘徊，前后构思了四部，其中有一部今天不宜，其余三部要待状态好的时候写出来。

这期间转向了中篇和长篇小说，写出了《秋天的愤怒》和《蘑菇七种》，还有《古船》和《九月寓言》。这是经历了第二次大的挫折之后，个人创作进入的比较饱满的一个时期。但是《九月寓言》之后，又陷入了一次更大的停顿，走进了更长的徘徊期。

我当然知道，即便是很顺利的写作，也不能说一部作品一定要超过前一部，从事写作的人不能有这样的奢望。单纯的“超越”是不存在的。有时候突然到来的很可能是自我厌弃，是对自己的否定。一个写作者会莫名其妙地陷入一种困境，无法诉说，无法向前，这时候非常痛苦。

也就是《九月寓言》之后，我有过一段山里独居的日子。在山中找了座房子读书，集中思考和反省了不少问题。那是一幢三线时期留下来的老建筑，早就废弃了，十分荒凉。我在这座济南东部山区的老房子里住了三年多，主要是读书。那时候年轻，火力旺，敢于独自住在山中。三年后，我又到胶东沿海的一些地方住了几年。这些年写作不多，只读了大量的书。

总是随身携带许多书和音乐，这是最重要的。它们把我引出困境，是我一直依靠的东西。人在艰困的时期总易挫败绝望，或者还有一种委屈感，不忍放弃。就在这些日子里，我开始构思一部长长的书，它就是《你在高原》。在那些无眠的日子里，我想着从十几岁就离开的出生地，一个人去过的远方。走过了那么多地方，遇到了那么多人，看到了那么多高山大河，遇到了那么多悲剧和喜剧，心里积聚的东西太多了。

这么多年了，它们一直在心里挤压。我要写一个很长的东西，它必须很长。我知道这个工作大概一生只能做一次，也许是唯一的一次。

计划用十年把它完成，然后再干点别的，或什么都不干了。这是一次个人的长征。十年很快过去了，这才发现它几乎是一个无法完成的任务。几次要放弃它，最终还是坚持下来。一共写了二十二年。

它完成之后的停顿、精神与躯体的慢慢复苏，有一种再生的感觉。不仅是身体的疲累，而且是一头扎入往昔深处，难以回返的那样一种感觉。

这部长长的书既写了所谓的“当下”，也写了更多的往昔。那是十几岁的海边生活，全部的痛苦和幸福。我离开了那里，一个人背着我热爱的书、我的稿子，去南部山区。在那里我几乎没法长时间待下去，而是在整个胶东半岛，东到威海，西到胶莱河，一直游荡着。

在幸福和绝望并存的日子里做工，找寻文学朋友。听起来不乏浪漫，其实过起来很辛苦，是长日子。

我用十部长卷写了这段生活，写了后来的日子，写了整个山东半岛、四处的奔走。积累了太多的情感、事件和故事，准备写出自己的前半生。它不是系列小说，而是长达三十九卷十个单元的“长河小说”，即从头到尾同一个主人公、同一个大故事。我一直认为它是写给自己的，首先是自己需要它的记录和抒发，让心灵发出回响。

事情就是这样，写的时候较少想到他人，完成之后还要交给读者。那时并不认为有人会读完它，因为太长了，埋藏的秘密太多了，只能属于自己。后来的情况比预料的要复杂许多。它已经出版了十年，有十多个版本，每年都在再版。出自心灵的，必要回到心灵。世界上有各种各样的心灵，共振与回响的心灵。

不过，它又一次成为过去式了。

三

一场漫长的跋涉会让人疲惫，但这往往不是陷入停顿的主因。我一直认为专业写作并不是太自然的生活，创作应该是有了冲动才能进行。如果像上班族一样工作，大概会利弊互见。这些年来尝试过几部儿童文学作品，觉得脚步轻快，但走下去仍然有一种不能割舍的感觉：还在挂记以前停步的地方，那里有留下的遗憾，有没能完成的工作。它们一直在等待我。

写作的激情有时候不知该怎样投放。空白的稿纸在诱惑我，但无法像过去那样抓起笔来，力透纸背地填满它。只好离开桌子参加旅行，参加一些文学和非文学的活动，忘掉一支闲置的笔。以前大部分外地会议都不愿参与，现在却难以独处下去，就像害怕黑暗一样。

在这样一个时期，我和诗评家唐晓渡去欧洲开会。会后我们转了一些日子，间隙里谈了不少写作的苦恼。他说：你是个诗人，应该更多地写诗。

在写作生涯中，我经受的最大一次挫折就是诗，然后就视为畏途。当然，在内心深处，诗的魔力谁也无法摆脱，几十年里我还出版过几部诗集。心底总有一个声音在告诫：离诗远一点。

诗评家送来的是适时而至的鼓励。那是一个早晨，我像几十年前一样憧憬着。是的，自己应该是一个很好的诗人。

那次海外归来之后，我变得专注而用力，一切重新开始。就像进入了一片新天地，阳光明媚。发表，出版，寄给诗评家鉴定。一点动静都没有。我把最新的诗作寄出，这是冲出困境之作，想让他写个序言：短短的，一千五百字就可以。

可就是这一千多字，我等了半年。问了，他说正在“思考”。又停了几个月，诗集排版待序已经一年多了。我忍不住再次问起，对方终于回信：“我的写作遇到了困境。”

这让我十分惊讶。我刚刚冲破了困境，他却遇到了困境。我于是不再催促，因为深深地知道“困境”是怎样一种坏东西，它生生地折磨着所有写作的人。

我只好自己写了个短序。

也许是朋友的困境影响了我，从那时到现在，我再也没有写出一行诗。可见写作的困境不仅折磨人，也很容易传染人。我又陷入了苦闷。在这些格外焦灼不安的日子里，我去了万松浦书院，那里来了不少活泼的作家和评论家。

有一位诗人住在书院，这是一个讨论的好机会。我们一再地探讨，从技巧谈到环境、新诗的历史、雅文学传统及其他。有一天正说着类似的严肃话题，他突然停下来，指着我说：

“你有童心！”

我不知道他的确切意思。他站起来走了一圈，咕哝：“你有童心！”

我很快想起了儿童文学。是的，以前好像也有朋友这样说过。他们的意思是，我应该多写一些儿童文学。我知道自己在很早的时候就写过儿童文学，现在只需重拾旧业。

在万松浦书院的日子里，我想得最多的就是“儿童文学”。有点奇怪的是，总觉得这种体裁一直就属于我，甚至连写下的那些所谓的“成人文学”，也是另一种“儿童文学”。

四

从书院归来后，我一直在写儿童文学。好像又一次回到了起步处，接续了一九七三年的那个短篇小说《木头车》。其他的都忘了，只有最初的尝试给予的喜悦难以忘怀。文字落在方格纸上的感觉、纸的特殊香气，又回来了。

自己还是那么幼稚，却有了从头开始的希望和冲动。

这种感觉使人兴致勃勃，于是就长时间停不下来。我写出了《寻找鱼王》，还有《兔子作家》，它们让人十分愉快。我现在又写出了新的作品，它们因为幼稚而不再苍老，还因为重新接上了四十多年前的激动，让我暂时忘掉了诗歌带来的痛苦。

到现在为止，我觉得自己是一个一再失败的诗人、难以为继的短篇小说尝试者、沉迷很久的长篇小说追求者、陷入枯竭的散文家，却是一个生气勃勃的、崭新的儿童文学写作者。好像自己刚刚拾起了这门手艺，刚刚被确认有一颗“童心”。

这个发现如果是确切的，就是一种幸运。只要有了童心，事情就会好办一些，它将比荣誉更为持久地支持我。

无论什么时候，写作者都会有喜悦，有挫折和坎坷，但它们真正到来的时候，心里最好有一种预设和准备，这样也就不再恐惧了。凡难事苦事只要有了化解的方法，也就变成了前进的动力。

现在是网络时代，文字倾泻起来很容易，堆积起来很迅速，消失起来也就更快了。但这些都不必恐惧，因为事情本来就是这样，不过是一个时期有一个时期的特点。

过去全国一年收获四五部长篇小说已经非常好了，现在大概不会少于一万部。多么可喜又多么可怕，但是我们也该明白，这其中大多是没什么用处的，因为好东西也就那么多，最后的结晶也就那么多。

各种各样的娱乐品，席卷而来的文字，都会堆积在一个地方。它们产生得不难，也不会有什么“困境”。真正的“困境”只属于一小部分人，这些人要独自对付它们，不停地解决一些问题。

千百年来，文学可能一直就是这样的。

所以今天，有人总是不止一次地宣布文学的死亡、小说的死亡。但时隔不久，又不断有一些作品发行到五十万一百万，兴旺得不得了。文学还是不愿死去，也许它本来就是个死去活来的东西，几个世纪了，还是咽不下这口气。

作为一种语言艺术，它极有可能是一种生命现象，那也只好和生命一样长久。作为个人的文学也别无他法，只能由一个困境进入另一个困境，就像穿行在一个黑暗的隧道中，去追求光明。

一个字一个字写好，一个标点一个标点抵达，不滑脱，不溃散，也只有这样的解决之道。这么多的书，这么多报纸刊物，很快都会堆在一两个图书馆的最深处。只有时常留在视野里的，才是真实存在的。

不怕困境也不怕荣誉，那就什么都不怕了。

写作者到了五十多岁，功利心会淡下来。有时候会自觉不自觉地触动非常高的目标。一个愉快自由的、有时沉重有时轻松的人，一直走下去，走几十年，就是这样的一种工作。怀疑自己，反省自己，遇到挫折就设法克服，就是这样的一种工作。

我现在主要写儿童文学，说不定又会写起诗和长篇小说。总是寻找各种可能，一次次解决问题，走出困境。这是个辛苦的过程、愉快的过程，坚持下来，持续下来。

（2019 年 5 月 19 日，于北京师范大学。有删节）

语言艺术的归宿

语言艺术是一个至大命题，谈到它，首先会想到文学，因为在很大程度上可以说，文学集中体现了语言艺术，显示了语言的最大魅力。然而语言艺术这个概念远比文学要宽泛，二者不是同一个命题，只是非常接近。

现　状

中国当代语言艺术的现状如何、呈现什么样态，还要从文学开始了解，因为它集中展示了它的魅力。当代阅读不仅变得空前方便，而且给我们带来一种压迫力，因为可读的东西太多了。二十世纪四五十年代出生的人，他们年轻的时候要读一本好书很难，精神生活和物质生活同样匮乏，上了大学才有了图书馆，情况好了一点。那个年代有一种阅读的饥渴感，一本好书会构成强大的吸引，辗转许多人才来到自己手里，看完了再传给别人。越是不容易得到的书籍越是渴望，千方百计要去分享一场语言的盛宴。那时没有电视、网络、手机这些东西，只有少量报刊、书籍和广播，所以就会想方设法寻找那些稀少和珍贵的好书，在这些语言文字的描述中，可以读到最生动的故事、最有趣的人物、最独特的思想，了解那些遥远和未知的人是怎样生活的。当时连收音机都属于奢侈品，所以文字几乎成为那个时代的人们娱乐、消遣和求知的主要途径。

现代生活变得极为丰富多彩，就文学读物来说，纸质印刷品已经是巨量生产，但好的读本却依旧难寻，过去是物以稀为贵，现在需要披沙沥金。就拿报纸来说，刚开始版面是对折四开，许多文章都极有内容，信息量很大；后来扩成了八版或十六版，连县级小报都成了厚厚一叠，不仅越出越厚，种类也越来越多，只是不如过去好看了。纸质书也是如此，比如长篇小说过去一年产出一部，像七十年代初，一本书出版后万人争读；现在以各种方式出版和发表的长篇小说，据说一年有一万部。还有短篇小说、散文和报告文学、评论以及人文类、社科类、艺术类等书籍，简直多如牛毛。

现在的读物是以各种方式呈现的，整个语言的繁衍、印刷物数量之巨，超乎想象。尤其是电脑和手机屏幕，排山倒海一样涌出的各种各样的文字与图像，使碎片化阅读成为一种常态，进而化为习惯，占用了人们的大量时间，每个人的脑海中都淤积了大量的文字垃圾。然而回到具体的语言艺术层面，能够深深吸引人、打动人的，却永远是极少一部分，它不但没有增殖，反而变得越来越难寻觅了。杰出的文字对人构成了深刻的吸引，让人废寝忘食，心心念念久久回味，舍不得读完，当然会影响人的世界观和人生观。现在可读的东西很多，个别文字读起来也觉得有点意思，不过看完就忘，根本记不住，也不会再去回头寻找。因为它们没有触动灵魂，没有撩拨到生命的敏感部位，不会让人产生牵挂，是一些可有可无的文字。

当下的文学写作如此浮躁、拥挤、混乱，人们对语言艺术就有了一种不信任感。这如同目前人们对食品达成的共识：各种各样的添加剂、农药残留、有害物质，使大家都不太放心了，有人在阳台这样狭窄的空间里也要种点菜蔬，想法给小孩买些进口食品，因为他们对市场上的一部分食品失去了基本的信任。这个信任很重要，语言艺术也是同样的道理。比如有些儿童读本，不仅文字粗糙浅显，插图拙劣无趣，而且价值观也有问题，它们宣扬物质主义、暴力，推崇逞强和任性，歌颂什么胜者为王之类。

有些家长只好买遥远之地的经典。英国的一本童书在全世界卖了几千万册，内容清新健康，语言精致讲究，意境开阔，插图也好。故事的主人公是一只兔子，为了写好这部作品，作者对兔子做了相当深入的研究。这本小书不足千字，却留给世界一篇至美至真、魅力无穷的创作，可以供人一遍遍阅读，家长和孩子都喜欢。还有一套童书也是几千万册的销量，不过是几本很薄的小册子，每本也就几千字，但文字和绘画都十分用心。这是两部童书的范例，它们就像一些名牌奶粉那样树立了好的口碑，赢得了人们的信任。

目前不仅是童书，大量成人书更是粗制滥造，语言俗腻，故事大同小异，价值观不健康，更缺乏高阔的思想境界，缺乏灵魂的力量，不能震颤心灵，让读者普遍失去兴趣。这主要表现在两方面，一是干脆不看，只寻找一些碎片化阅读，投入玩耍和娱乐，来点心灵鸡汤，读完扔掉。碎片化阅读的盛行，意味着人们对语言艺术失去了信任，对寻找好读本失去了信心，不再认为那种寻找是有价值和有意义的。另一种表现就是更多地选择阅读远处的书，这与大范围寻找值得信任的食品是一个道理。许多读者开口便是福克纳、海明威、马尔克斯、米兰·昆德拉、博尔赫斯等，如数家珍，能说出一长串外国作家的名字。这些西方现当代作家的确是太有魅力了，读这当中的杰作，感觉笼罩在一片芬芳之中，那就是书香。它让我们领略到奇异和深度：一个人怎么可以把语言艺术经营到这种程度，翻译过来依然魅力不减，迷人的文字充满磁性，给人以巨大的享受，且无法遗忘。即使再老旧一点的西方经典，像托尔斯泰、屠格涅夫、普鲁斯特等，至今魅力未减。

一个嗜读的人，想把他吸引住很难，文字的破绽、疏忽、粗浅，难以逃脱其眼睛，他们会紧紧地抓住好的文字。可见语言艺术的独特魅力是不可取代的。

语言艺术不像绘画和摄影那么具体，正如莎士比亚所说："一千个人眼中就有一千个哈姆雷特。"伴随作者的文字，读者把自己的人生阅历、生活经验、感悟力、想象力全部调动起来，参与其中，因为想象的边界可以无限扩大和伸展。表面看来语言艺术很单调，不过是由一些符号和词语组成，然而这种组合因为别致精粹和深不可测，终成为一种最深奥、最了不起的心灵艺术。虽然音乐也葆有巨大的想象空间，却表现出极大的模糊性，作为思想和艺术的载体有着难以克服的局限。而文字在讲述故事、表达思想时既清晰又模糊，并在一个恰当的刻度上让读者参与。每一门艺术都有自己的特点与长处，加以比较，是为了说明语言艺术的价值。

无论是物质生活还是精神生活，建立信任感都是最重要的，它需要整个社会的努力，因为一旦失去信任感便不可挽救，后患无穷。所以确立语言艺术的崇高地位，不仅是写作者和阅读者的事情。十三亿人口当中必然有一流的语言艺术家，这样的呈现者部分出现在视野里，部分却遮掩于阴影中。因为出版物太多，书籍和网络的海洋中，第一流的书写也会被淹没。网络上风起云涌，简直是文字沙尘暴，在这样的情势之下寻找第一流的语言艺术，是一个难题。第一流的人物往往不会站在聚光灯下，因为他专心于非常精致和深邃的艺术创造，是一种极为内向的工作，不是通俗和大众化的，在短时间内很难与大多数人达成共识，所以在许多时候，大艺术家更需要经受时间的磨洗，需要时光的慢慢浸泡。

真正的语言艺术等待“大读者”。大读者并不比一个大作家更廉价和更容易。艺术判断是一个极其复杂的过程，大读者需要超乎常人的领悟力、洞察力，因为有时候大家都说好的一部作品，并不一定就好。一流的语言艺术要通过勤奋阅读、敏锐感悟和准确判断才能发现，虽然费力，却值得。如果找到了令人着迷的当代作家，他又恰巧与自己生活在同一个时代：或许他已八十多岁，而读者只有三十岁，他们仍然处于同一时空。这是一件很了不起的、激动人心的大事。千万不要与之擦肩而过，而要因此心怀感激。这真的是一件大事。《托尔斯泰传》的作者艾尔默·莫德是一位英国作家，与托尔斯泰有过密切交往。他曾说过一段让人久久难忘的话：住在莫斯科，晚上出来的时候，看到这个欧洲城市的灯火像蜂巢一片，茫茫夜色里，一想起托尔斯泰就在这其中，立刻有一种安慰和安全感。他回忆那个夜晚，这样写道：“在八十年代和九十年代，莫斯科至少有一家住宅（托尔斯泰家），那里各种类型各种状况的人在一个人的影响下会聚在一起，这个人身上没有任何卑鄙的东西，他在最黑暗的反动时期，保持着一颗充满希望的心和一个燃烧着的信念，即邪恶的事物绝不能持久，当前的罪恶不过是暂时的。”

在当年俄罗斯无边的夜色里，有那么一户人家，有那么一个人，许多文化人经常到他那里去，团结在这所房子的周围；就因为有了他，大家才不觉得绝望。所以莫德说：“这种状况绝不是一件小事。”

我们的文学阅读一定不能忽略当下，而是要努力发现当下，找到一个能触动灵魂的当代作家，读懂他的全部文字，进入他生命和艺术的世界。我们似乎能望见他的神态，嗅到他的气息，在他思想之光的烛照下，爱护和厚待自己。人生不过百年，经历多少事情是一定的，而追随一个特别丰富的生命同行，将是一件极其了不起的事情。

我们有无数写作者，这其中肯定有了不起的人物，正安坐在某个角落里。这就需要阅读者不再盲从，不再听从市声：嗡鸣于市声，即意味着平庸。因为缺少深邃与精微的文字，很容易找到乌合之众。文学审美最忌讳广告，要相信自己的眼睛、自己的心。

中国语言艺术的现状，就是期待建立普遍的信任感。语言垃圾淹没大半，致使大量文字变得没有分量，似乎全都可以远离和舍弃，每个人都想耳根清净，不是先睹为快，而是速速离开。这种厌恶的心理是空前的。我们亲手毁掉了纯正典雅的汉语言文字，毁掉了我们赖以生存的根本：语言的基础。这是由我们自己长期“努力”的结果。毁掉语言，这是一件多么可怕的事情。

源　头

语言艺术的产生与成长是一个极其漫长的过程，伴随人类诞生，先有记事符号、图画，慢慢发展演变成文字和语言。语言艺术是人类文明的主要成果，它是人类在生存中缓慢培植、累积和孕育而成的。《诗经》是中国语言艺术的源头之一，共三百多首，由“风”“雅”“颂”三部分构成，主体“风”有一百六十首，占去总数的一半还多。“风”是什么？“风”是广布流传于辽阔区域里的民间文学，是人们在劳作、祝祷、集会、欢庆时的即兴歌唱，逐渐形成一些固定曲调，形成“风诗”的最初面貌。那时官方娱乐比较单调，周王朝派遣采诗官摇着木铎游走于乡野村间，把口头传唱的民谣俚曲的歌词与曲调记录下来，带回宫廷，进行选择和改编，这就是后来《诗经》中的“风”。

作为源头，它是从民间口耳相传开始的，是来自生活和劳动一线、来自社会各个阶层。过去认为《诗经》中的“风”是底层大众歌唱劳动和爱情，用于欢乐和节庆，其中相当一部分是控诉剥削阶级和社会不公，抒发心中的不平与愤怒等。这种解读有点过于社会化道德化。实际上“风”的创作者不仅仅是劳动人民，可能还要包括当时的社会各阶层，贵族与知识人等都参与其中。这种创作是集体行为，而非个人创造。“诗三百”中的《小雅》大多是当时知识分子的作品，其中可以窥见“风”的影响。《大雅》和《颂》是宫廷御用文人的创作，主要记录了周朝先人的筚路蓝缕，有史的性质；还有一些用于庙堂祭祀和庆典的歌词。

《诗经》中艺术性最强、语言最高妙、内容最感人的部分就是“风”，这部分诗歌在漫长的时空中经过了无数人的修改，具备了无限完美的可能性，是人类语言艺术的瑰宝。“风”是民间文学，不是通俗文学。通俗文学是个人作品，民间文学是集体智慧的结晶。“风”代表了《诗经》的最高成就，它来自人类生活劳动、战胜自然、求得生存的创造过程。这部分高妙传神的文字在很大程度上影响了宫廷文人的个体创作，而这些个体创作虽有自己的特点，并且对民间艺术有过汲取、提炼、概括和模仿，但总的来说还是缺少前者鲜活的野性和生气。

汉语言艺术的另一个源头，就是伟大的个体创造，即《楚辞》。《楚辞》产生于湖南湖北一带，主要作者是屈原，部分作品像《九歌》《天问》等，可能由屈原搜集整理、加工和定稿，仍然打上了鲜明的个人烙印。如《离骚》，一般认为是确定无疑的屈原个人的作品，从此拉开了中国文人个体创作的最为绚烂的序幕。由《诗经》到《楚辞》，见证了从星光灿烂的群声合唱，过渡为才华横溢的个体创造的艺术演变。

《诗经》是一部伟大的诗歌总集，是中华民族最早、最美的咏唱，但我们从中无法找出一个有名有姓的作者。从屈原开始，才诞生了独立的诗人和作家，让我们相信个体也有至高至美的创造，也会结出丰硕的语言艺术之果。《诗经》和《楚辞》这两脉源头活水，在中华大地上流淌了两千多年，影响了汉赋、汉乐府、魏晋南北朝诗歌，影响了唐诗、宋词、元曲和明清小说，也影响了后来所有的汉语言文学写作。

发 展

汉语言艺术在诞生之初，不仅是《诗经》《楚辞》，就是诸子百家的辩理说难、治国论道、表现思想的文字，都具有无穷魅力。有人说文章不读秦代以后，既指秦代以后的典籍被歪曲窜改了，也指各种原因造成的文字庞杂与膨胀，其质地不再坚实了。这其实正是语言文字发展的一个规律。我们的祖先最初创造了表意符号，然后又发明了少量的文字，慢慢由几百个增至几千个。像甲骨文、钟鼎文、籀文，开始近似图画，古怪难认，类似于古代西亚人的泥板文书。再到后来才发展到用竹简和绢帛等记录文字，比起陶片、龟甲、兽骨、泥板等书写工具，已经是很了不起的进步了。

随着书写工具的演变，人类的文字记录变得越来越容易，文字本身也越来越简化，这是人类对自身的一个解放。人是语言动物，语言获得了解放，其创造力也就成倍地增长，信息沟通和传递就更为方便、迅捷，而语言记载传播力的提高，使人类文明得到了空前的发展。

世界上的任何事物皆有正反两面，有利必有弊。秦代以后篆字固定下来，书写工具和材料较易获得，语言表达也就开始铺张，渐渐失去了节制。稍晚于《诗经》的《楚辞》已经有所膨胀，诗句和篇幅开始变长，到了汉赋便是“铺采摛文”，华丽奢靡，形式大于内容，就像堆积的脂肪，没有了“骨感”。随着东汉造纸术的发明，文字越发不再精细凝练。《诗经》《楚辞》和诸子百家的文字极其节俭、苛刻和讲究，因为当时如果不能极度地凝练，记录起来就得耗费极大的气力，一篇稍长的文字要使用不知多少捆竹简。史载秦始皇每天要审阅大量奏章，竹简一车车地搬到那儿，他抱着竹简哗哗翻看，不仅是一个智力活，还是一个体力活。而对于写作者，洋洋万言需要消耗多少体力，这就迫使他们不得不惜字如金，让每一个语言颗粒都变得坚实饱满。后来有了纸笔，有了打字机，有了电脑和网络，语言文字的繁衍就变得不可收拾，无限膨胀，突破了一个度，最后变为垃圾，变为文字的沙尘暴，铺天盖地。

从今天的文字状态就能看出，沿这种发展演变的轨迹，用不了多久文字就会自残自废，走到另一个极端。前些年一个作家写得再快，一天只能写三四千字，保持这种速度写一个月，把缜密的思考化为语言艺术，一个月也将多达三万多字。而今的电脑敲字，一天敲一万字，连续工作几个月，就出现了一个巨量。这种状态下的文字质地是怎样的，可想而知。人类的运思速度是一定的，如果超过了一个度，自以为最顺利、最慷慨激昂、最流畅的那些段落，自以为才华横溢、文思泉涌，绝妙的喷薄而出，似乎笔速赶不上脑速，可实际上仍然只是一场轻浮。语言记录演变到今天这种状态，已经非常危险，这不是简单的写作速度问题，也不是经营文字的态度问题，而是涉及整个人类与语言的关系。因为人类不可能剥离语言而存在，语言是人类的生命，它是人类区别于自然万物的一个根本标识，是作为万物灵长的依据。语言毁坏至此，人类也就毁坏至此。

我们打开声像器物的传播界面，经常会发现一堆根本不通的语句，字幕上滚动的字词错得一塌糊涂；翻阅报刊，满篇常有不通的节段，“的”“地”“得”不分，乱用标点已是常态。这种状况令人痛心是小事，它实际上预示了可怕的生存状态。语言艺术则是一种更高的标准，现在却连文从字顺都做不到。这样对待自己的文字，对待安身立命的根本，多么危险。所以今天出现的许多社会问题，从语言表征上就能看清楚。语言危机正是一切危机的基础。有人会说电视、电脑和网络手机之类是西方的发明，它带来了全球的问题。诚然如此，但是仍然有些区别。比如说在欧洲，并没有我们这样严重的铺天盖地的网络垃圾。与一位欧洲朋友讨论网络文字，对语言的毁坏，对优秀文学的淹没等问题，他说在他们那儿还没有，或没有形成这么严重的危机。他们认为网络、报刊与书本一样，都不过是语言的载体，无论在哪里发表，都应该严肃苛刻地对待自己的文字。如果网络传播更快捷更广泛，那就应该更谨慎地去对待才是。

然而近两三年的情况有所变化，一些网络垃圾已经传到了西方，据说还有了一点市场。人性中有些东西是一致的，即追求轻松、娱乐、得过且过和不求甚解，总有快感。一个文明古国输出这些，有人不仅不感到可耻，还感到了荣幸和自豪。去欧美，在飞机火车地铁上，会发现他们那里看手机的人比我们少得多，读杂志也很少，大多数人在读书。他们通过书籍打发时光，这已不是简单的阅读习惯，而是一种生命品质的差异。在我们这里，人们已经不知道能否在有生之年看到整个社会养成良好的阅读习惯，有点绝望。如果说手机作为一个工具还可以原谅，那么由它所引起的某些好奇心，对人类则是一个致命的损耗，我们都成了被网络、被现代技术裹挟和捆绑的人质。

人们怎么了？难道一定要毁于电子阅读、毁于手机？手机占用了我们大量的时间：面对面交流的时间、一家人共享天伦之乐的时间、深入阅读和思考的时间、仰望星空和行走大地的时间，它控制和屏蔽了我们的视觉、听觉、嗅觉，让肤浅平庸的碎片不停地倾入脑海，窒息感知，侵蚀生命，让我们庸碌麻木地与它共生共存，使认识力、思考力、判断力遭到不可逆转的破坏。如果说一些个体长期陪伴电子网络，变得漂浮、浅薄、膨胀，没有定力和信仰，终日惶惶不安、醉生梦死，那么由个体构成的社会将会怎样？民众的精神状态就是整个社会的状态。所以今天无论发生什么都无须奇怪，因为我们从失去语言开始，失去了完全。

语言，它不只是一个使用工具，她还是我们的母语，是我们的母亲，她支撑了一切。她的末路，会演变为整个人类的危机。

归　宿

语言艺术将走向何方？它的归宿究竟在哪儿？网络文字的沙尘暴吹个不息，势头不减，文字垃圾的雪球越滚越大，使人恐惧而看不到希望。但是我们还需要一个乐观的心态，因为事物发展到极端就会走向反面，一切都会盛极必衰。纵观语言文字的历史，不用追溯久远，仅从发明了报纸和杂志之后，中外已经出现了多少印刷品。以法国为例，雨果和左拉时代就涌现出大量的报纸、刊物之类，并有大量通俗读物，但是流芳百世的语言艺术的瑰宝，也不过就是屈指可数的作家和作品。可见语言艺术的精华由人类的智慧和心血凝聚而成，总是不可多得的。十九世纪的法国也有许多人担心海量的报纸等印刷物、一些娱乐品会覆盖、淹没严肃的语言文字，但最后的结果怎样我们都是知道的。人类语言艺术的瑰宝与人类世界同在，它的消失只有一种可能，就是人类再次回到冰河期，回到茹毛饮血的时代。

生命对健康生存、对美与力的执着追求是与生俱来的，其创造力、表达力以及享受创造的那种欲望，自始至终伴随着，只要生命还在，人类对语言艺术至美至高的追求就不会死亡。

几百年过去，无论东方西方，纯粹雅正、最高最美的那部分语言艺术历久弥新，不仅没有消亡，而且仍然在生长，总量也在增加。再看那些同期盛行与风靡的文字及其他，现在已无人注意。没有记忆，没有传递，没有津津乐道，没有研究、引用和欣赏。要想了解它们，就必须去专门的图书馆和资料馆，翻阅积满厚厚尘埃的老报刊。大部分早已去了应该去的地方，那就是语言的垃圾场，时间的河流将其冲刷得无影无踪。所以，别说是分分秒秒都在刷新的网络文字，就是现在出版的百分之九十以上的纸质书，终将被埋进历史的尘埃，剥蚀和消解。当然，这其中还会包括一部分被时代潮流所遮蔽、淹没的优秀文字。

每个时代必有极少数人，因为杰出而非凡的劳动，他们所创造的光芒四射的语言艺术，被记录和保存下来，成为一个时代的留存。语言艺术的归宿，就是不多的作家、不多的书，这一切等同于时代，并代表了这个时期人类文明的最高水准，成为整个时代的标志。这是语言艺术的一个必然归宿，古今中外莫不如此。

在人类社会中，有各种各样的劳动创造，比如科技工作者探索世界的本质、生命的奥秘；太空技术、天体研究，都是伟大的创造力，是一些了不起的领域。因为地球和太阳自有寿命，未来的人类不能坐以待毙，需要挣脱有限走向无限，那么空间技术、天体物理学等研究就非常重要，它关系到未来的人类。有人说二十亿年之后才会出现这样的问题，但是二十亿年人类就一定能完成星际穿越？还有医学方面的创造，它攻克了一些难以治愈的病症，延长了寿命，这是一个可以看见的巨大的人类福利，既有很强的道德基础，又有可操作性，是无比高尚的事业。这些非常伟大的人类创造中，还有一项意义稍差一点的，就是满足人类衣食住行所需要的物质生产，是提高生活质量，这也是一件要做的事情。所有这些人类的创造和劳动都具有无可争议的价值。

一个国家搞好经济便能投资科研，增强国力，改善民生，这都是人类社会的一些目标。但最终的归宿还是人类的文明，因为各国、各民族之间最后比较的还是文明的高度，只有最高的文明才能激发和保证强大的创造力。有了语言，人类的创造力才开始飞跃，才与动物有了最大区别。没有语言，人类就失去了生存和创造的基础，没有信息交流、没有联想、没有科学研究、没有空间技术、没有医学发展，没有生活中所需要的一切。人类的一切创造品质，都依赖于语言的品质。

语言文字由基本的使用工具，进步到一种艺术；衡量一个国家、一个民族文明程度的高低，衡量一段历史创造的伟大与否，也要看它语言艺术发展的高度。虽然语言艺术不能像物质成果那样简单而直接地消费和使用，比如《诗经》《楚辞》、唐诗宋词、雨果的《悲惨世界》、托尔斯泰的《战争与和平》、鲁迅的《野草》等，既不能入口果腹，也无法用来居住，但它们象征着一个民族在一个历史时期的生命能力、一个民族的心灵力量，而这决定着这个民族在一切方面的创造强度。所以，人类文明的最终归宿就是语言艺术，这是一个至高的检验和指标，也是一个至高的区别。

目前中国处于一个科技与经济飞速发展的时期，但如果我们丢掉了汉语言艺术这个最苛刻、最艰难的标准，毁坏它而不是使之生长，那么这个时期所有的物质成果都将是虚假和脆弱的。语言艺术的发展和保存是最困难的，人类发明了火药、造纸、火车、飞机、宇宙飞船等，发现了圆周率、勾股定理、万有引力、相对论等，这些科技成果一概得到了贮存和记忆，后人可以踩着牛顿、爱因斯坦这些巨人的肩膀继续攀登，然而文化与艺术却很难积累与进步，因为它是生命中最深奥最厚重、最复杂最难解的东西，带有某种神秘的宿命色彩，也是人类文明旅程最终的抵达之地。像古希腊哲学、莎士比亚的戏剧、东西方的古老史诗、中国的《诗经》《楚辞》和诸子百家等，都是后人无法逾越的高峰。再比如中国唐朝的李白、杜甫的作品，这些奇妙的语言艺术，都是无法复制的。

所有语言艺术的进步与积累，都是一个极其缓慢的过程。伦理道德层面的积累也同样如此。物质与科技就不是这样。道德伦理层面的东西，前人认为正确的，还可以被后人推翻。比如，我们不停地“打倒孔家店”或“尊孔”，不停地树立与推倒，讨论哪些是精华可以尊崇，哪些是糟粕必须剔除，一直在不停地变化与取舍、舍弃和重拾中折腾着。

我们思考语言艺术的归宿，无论面对多么极端化的语言混乱和文字垃圾，仍然应该怀有希望和信心，要坚信规律，相信它将在属于自己的安息之地存在，其代表人物和创造物都在那里。不要太气馁。读那些最值得读的经典，它们的创造者虽然不在了，但伟大的文字还在。最幸福的是找到与我们同时代的那些杰出者，这些人不会因为与我们同处一个时代，因为过于切近而变得廉价。千万不要和他们擦肩而过，虽然这是一个十分困难的问题。

（2018 年 9 月 17 日，于中国石油大学）

后 记

这本书收入我二〇一八年下半年以来的演讲（含访谈），它们源于现场的直言和畅述，免不了要“直抒胸臆”。写作者都希望周密运思，有深思熟虑的机会，因为准确精当是文字工作的基本要求。但生活中的写作者并不总是从容的，他常常需要直面现实，发出自己的声音。

这些篇章主要是关于“文学”的，而文学的对象是大千世界，于是言说的范围也就不止于“文学”本身了。

我曾在刚开始写作的二十世纪七十年代告诫自己：只伏案，不纵言。严谨不仅是一种美德和操守，而且是重要的自省和自诫。四十余年过去，回视中却发现有各色文字留下来。这是生命的痕迹。

在长长的文字生涯中，最为珍视的还是真实。

2019 年 9 月 22 日于济南